KB066868

소방관을 부탁해

소방관 테마소설

소방관을 부탁해

고요한

권제훈

김 강

도재경

박지음

유희란

이준희

장성욱

아시아

이 책의 기획은 친구와의 만남에서 시작되었다. 소방용품을 재활용해 물건을 디자인하던 친구였다. 친구가 일하는 곳은 소방복과 소방호스로 가방이나 지갑 등을 만드는 사회적기업이었다. 그 물건들을 판매하여 발생한 수익금의 반은 소방관 유족들에게 후원한다고 했다. 친구가 디자인한 가방은 어느 이름 모를 소방관이 입고 불을 끄다가 그을음이 간 소방복이 원단이었다. 그 가방에는 재가 묻었던 검은 자국이 있었고 때론 그을려 있기도 했다. 나는 그 물건들이 내 손에 들어오는 과정이 아름답고 좋았다. 한 사람의 노고와 땀과 삶의 의미가 담겨 있는 물건이었다.

한 권의 책처럼.

그날은 친구가 한 소방관 가족의 사연을 이야기해주었다. 화재로 남편을 잃은 소방관의 아내가 소방복으로 가방을 만들어달라고 의뢰했다. 어린 아들이 아버지를 계속 기억할 수 있도록 아이에게 주고 싶다는 것이었다. 그 사연에 나는 감동했다. 얼굴도 모르는 한 아이의 모습이 그려졌고 그 아이가 아버지를 기억하는 방식을 상상했다.

나는 아이의 가방에 아버지의 이야기가 들어 있는 책을 선물로 넣어 주고 싶었다. 아이가 사용하던 가방이 다 닳아 사라져도 아버지의 이야기는 남길 바랐다.

이야기에는 그런 힘이 있으니까.

그 아이가 자라다가 혹시 아버지가 없어서 좌절하는 순간이 올 때, 아버지를 그리워하면서 읽을 수 있는 이야기를 만들어주고 싶었다.

이 아름답고 의미 있는 기획을 기꺼이 함께해준 소설가들이 있다. 소설가란 소방관처럼 보이지 않는 구석에서 마음에 난 불을 끄는 사람들임을 알아주었으면 한다. 나와 함께하는 일곱 명의 소설가들은 마음의 구조자들이다. 그들은 이 한 편의 소설을 위해 인터뷰를 하거나 자료를 모으면서, 일 년을 보냈다. 혹여 소방관과 유가족의 마음이 상할까봐 마음을 졸이면서 한 글자

한 글자 써나간 이야기들이다.

이 책을 함께 쓴 소설가들은 소방관과 유족들의 노고에 감사드린다. 지금도 우리를 구하고 있고, 대신 목숨을 걸면서도 얼굴을 드러내지 않는 당신들이 있음을. 우리는 기억하고 잊지 않겠다.

이 책 속 이야기들이 누군가에게는 재미나게, 누군가에게는 감동적으로 읽히길 바란다. 이 이야기들은 실제 사연이 아니라 상상력으로 짜여진 소설이다. 우리 소설가들의 마음이 독자와 소방관들에게 가닿길 바란다.

소방서에 인터뷰 갔을 때 친절하게 응대해준 소방공무원 분들에게 감사드린다. 그날의 경험은 놀랍고 경이로웠다. 추천사를 써주신 나주 소방서장님께도 감사를 드린다. 이 기획을 한 권의 책으로 묶어준 도서출판 아시아의 관계자님께도 마음 깊이 감사를 드린다.

2022년 가을
박지음

차례

그는 집으로 돌아와 발을 씻는다

김 강

2017년 단편소설 「우리 아빠」로 21회 심훈 문학상 소설 부문 대상을 수상하며 작품 활동을 시작했다. 소설집 『우리 언젠가 화성에 가겠지만』『소비노동조합』, 앤솔러지 『여행시절』이 있다.

그는 집으로 돌아와 발을 씻었다.[*]

　현관에 선 아이들을 옆으로 두고 발끝으로 걸어 욕실로 들어갔다. 그가 욕실로 들어간 뒤 순정이 거실로 나왔다. 고무장갑에 물이 스며들어 손이 잘 빠지지 않은 탓이었다. 새것으로 바꿔야지 했었는데. 우두커니 서 있는 아이들을 보았다. 아이들은 손을 들어 욕실을 가리켰다. 순정은 속옷과 새 양말을 욕실 앞에 가져다놓고 다시 주방으로 가 남은 설거지를 했다. 설거지를 마친 순정은 거실 소파에 앉아 아이들을 옆자리로 불렀고 그가 나오기를 기다렸다.

[*] 시인 최나임의 허락 아래 그의 시 「나는 집으로 돌아와 발을 씻는다」를 변용하였다.

욕실에서 나온 그는 젖은 수건으로 현관부터 욕실까지 그가 걸었던 대로 되짚어가며 마룻바닥을 훔쳤다. 현관 입구까지 닦은 후 수건을 빨래바구니에 가져다 넣었다. 그리고 거실로 와 소파 옆에 섰다.

— 미안해.

덥수룩한 수염 사이로 그의 마른 입술이 열렸다 닫혔다. 약간 마른 듯한 그의 뺨을 바라보던 순정은 고개를 돌렸고 손을 더듬어 소파 구석 티브이 리모컨을 찾아냈다. 다녀오셨습니까? 아이들은 뒤늦은 인사를 했다. 요것들, 엄마 말씀 잘 듣고 있었지? 그는 큰아이의 머리를 쓰다듬고 한 손으로는 작은아이를 안아 올렸다. 순정은 리모컨을 들고 티브이 화면을 보며 채널을 돌렸다. 999번부터 시작한 채널이 57번에 이르렀을 때 그가 다시 말했다.

— 미안해.

순정은 아무런 대답을 하지 않았다. 그에게 매달려 있던 아이들이 손을 풀었다. 잠시 소파에 앉아 있던 아이들은 눈을 맞추고 방으로 들어갔다. 그는 순정의 옆, 아이들이 앉았던 자리에 앉아 순정의 어깨에 손을 올렸다. 순정은 크게 숨을 내쉰 뒤 한동안 말없이 티브이화면을 보았다. 티브이에서는 푸른 잔디밭을 배경으로 누구는 채를 휘두르고 누구는 작은 공을 굴리고 있었다.

─미안해. 알잖아. 이번에는 꽤 심각했었다고. 내 맘대로 할 수 있는 게 아니잖아.

순정은 리모컨을 내려놓고 몸을 돌려 앉았다.

─그것 때문에 이러는 게 아니잖아. 자기가 무슨 나쁜 짓을 하고 집에 들어오는 게 아니잖아. 할 일 하고, 해야 할 일을 하고 들어오는 거잖아. 그런데 왜 죄지은 것처럼 나도, 애들도 제대로 안 보고 욕실부터 들어가는 거야? 보나마나 이번에도 발뒤꿈치를 들고 살금살금 들어왔겠지. 매번 그러잖아.

그는 그제야 빙긋이 웃으며 순정을 감싸 안았고 등을 토닥였다.

─열흘 동안 제대로 씻지 못했으니까, 옷에 먼지도 많고, 그리고 양말도. 땀으로 가득해. 땀이 굳어서 딱딱한 판자에 설탕 발라놓은 것 같다니까. 진득거려. 그냥 밟고 지나가면 마룻바닥이 진득거릴까봐 그러지. 깨끗하게 청소해놓은 당신한테 또 미안하고.

그를 밀어낸 순정은 눈을 흘겼고 그는 두 번 눈을 껌벅였다. 윙크를 잘 못하는 그가 하는 윙크였다.

─내가 언제 그런 일 가지고 자기한테 뭐라 한 적 있어? 열심히 일하고 왔으면, 열흘 동안 제대루 씻지도 못하고 일했

으면 그런 건 당연한 거지. 그런 것 감당하려고, 기꺼이 감당 하겠다고 당신하고 사는 거잖아. 안 그러면 내가 당신이랑 왜 살아? 그리고 안 되는 윙크를 왜 해? 하나도 안 멋있거든.

그는 다시 순정을 안았고 순정은 그를 밀어내지 않았다. 그에게 안긴 채 아이들을 불렀다. 아이들에게 치킨을 먹고 싶은지 물었고 아이들은 함성을 질렀다. 치킨을 기다리는 동안 냉동실에서 대패삼겹살을 꺼내 구웠고 맥주와 소주, 그가 좋아하는 밑반찬을 작은 상에 올려 거실로 내왔다. 그는 소파 밑으로 내려앉아 티브이를 보던 중이었다. 동해안 산불 진화 작업이 끝나고 이제 복구 작업이 한창이라는 뉴스였다.

―웬일이야? 술상을 다 봐주고? 대패삼겹살까지.

―고생했으니까. 오늘은 특별히. 수고했어. 열흘 동안. 연기 맡으면 기름진 음식을 먹어야 한다며. 언제 올지 몰라서 빨리 구울 수 있는 것으로 준비해놨지. 그리고 뉴스 좀 안 보면 안 돼? 지금까지 산불 끄다 왔으면서 산불 뉴스를 봐야겠어? 오늘 같은 날은 영화나 봐. 보다가 졸리면 가서 좀 자고.

순정은 그의 손에서 뺏은 리모컨으로 영화채널을 틀었다.

순정은 고모의 소개로 그를 만났다.

공무원만 한 직업이 없다. 소방학교를 졸업하고 이제 막

배치받은 신참이지만, 뭐라카더라? 시 뭐라 했는데? 그래, 맞다. 시보. 소방시보라 카더라. 세월은 흐를 것이고 세월따라 형편은 좋아질 거다. 처음부터 좋은 것이 어디 흔하나? 나이는 너보다 쪼매 많지만 내가 보기에는 차라리 그게 더 좋은 일이지 싶다. 오빠 하나 없이 자란 니한테는 딱이다.

사진 한 장을 건네며 고모가 말했었다. 빨리 시집가라는 아버지의 성화를, 그만둬줬으면 하는 사장의 은근한 눈빛을 견디기 힘들던 때였다. 확, 시집이나 가버려? 오기가 순정을 부추겼다. 자기보다 여덟 살이나 많은 그가 마뜩치 않았지만 일단 한 번 만나보라는 고모의 말에 고개를 끄덕였다.

오전에는 소방서에서 대기하고 야간에는 응급차를 몰던 그의 일정을 맞추기가 쉽지 않았다. 그를 처음 만난 후 한 달 여가 지나고 나서야 두 번째로 마주했다.

더 미루다가는 순정씨가 기다려주지 않으실 것 같아서 휴가를 내고 왔습니다. 일단 타십시오.

소형차를 몰고 온 그가 차 문을 열어주었다. 그렇지 않아도 아는 언니들한테 다른 남자 소개해달라고 조르려던 중이었어요. 휴가를 내고 왔다는 그의 말에 순정은 준비했던 말을 삼켰다. 대신 무슨 말씀을요. 바쁘신 것 다 아는데. 하며 조수석에 있있다. 어니로 가려는 실까? 소수석에 앉고 나니 생전

하지 않았던 상상을 했다. 곧 그가 버튼을 눌러 감미로운 음악을 재생할 것이고 한적한 야외 공원으로 가 발을 맞추며 걷겠지. 가끔은 서로의 어깨가 스치기도 할 것이고. 벤치에 앉아 그가 뽑아온 밀크 커피를 홀짝일 수도 있겠다 생각했다. 아주 고급은 아니더라도 약간은 분위기가 있는 레스토랑에서 저녁을 먹겠지. 돈가스 같은 것을 시키면 그가 대신 잘라주려나? 돌아오는 길에 그가 손을 잡으면 가만히 있어야 하나? 아직 시동도 걸리지 않은 차 조수석에 앉아 온갖 상상을 하던 순정에게 그가 말했다.

순정씨, 이곳 토박이라 하셨지요? 저는 마 이 근처에서 살기는 했어도 영 숙맥이라 이곳 지리를 잘 모릅니다. 오늘 데이트삼아 같이 이 동네 쭈욱 한 바퀴, 아니 서너 바퀴 돌아봅시다. 안내 좀 해주십시오. 잘 부탁합니다. 제가 보답으로 맛있는 삼겹살을 쏘겠습니다.

응급차를 운전해야 하는데 신고내용만으로는 어느 곳으로 가야 할지 몰라 그도 환자도 고생이 많다는 이야기였다. 어느어느 슈퍼 앞, 어느어느 빌라 맞은 편, 무슨무슨 세탁소 사거리 등등. 신고자들이 말하는 내용만으로는 찾아가기가 힘들고 그러다 보니 응급환자 이송에 시간이 너무 많이 걸린다고 했다. 순정은 어이가 없었지만 한편으로는 그가 자신의 직을 대하는 태도에서 진심을 느꼈다. 순정의 안내에 따라 동네를 세 바퀴 돌고 순정의 안내 없이 한 바퀴 돌고 난 후 그는 순정을 소방서 근처 삼겹살집으로 데리고 갔다.

우리 소방서에서는 불을 끄고 나면 반드시 여기로 옵니다. 삼겹살을 먹고 난 후에야 집으로 돌아가는 거지요. 연기, 먼지, 냄새나고 몸에 안 좋다는 화학물질을 이 기름기가 싹 빼내준다고 하거든요. 순정씨, 제가 쌈 한 번 싸드려도 되겠습니까?

그와 순정이 저녁을 먹는 동안 소방서의 다른 소방관들이 식당으로 들어섰고 합석을 했다. 순정은 제수씨라는 호칭을 수십 번 듣고 난 뒤에야 집으로 돌아올 수 있었다. 그리고 얼마 지나지 않아 그들의 제수씨가 되었다.

그래도 책임감 하나는 대단한 사람이구나. 자기 가족들에 대해서도 최소한 저 정도 책임감은 가지겠구나 하는 생각이 들었어요. 한 번 그렇게 보기 시작하니까 다른 것들도 다 좋아 보이고. 힘든 일, 좋은 일을 하는 사람인데 내가 저 사람을 책임지는 것도 나쁘지는 않겠구나 싶었어요. 그래서 결혼했지요. 그런데 돌이켜보면 내가 달리는 차에서 뛰어내릴 수 없어가지고 그래서 어쩔 수 없이 끌려간 것 같아요, 뭐. 결혼 후 순정은 고모를 만날 때마다 그날의 일을 끼내곤는 했다.

아파트 상가 마트 계산대에 장바구니를 올려놓던 중이었다. 휴대폰 벨이 울렸다.

— 전화 받아.

마트 캐셔로 일하는 순정의 친구가 장바구니를 받아들며 말했다.

— 뒤에 줄 길다. 급한 일이면 다시 전화하겠지.

순정은 장바구니에 든 물건을 꺼내 친구에게 건넸다. 계산을 끝내고 장바구니를 들고 나올 즈음 다시 휴대폰 벨이 울렸다.

— 여보세요.

— 여보세요. 제수씨. 접니다.

그의 직장 동료였다.

— 어쩐 일이세요? 이 시간에.

— 민수 아빠가, 바람이 불어가지고, 민수 아빠가 나무에서 떨어져가지고, 크게 위험한 일도 아닌데, 바람이 불어가지고.

순정은 장바구니를 마트 바닥에 내려놓았다. 휴대폰을 쥔 왼손이 심하게 떨렸다. 오른손으로 왼 손목을 잡으며 말했다.

— 무슨 말이에요. 민수 아빠가 어떻다고요? 천천히, 알아듣게 말씀해주세요.

그가 나무에서 떨어졌다, 응급실로 가고 있다, 바로 오는 것이 좋겠다는 내용이었다. 순정은 서둘러 마트를 나와 집으로 향했다. 빠른 걸음으로 걸으려했는데 다리가 말을 듣지 않았다. 허공에서 헛걸음을 하듯 한 걸음 앞으로 나아가는 것이 힘들었다. 학원에 간 아이들 저녁은 어찌할지, 시댁에는 알려야 할지, 얼마나 다친 건지, 살아 있기는 하는 건지 온갖 생각들이 발목을 붙잡고 놓지 않았다. 아파트 단지로 오르는 계단이 유난히 높았다. 난간을 잡고 겨우 올라갔다.

순정은 장바구니를 식탁위에 올려놓고 식탁 의자에 앉았다. 멍하니 식탁을 내려다보던 순정은 도리질을 한 번 한 뒤 일어나 찬물을 마셨다. 엄마, 아빠한테 간다. 냉장고에 있는 반찬으로 저녁 챙겨 먹고 숙제하고 있어, 전화할게. 메모지에 몇 가지 일러둘 말을 적은 뒤 현관 입구 바닥에 두었다. 밖으로 나와 승강기 버튼을 눌렀다.

승강기가 24층에서 내려오기 시작했다. 빨리, 빨리 좀. 순정은 동동거리며 버튼을 문질렀다. 속도를 내 내려오던 승강기가 13층에 멈춰 섰고 한 동안 움직이지 않았다. 이런 시발, 도대체 뭘 하는 거야, 순정의 입에서 욕이 튀어 나왔다. 자신의 입에서 나온 욕지거리에 잠깐 놀랐지만 순정은 누가 들었든 상관없다고 생각했다.

승강기가 8층에 다다랐다. 아이씨, 도대체. 승강기 문이 완전히 열리기도 전에 몸을 밀어 넣으려던 순정이 흠칫 멈춰 섰다. 승강기에는 어린 아이와 유모차를 잡고 선 젊은 새댁이 있었다. 순정은 한 발 뒤로 물러났고 젊은 새댁은 열림 버튼을 눌러 기다렸다. 새댁의 손을 잡고 있던 아이는 새댁의 허리에 얼굴을 파묻고 한쪽 눈으로 순정을 보았다. 순정은 아무 말도 하지 못하고 승강기에 올라탔다. 승강기 벽에 기대서서 큰 숨을 몰아쉬었다.

─괜찮으세요? 얼굴이 창백하신데.

새댁이 물었다.

─아니, 그냥 조금.

─조금이 아닌데요. 무슨 일 있으세요?

새댁이 다시 한번 물었고, 순정은 애들 아빠가 응급실로 가고 있다고 대답했다.

─제가 택시 불러드릴까요?

순정은 새댁이 불러준 택시를 타고 응급실로 갔다. 택시를 타고 가며 순정은 그의 동료에게 전화를 걸었다. 지금 막 당직의사가 내려와 살펴보고 있다. 정신도 멀쩡하고 혈압도 괜찮으니 걱정하지 말라. 그의 동료는 처음보다는 훨씬 침착하게, 그리고 달래듯 말했다. 그를 바꿔달라, 순정이 부탁했지만 지금 진찰중이라 통화를 하기는 힘들다, 그의 동료가 대답했고 순정은 왈칵 쏟아져 나오는 눈물을 참을 수 없어 휴대폰을 든 채 울어버렸다. 그의 동료가 뭐라고 몇 마디 말을 더 했지만 들리지 않았다. 택시 기사는 힐끗 순정을 돌아보고는 비상 깜빡이 버튼을 누르며 가속 페달을 밟았다.

   ─척추 중 흉추 12번과 요추 2번 골절입니다. 다행이라 말하기는 뭣하지만 골절 면이 뼈 몸통의 중간을 넘지는 않았습니다. 척수를 건드리지 않아서 신경증상도 보이지는 않고. 수술을 해야 할지 어쩔지 일단 지켜보면서 결정하겠습니다. 혹시라도 다리나 발끝의 감각이 이상하거나 하면 바로 말씀 주셔야 합니다. 그건 응급입니다. 아셨지요?

   담당 주치의가 외운 듯 막힘없이 설명을 하고 갔다. 뒤이어 간호사가 찾아와 입원 수속에 대한 안내사항을 전해주었다.

   나무에서 떨어졌다고 했다. 소방서 부지 내 감염관리실 뒤쪽에 서 있는 느티나무. 순정도 본 적 있었다. 십여 년 전 그가 동해안의 Y소방서로 발령을 받았을 때 그 쪽으로 이사를 해야 할지 아니면 그가 출퇴근을 할지 옥신각신하다 그와 함께 직접 Y소방서까지 왔었나. 예선에 농업지도소로 쓰이던 건물을 개조해 사용 중인데 건물이 꽤 튼튼하다고, 확실히 옛날에 지은 건물들이 요즘 짓는 건물들보다 훨씬 나은 것 같다며 은근한 자랑을 하던 그였다. 우리 집도 아닌데 별것을 다 자랑하네, 하고 생각했었다. 그때도 그 느티나무가 있었다. 꽤 큰 나무였다. 농업지도소 초창기부터 있었으니 사오십 년은 족히 되었을 것이라고 했었다. 지금은 오육십 년이 되었을 것이고.

　―소방서 마당에 큰 느티나무가 한 그루 있는데 말입니다. 그 느티나무 아래에 감염관리실이 있습니다. 우리가 이곳저곳 다니다 보면 옷이나 장비가 화학물질이나 세균, 바이러스 등에 오염될 가능성이 높잖습니까? 그래서 그 감염관리실에서 일차적인 방제 처리를 하거든요. 그래서 감염관리실에서는 환기가 중요하거든요. 그런데 느티나무에서 떨어지는 낙엽들이 감염관리실 지붕에 자꾸 쌓이는 겁니다. 당연히 환기에 영향을 주지요.

　봄이면 감염관리실 지붕에 올라가 낙엽을 걷어내고 청소를 하는 것이 연례행사였다. 귀찮아도 어쩔 수 없는 일이라 여겼다. 그런데 이번에는 달랐다. 지난 늦가을 때아니게 불었던 태풍에 느티나무의 가지가 부러졌다. 감염관리실 위쪽의 가지였다. 가지는 여전히 나무에 매달려 있었다. 차라리 완전히 부러져 땅바닥으로 떨어졌으면 좋았을 텐데. 가지는 꺾인 채로 말라갔다. 죽은 가지니 베어내는 것이 낫겠다, 어느 날 갑자기 떨어져 시설을 고장 내거나 사람이 다치면 큰일이다, 일이 복잡해지니 이번 기회에 저 가지만 잘라내자, 소방서 내 의견이 모아졌다.

— 내가 올라간다 했는데 저 녀석이 기필코 자기가 하겠다고 고집을 피웠습니다. 정말입니다, 제수씨. 자기가 우리 서에서 제일 나무를 잘 탄다고, 자기가 해야 한다고.

그의 동료는 응급실 침대에 누워있는 그를 가리키며 말했다. 순정은 그의 동료 입에서 미안하다거나 죄송하다거나 하는 말이 나오면 '아닙니다. 미안하실 일이 아닙니다. 죄송하다니요. 이건 누구의 잘못이 아니지요.' 하고 대답할 준비가 되어 있었지만 미안하다, 죄송하다 말하는 이는 아무도 없었다. 미안하다는 말은 그의 입에서 나왔다. 환자복을 입고 응급실 침대에 누워있던 그가 순정에게 말했다.

— 미안해.

— 지금 그 말이 왜 나와? 괜찮아?

— 놀랐지? 아이들은?

— 내가 놀란 게 문제야? 아이들은 걱정 마. 알아서 잘 하고 있을 거야.

―그래도 다행이지. 발가락도 움직이고 발바닥에 감각도 있어. 수술까지는 안 해도 될 것 같다 하더라고. 2, 3주 입원은 해야겠지만 말이야. 2, 3주 지나면 통원치료를 할 수 있을 것 같다고는 하던데.

　―눈을 뜨고 말을 하는 걸 보니 한결 마음이 편하네. 그런데 편해진 만큼 화가 나네. 왜 자기가 올라갔는데? 나무 탈 줄 아는 사람이 자기뿐이야?

　―고참더러 나무에 올라가라 할 수는 없잖아. 그렇다고 후배를 시켜? 내가 해야지.

　―산불 끄고 돌아온 지 얼마 되었다고. 사고 없고 산불 없는 날이면 좀 쉴 것이지. 이게 뭐야.

　작업 자체가 위험하거나 힘든 것은 아니었다고 했다. 5, 6미터 정도 올라가 꺾인 가지의 남은 부분, 느티나무에 붙어 있는 부분을 휴대용 전기톱으로 살짝 잘라내면 되는 일이었다. 다만 잘려진 가지가 감염관리실 지붕으로 떨어지면 안 되기 때문에 한 손으로는 가지를 잡고 한 손으로 톱을 들어야 했다. 부러진 가지와 가까운 위치의 굵은 가지에 말 타듯 앉아 작업을 했다. 가지를 잘라낼 즈음이었다. 바람이 불었다. 바람은 잘려진 가지를 그가 앉아 있는 쪽으로 밀었고 잘려진 가지는 그를 밀어냈다. 그는 아래로 떨어졌다.

순정은 입원 수속을 밟고 난 후 아이들에게 전화를 했다. 아빠가 다쳤는데 다행히 크게 다치지는 않은 것 같다, 그래도 당분간 병원에 입원을 해야 한다, 저녁 늦게 들어갈 테니 밥 먹고 할 일 하고 있어라 등등. 전화를 하고 난 후 1층 편의점에 들러 몇 가지 필요한 물건을 샀다. 휠체어를 밀고 있는 젊은 엄마가 옆에 와 섰다. 휠체어에는 오른쪽 다리에 깁스를 한 아이가 앉아 있었다. 순정은 힐끗 옆을 보다 아파트 승강기에서 마주쳤던 젊은 새댁이 생각났다. 어디서 봤는데. 같은 아파트에 사니 오다가다 봤을 수도 있겠지만, 그렇게 본 게 아닌데. 누구였더라? 편의점에서 나와 승강기를 타고 병동까지 오는 동안 줄곧 기억해내려 애썼지만, 누구였는지 무슨 일이었는지 떠오르지 않았다. 고맙다는 말도 못 하고 왔으니 찾아가 고맙다 말해야겠지만, 그것 말고 뭔가 있는데, 뭔가 마음이 편치 않은, 뭔가.

순정은 병실로 돌아와 그의 침대 아래 보호자용 침대를 끌어내 걸터앉았다. 각기 다른 곳에 붕대를 감은 네 명의 환자가 4인실을 채우고 있었다. 저들이 모두 깨어 있는 한낮이면 네 개의 사연들이 모여 좌담회를 열겠지. 순정은 피식 웃었다. 그중 휴대폰을 보고 있던 한 명이 혼잣말하듯 그러나 큰 목소리로 말했다.

— 일본에서 또 지진이 났네. 지진이 났어.

그 순간 순정은 보호자용 침대에서 벌떡 일어섰다. 순정과 창밖을 번갈아 보다 설핏 잠이 들었던 그가 눈을 떴다.

— 왜? 무슨 일인데?

그날 땅이 흔들렸다. 순정은 빨래를 개고 있었다. 학원에서 돌아올 둘째 아이 간식으로 뭐가 좋을지 고민하며 주방으로 고개를 돌리던 순간이었다. 우르르르, 소리가 들렸던 것 같다. 아니 처음에는 소리가 나지 않은 것 같기도 하다. 사실 정확하지 않다. 순식간이었고 처음 겪는 일이어서 머리에 담아둘 겨를이 없었다. 거실과 주방의 등이 크게 흔들렸고 싱크대 선반 문이 열려 유리잔이 바닥으로 떨어졌다. 앞으로 기운 에어컨을 잡기 위해 일어섰지만 제대로 걸을 수 없었다. 티브이 옆 선반의 수족관이 엎어지며 깨졌고 구피들이 바닥에서 뒹굴었다. 모든 것이 한순간에 일어났다. 몇 초? 몇 분? 가늠할 수 없는 시간이 지나자 언제 그랬냐는 듯 지진이 멈췄다.

순정은 그에게 전화를 했다. 불통이었다. 메시지도 보낼 수 없었다. 통신망에 문제가 생겼거나 통화량, 정보량이 폭주하거나 둘 중 하나인 것 같았다. 순정은 주방으로 가 스테인리스 볼에 물을 담아 왔다. 꼬리지느러미로 바닥을 치며 뻐끔거리는 구피들을 볼에 담았다. 깨진 유리와 수족관물로 흥건해진 거실을 치울 엄두는 나지 않았다. 이게 무슨 일이지? 아이들, 아이들을 찾아야 하는데. 큰아이는 학교에 있으니 학교에서 살필 것이고, 학원에 가봐야겠어.

순정이 현관으로 한 발짝 내딛었을 때 땅이 다시 흔들렸다. 순정은 바닥에 엎드려 지진이 멈추기를 기다렸다. 아이들 방에서 책이 쏟아져 내리는 소리, 유리창이 깨질 듯 덜컹거리는 소리, 그리고 땅이 흔들리는 소리가 섞여 순정의 머릿속을 채웠다. 두 번째 지진이 잦아들었고 순정은 기어서 현관으로 갔다.

지진은 멈췄지만 몸은 심하게 떨렸다. 운동화를 신을 수 없어 겨우 크록스에 발을 끼워 넣었다. 밖으로 나와 아래로 내려갔다. 언제 세 번째 지진이 올지 알 수 없었다. 빨리 가야 한다는 생각 하나로 뛰었다. 8층에서 1층까지 얼마나 걸렸을까? 1층에 도착해 편평한 바닥을 디디고 나서야 크록스 한 짝이 사라졌다는 사실을 깨달았다. 중요하지 않았다. 둘째 아이에게 가야했다.

아파트 현관을 열고 나가려던 순정은 인기척을 느꼈다. 갓난아이를 안은 채 주저앉은 젊은 여자와 여자의 어깨를 잡고 울고 있는 어린 아이었나. 그들은 우편함 이레 벽에 바짝 붙어 있었다. 그녀에게 손을 내밀까, 순정은 잠깐, 아주 잠깐 고민했지만 그 잠깐 사이 순정의 다리는 이미 현관을 벗어났다.

둘째 아이는 학원 선생님과 함께 상가 밖으로 나와 있었다. 사람들이 하나둘씩 아파트 맞은편 공원으로 향하는 것이 보였다. 순정과 둘째 아이도 공원으로 갔고 첫째 아이도 공원에서 만났다. 두세 시간이 흘렀고 땅은 더이상 흔들리지 않았다. 그와 전화통화를 했고 순정이 예상하듯 그와 그의 동료들이 감당해야 할 일들이 쏟아지는 중이었다. 아파트로 돌아갈 수는 없었다. 언제 또 흔들릴지. 아이들과 함께 두려움에 떨며 밤을 보내기는 싫었다. 순정은 아이들을 차에 태워 진앙에서 멀리 떨어진 동해안의 시댁으로 갔다. 밤을 지낼 어딘가를 찾아 떠나는 차들이 동해안 7번 국도를 가득 메웠다.

그날 밤 순정은 잠을 이루지 못했다. 놀란 가슴이 쉬이 가라앉지 않은 탓이기도 했지만 현관에서 보았던 젊은 여자와 아이들이 자꾸 떠올랐다. 젊은 여자 어깨라도 다독여주고 올 것을. 아니 여자 옆, 조그만 아이의 손을 잡고 같이 나가자 할 것을. 젊은 부부가 이사 왔다는 말을 들은 것 같은데, 그 부부겠지. 같은 아파트에 살고 있으니 오며 가며 언젠가는 마주치겠지. 아니, 수소문해서 찾아갈까? 미안하다. 내가 경황이 없어 도와주지 못했다. 이제 와 후회한다. 그렇게 말해야 할까? 아니지. 누구라도 그 상황에서는 그랬을 거야. 조금 미안할 수는 있지만 찾아갈 정도는 아니지. 왔다 갔다 하는 마음을 어쩌지 못했다.

다음 날 그가 왔다. 곁에 있어주지 못했던 그를 탓하지 않았다. 그는 누군가의 곁에 있었을 테니까. 그게 그의 일이니까. 아이들은 큰 모험을 한 듯 앞다투어 지진 당시의 상황을 그에게 전했고 그는 이제 괜찮을 것이라며 아이들을 달랬다. 순정은 현관에서 보았던 젊은 여자에 대해 말하지 않았다. 말할 수 없었다.

며칠이 지나 아파트로 돌아온 순정은 계단을 오르내리며, 승강기를 타고 내리며 살폈지만 젊은 여자와 아이들을 만나지 못했다. 지진 이후 친척이나 부모님 집으로 들어간 사람들이 많았다. 그들도 어딘가 다른 곳에 가 있겠지.

더이상 지진은 없었다. 떠났던 사람들이 돌아왔고 익숙한 일상 속으로 들어갔다. 순정도 다르지 않았다. 집안일을 하고 아이들을 살피고 그를 기다렸다. 그리고 젊은 여자와 아이들을 잊었다.

하루가 지났다. 오전에 회진을 온 담당 교수가 순정을 입원실 밖으로 불러냈다.

―엊저녁 설명을 들으셨겠지만 애매한 상황입니다. 다친 정황으로 보면 큰 문제가 발생했을 것 같은데 검사 결과로는 심각하지 않은, 아니 그러니까 괜찮다거나 아무 일도 아니라는 말씀은 아니고, 우리가 심각하다고 말하는 것은 하반신 마비라든지 그런 후유증이 남는 그런 것을 말하는 건데, 다행히 부군께서는, 물론 지켜봐야겠지만, 그렇지는 않은 것 같습니다. 다리에 감각이 없다든지 저리거나 했으면 어젯밤, 아니 오늘 새벽이라도 응급수술을 했을 겁니다. 그런데 그런 증상도 없고 또 검사 결과도 나쁘지 않고 하니 당분간 지켜보는 것으로 하겠습니다. 물론 그 기간 동안은 절대 안정입니다. 아무튼 부군께서는 몸이 굉장히 유연하신 것 같아요. 아니면 운이 아주 좋으시거나. 하하.

담당 교수는 멋쩍게 웃은 뒤 돌아서 다음 병실로 향했다. 순정이 담당 교수를 불러 세웠다.

―그 기간이라는 것이 얼마 정도인가요?

―그것은 뭐라 말씀드리기가 좀. 어떤 일이 생길지도 모르고.

―그래도 평균이라는 것이 있을 것 아니에요.

―2, 3주쯤?

담당 교수는 짧게 대답했고 옆에 서 있던 간호사가 순정을 붙잡고 있는 사이 다음 병실로 들어갔다. 조금 있다 제가 돌아와서 설명을 드릴게요, 간호사가 말했고 순정은 그럴 필요 없다고 대답했다.

점심시간이 지나고 전화가 왔다. 그의 동료였다. 조금 있다 소방서장이 병원에 방문할 예정이라고, 그에게 미리 알려주라고 했다. 소방서장이면 소방서장이지 병문안 오면서 그걸 미리 알리는 건 뭐지? 그래도 빠르네, 하루 만에 병문안을 오니. 순정은 마음이 살짝 꼬였지만 그래도 그의 상사이고 또 사고 하루 만에 병문안을 오는 것에 점수를 주기로 했다. 최대한 공손하게 대하겠다, 마음먹었다.

이를테면 소방서장이 '김 소방위 부인되십니까? 우리 김 소방위가 큰 산불을 끄느라 고생 많았는데 얼마 쉬지도 못하고 이리 큰 부상을 당하게 해서 죄송합니다. 나뭇가지 베는 일이 우리 대원들이 할 일은 아닌데 말입니다.' 하고 말하면 순정은 '무슨 말씀을요. 이리 찾아와 위로 주셔서 감사합니다. 대원들이 할 일, 안 할 일이 따로 있겠습니까. 제가 아는 이이는 그렇게 생각하는 사람이 아닙니다. 마땅히 할 일을 한다 생각했을 겁니다.' 라고 대답한다든지, 소방서장이 '아무튼 소방서 걱정 말고 충분히 몸조리를 해서 완전히 회복된 다음 복귀하시게. 이곳 일은 우리가 다 알아서 할 테니. 사모님,

옆에서, 물론 잘하시겠지만, 잘 돌봐주십시오. 사실 김 소방위 없으면 우리 소방서가 잘 안 돌아가거든요.' 웃으며 말하면 순정은 '다들 바쁘고 맡은 일이 적지 않을 텐데 이렇게 한 사람이 빠지게 되면 얼마나 힘들겠습니까? 아픈 사람도 아픈 사람이지만 남아 있는 분들도 여간 고생이 아닐 것이라 생각합니다. 제가 열심히 간병해서 최대한 빠른 시일 내에 복귀할 수 있도록 힘써보겠습니다.'라 말하며 주먹을 쥐어 보일 생각도 했다. 그리고 '이것, 얼마 안 되는 돈이지만 치료비와 간병에 보태십시오.'라는 말과 함께 흰 봉투를 내밀면 '이러시지 않으셔도 됩니다. 보험 들어놓은 것 있으니 이번에 써먹어야지요. 이 돈으로 남아서 고생하실 다른 동료 분들을 위로해 주시는 것이 더 좋을 것 같습니다. 이이도 그런 마음일 겁니다.' 하고는 한 번쯤 손사래 칠 참이었다.

소방서장이 그의 동료 몇몇과 같이 왔다. 순정은 허리를 굽혀 정중히 인사했고 일어서기는커녕 앉지도 못하고 침대에 누워 있던 그는 어쩔 줄 몰라 했다. 소방서장은 뒷짐을 지고 침대 아래쪽에 서서 말했다.

─이 사람아, 이게 무슨 일인가. 좀 조심하지 그랬어. 오면서 들으니 그래도 수술할 정도는 아니라 하더군. 다행이야, 다행. 자네가 중상이라도 입었으면 소방서도 조용히 지나가

지 못했을 텐데 말이야. 소방관이 왜 나무에 올라갔냐? 부터 안전 관리, 안전 조치에 문제가 있었던 것은 아니냐? 까지 좀 시끄러웠겠어. 그래도 이 정도니 다행일세. 그래, 아프지는 않고?

그의 곁에 서 있던 순정이 뭐라 말하려 했지만 그의 대답이 더 빨랐다.

─진통제를 맞아서 그런지 아프지는 않습니다. 지금이라도 일어나 걸을 수 있을 것 같은데 병원에서 워낙 겁을 줘서 꼼짝 못 하고 있습니다. 그리고 죄송합니다. 제가 좀더 조심했어야 하는 건데.

─그러게 말일세. 좀 조심하지 그랬어. 하필이면 이런 때 말이야. 다들 힘든 시간데. 그래도 병원 말을 들어야지. 서둘러 복귀했다가 뒤늦게 후유증이 생기고 그러면 안 되니까, 그러면 일이 더 복잡해진다고.

─네, 잘 알겠습니다. 바쁜 시기에 이렇게 되어서 죄송합니다. 정말 죄송합니다. 퇴원해도 된다, 담당 교수가 말하는 그날 바로 복귀하겠습니다.

소방서장은 고개를 돌려 같이 온 그의 동료를 보았고 동료는 주머니에서 흰 봉투를 꺼내 소방서장에게 건넸다.

─이거, 우리가 조금 모았네. 병원비에 큰 보탬은 안 되겠

지만 그래도 우리가 그저 직장 동료 관계만은 아니지 않나. 힘들 때 서로 돕고 그래야지. 이거 받으시게. 아니다. 사모님, 여기 이거 받으십시오.

순정은 소방서장이 내민 흰 봉투와 그의 얼굴을 번갈아 보았다. 그는 고개를 가로저었다.

— 아니, 무슨 이런 것을⋯⋯.

그가 말을 이으려는 순간 순정이 흰 봉투를 낚아챘다.

— 잘 쓰겠습니다. 밤 따러 밤나무에 올라간 것도 아니고 소방서 시설 관리하려다 이리된 것이니 당연하다 생각하고 받겠습니다. 마실 것이라도 내어 와야 하는데 준비해놓은 것이 없네요. 어떻게 요 밑에 로비에서 아메리카노라도 한 잔 하실지?

옆 병상의 환자 부부가 대화를 멈췄고 맞은편 병상의 환자는 휴대폰을 내려놓았다.

— 하하하, 우리 제수씨, 정말 재밌으시다니까. 서장님 이제 그만 가시지요. 오후에 회의가 있다 하지 않으셨습니까?

— 그렇지. 그럴까?

그의 동료가 나서서 마무리했고 서장 일행은 병실을 나섰다. 서장 일행이 병실을 나와 한 발 옮기려는데 병실 문틈으로 순정의 목소리가 들렸다.

―자기가 뭐가 죄송한데? 뭐가 미안한데? 자기가 왜 여기 누워 있는데? 어이구, 속 터져. 내가 눈물이 다 나려고 한다, 응? 분해서.

그날 저녁 무렵, 순정은 아파트로 돌아왔다. 아이들도 살펴보고 병실에서 필요한 물품을 준비해가기 위해서였다. 아파트 상가 마트에 들른 순정은 망설이다 딸기 두 팩을 샀다. 아파트로 들어오며 경비실에 들러 13층 새댁이 몇 호에 사는지 물었다.

승강기를 탄 순정은 8층 버튼을 눌렀다가 다시 눌러 껐고 13층 버튼을 눌렀다가 다시 눌러 껐다. 순정 뒤따라 승강기를 탄 태권도복을 입은 아이는 순정의 눈치를 보다 15층 버튼을 누르고 승강기 뒤편 벽으로 몸을 붙였다. 7층을 지날 때까지 순정은 버튼을 누르지 못했고 8층을 지나고 나서야 13층 버튼을 천천히 눌렀다.

초인종을 누른 지 얼마 지나지 않아 새댁이 나왔다. 순정은 딸기 두 팩을 건네주며 미안하다, 말 대신 그날 고마웠다는 인사를 했다.

계단을 내려와 현관문을 열며 순정은 고민했다. 그가 신을 실내용 슬리퍼를 한 켤레 살지 말지, 현관부터 욕실까지 긴

카펫을 깔지 말지, 그가 돌아와 발을 씻을 큰 대야를 현관에
둘지 말지.

당신의 삶에 박수를,
우리의 삶에 사랑을,
모든 삶에 존중을.

부산에서 태어났다. 대연동에서 태어나 몇몇 동네를 거쳐 해운대에서 20여 년을 살았다. 그리고 경주를 거쳐 포항에 살고 있다. 그럼에도 나는 부산을, 경주를, 포항을 안다 말할 수 없다. 문화와 역사를 차치하고 한 번도 가본 적 없는 동네가 허다하다. 감전동이 그렇고, 산내가 그렇고 장기면이 그렇다.

사람살이에 대한 것도 마찬가지다. 나와 가족들의 삶 – 심지어 이것 또한 다 안다고 말하기 힘들다. – 을 제외하고 '안다.'고 할 수 있는 삶이 있을까? 가까운 사람들의 삶에 대해서도 그러한데 접해보지 못한 직업, 들여다보지 못한 삶이라면? 그래서 이번 소설 작업은 조금 힘들었다. 알고 있는 것들만 가지고, 하고 싶은 이야기만 만들어내는 것으로 충분했던 이전 작업과는 달랐다. 잘 알지 못하는 직업과 그 직업을 가진 사람들의 삶을 소재로 작업을 해야 했기에 첫 단어를 선택하는 것, 첫 문장을 쓰는 것, 첫 문단을 구성하는 것이 쉽지 않았다.

결국 어느 직업이나, 누구에게나 공통적인 것으로부터 시작했다. 특수보다는 보편을 찾으려했다.

소설 속 몇몇 구체적인 사건과 상황을 바꾼다면 나와 너, 우리와 그들의 삶을 떠올릴 수 있다. 여느 삶이 모두 그렇다는 것을 새삼 깨닫는다. 어쩌면 우리는 대부분의 삶에 대해 잘 알고 있는지도 모르겠다. 하여,

당신의 삶에 박수를, 우리의 삶에 사랑을, 모든 삶에 존중을.

*시집 『나는 집으로 돌아와 발을 씻는다』의 제목을 변용하여 사용할 수 있도록 허락해준 시인 최라라에게 감사의 말을 전한다.

우리 동네 소방관은 마동석

권제훈

2017년 조선일보 신춘문예에 단편소설 「박스」를 발표하면서 활동을 시작했다. 2020년 한국문화예술위원회 아르코청년예술가지원 사업에 선정되었고, 2022년 넥서스 장편 작가상 우수상을 수상해 『여기는 Q대학교 입학처입니다』를 펴냈다.

마동석은 화염에 휩싸인 건물을 향해 거침없이 돌진했다. 붉은 천을 향해 달려드는 황소 같았고 불을 다 마셔버릴 것 같은 기세였다. 맹렬히 타오르던 불꽃도 그를 보곤 겁먹은 듯 일순간 숨죽였다. 정작 건물에 진입한 그는 속력을 늦췄다. 급할수록 천천히, 위험할수록 신중해야 했다. 어둠 속의 연기와 장애물을 헤치며 구조를 기다리는 사람과 불길을 찾아 조심스레 나아갔다. 마침내 그는 화염과 마주했다. 순간 불꽃이 방화복을 뚫고 몸에 옮겨붙은 것만 같아 움찔했다. 숨쉬기가 힘들었지만 심호흡하며 정신을 가다듬었다. 어디선가 아기 울음소리노 들려왔다. 두방망이질하는 심장을 진정시기며 침착하게 화염을 향해 소방 호스를 들었다. 마음속으로 하나, 둘, 셋을 센 후 물을 발사했다. 이윽고 호스에서 힘차게.

코끼리가 발사되었다. 코, 끼, 리? 물이 아니고?

아…… 또 꿈이었구나. 난데없이 나타난 코끼리 떼를 넋놓고 바라보고 있는 사람은 마동석을 닮은 나였다. 꿈이란 걸 알면서도 꿈에서 달아나지 않았다. 그래, 무슨 일이 더 벌어지는지 보자. 팔짱을 낀 채 코끼리들을 지켜보았다. 이런 꿈을 악몽이라고 할 수 있을지 모르겠지만 매일 꾸다 보니 면역이 생겼다고나 할까. 처음 악몽을 꿨을 땐 호스에서 화염방사기처럼 무시무시한 불기둥이 뿜어져 나갔다. 때론 기름이 쏟아졌다. 그야말로 불에 기름을 붓는 격이었고 나는 한순간에 타버리고 말았다. 불덩이가 된 채로 잠에서 깨곤 했다. 코끼리는 나름 진일보한 결과물이었다. 어젯밤 자연 다큐멘터리에서 초원을 누비고 있는 코끼리 가족을 본 게 화근이었다. 동물원에 가보고 싶다는 생각을 오랜만에 했었다. 호스에서 튀어나온 일곱 마리의 코끼리는 화염을 둘러싸고 사이좋게 나란히 섰다. 뭐가 그리 즐거운지 코끼리들은 분명 웃고 있었다. 그러곤 깃발을 들듯 하늘을 향해 코를 세우더니 앞으로 쭉 뻗어 불꽃을 가리켰다. 대장으로 보이는 녀석의 웃음소리와 함께 코끼리들이 일제히 코에서 뭔가를 발사했다. 이번에는 물이겠지, 하고 짐작한 나를 비웃듯 코끼리 코에선 과자가 쏟아져 나왔다. 양파링 같기도 했고 새우깡 같기도 했다. 그렇지, 코끼리는 코가 손이랬지. 나도 모르게 호스를 내려놓고 박수를 치고 말았다. 불에 구운 과자는 맛있을까, 상상하려는 찰나 눈을 떴다.

잠에서 깬 나는 흠뻑 젖어 있었다. 1층 집주인 할머니가 보일러를 어찌나 세게 틀었는지 방바닥이 지글지글 끓고 있었다. 잠들기 전에 흠뻑 적셔두었던 수건은 물기 한 점 없이 말라 있었다. 냉수를 벌컥벌컥 마시고 바로 샤워를 했다. 습기로 얼룩진 거울 사이로 마동석이 슬쩍 보였다. 내가 보기에도 참 닮았다. 마동석 아저씨도 날 보면 그런 생각을 할까. 가끔 혼자 쓸데없는 상상을 한다. 마동석이 날 만나면 어떤 반응을 보일지. 이유는 모르지만 격하게 좋아하며 날 얼싸안을까, 잃어버린 쌍둥이 동생을 찾은 것 같은 기쁨에 울음을 터뜨릴까, 아니면 너무 놀라서 줄행랑을 칠까.

이곳에 온 이후론 마동석을 닮았다는 얘기를 한 번도 듣지 못했다. 그 얘기가 정말 지긋지긋했는데 막상 아무도 해주지 않으니 꽤 서운했다. 본명을 불러주는 사람이 거의 없을 정도였는데, 엄마조차도 '동석아'라고 불렀는데. 대중으로부터 서서히 잊히는 연예인의 슬픔을 조금이나마 짐작할 수 있을 것 같았다. 갑자기 살이 빠진 것도, 인상이 해맑은 아이처럼 반듯해진 것도, 한 번 보면 푹 빠져들 만큼 미남이 된 것도 아니었다. 엄마 말처럼 눈을 마주치며 바라보기 힘들 정도로 무서운데 눈을 뗄 수 없을 정도로 귀여운, 묘한 얼굴 그대로였다.

다만 평균 연령이 족히 칠십은 넘어 보이는 이 자그마한 바닷마을 사람들은 마동석이라는 배우를 알지 못했고, 그렇기에 내가 마동석을 닮았다는 사실을 몰랐다. 올해 칠순을 맞이한 마을 이장은 마지막으로 본 영화가 타이타닉이라고 했다. 배가 두 동강이 나버렸지, 그러곤 바닷속으로 사라져버렸어, 바다는 무서운 곳이란 말이야, 모든 걸 집어삼키지. 감명 깊게 봤다며 이 얘기를 반복했다. 그렇다고 해서 그가 레오나르도 디카프리오나 케이트 윈슬렛을 아는지는 모르겠다. 하여간 주인집 할머니 손자가 방학을 맞이해 할머니 댁에 놀러 오기 전까지 나는 마동석이 아닌 이군, 이씨, 청년, 어이, 거기, 저기, 소방관 등으로 불리었다.

축 처진 가슴 근육이 눈에 거슬렸다. 한때는 솥뚜껑 같은 가슴이었다. 좌우좌우좌좌우우 힘을 주체하지 못하고 근육이 요동치곤 했다. 소방관 달력 모델에 도전해볼까 고민한 적도 있었다. 얼굴이 조금이라도 잘생겼으면 바로 지원했을 텐데 말이다. 하긴 마동석 형님은 할리우드에도 진출했는데 나라고 못 할 이유는 없지 않은가. 동료들은 마동석을 닮은 게 화제가 될 수 있다며, 도끼 들고 바디프로필을 찍어보라고 부추겼다. 난 소방관이 그런 단어를 함부로 쓰는 거 아니라고 인상을 쓰곤 했다. 화제, 화재, 화제, 화재, 발음도 제대로 못 하면서. 하고많은 도구 중에 꼭 도끼를 들라는 이유도 당최 알 수 없었다. 그나저나 거울을 보며 근육이나 신경 쓰고 있다니 정말 이젠 괜찮아진 건가……. 꿈이지만 코끼리 떼를 감상하고 있을 여유도 생기고 말이다. 새삼 이곳에 오길 잘했다는 생각이다. 하지만 날 시험하듯 또 그 소리가 들리기 시작했다.

"불이야! 불이야!"

이 소리를 들으면 파블로프의 개가 된다. 사람들은 부리나케 도망가겠지만 소방관인 나는 소리가 들리는 방향으로 달려간다. 조건이 제대로 형성된 것이다. 부랴부랴 팬티를 찾아 입고 손에 잡히는 대로 아무거나 대충 걸친 후에야 환청이라는 걸 깨달았다. 귀를 막고 눈을 감았다. 그럴 수 있다면 코도 막고 입도 막고 몸에 있는 구멍이라는 구멍은 다 틀어막았을 테다. 불행히도 지금 나는 조건 형성에 실패한 개다. 이불 속에 머리를 처박고 한참 있었다.

"불이야! 불이야!"

어? 이건! 분명 집주인 할머니였다. 환청이 아니었다. 할머니는 안전불감증이 매우 심각한 사람이었다. 집에서 담배를 버젓이 피우는 것도 모자라 재를 치우는 듯 마는 듯했고, 전열기 전원은 항상 켜놓았으며, 가스관 바로 옆에서 곡예를 하듯 화기를 다뤘다. 쓰레기도 집 앞마당에서 대수롭지 않게 태웠다. 부리나케 뛰쳐나가 1층으로 허겁지겁 내려갔다. 하지만 문 앞에서 망설였다. 머뭇거릴 새가 없다는 걸 누구보다도 잘 알았지만, 문손잡이를 힘차게 돌리지 못하고 발을 동동 굴렀다.

"아이고, 소방관 맞구먼. 소방관 맞어. 불이라고 하니 쏜살같이 달려오는구먼."

누군가 깔깔거리고 있었고, 그 사람은 할머니였다. 웃음소리의 근원지는 집 안이 아니라 밖이었다. 나는 고개를 홱 돌렸다. 앞바다에선 파도가 첨벙첨벙 춤을 추고 있었고, 할머니는 천진난만한 표정으로 날 바라보고 있었다. 꼬마가 할머니 옆에 꼭 붙어 나를 구경하고 있었다. 몸에서 불꽃이 튀는 기분이었다.

"뭐 하시는 거예요?"

"불러도 불러도 대답을 안 하니깐 장난 좀 친 거 아녀."

"장난이요? 장난도 유분수지. 이런 장난은 치시는 거 아니에요. 할머니 같은 사람들 때문에 정말 위급한 사람을 못 구하는 거라고요."

"아이고, 아침부터 성질을 부리고그려. 119를 부른 것도 아니고. 잔말 말고 우리 손주 놈이랑 좀 놀아줘. 궁금한 게 많댜."

마음을 진정시키며 마당의 녹이 슨 벤치프레스에 앉았다. 꼬마는 날 유심히 관찰하고 있었다. 진짜 마동석인지 아닌지 궁금할 터였다. 꼬마가 고개를 빼죽 내밀고 물었다.

"불주먹 아저씨 맞죠?"

마동석이 출연한 마블 영화를 말하는 것 같았는데 안 봐서 할 말이 없었다. 대신 영화 〈베테랑〉의 유명 대사를 따라 했다.

"나? 아트박스 사장인데."

꼬마는 뭔 소리인가 하는 눈빛으로 쳐다보았다. 웃기려고 했는데 안 통하니까 민망했다. 하긴 녀석이 그 영화를 봤을 리 없었다.

"아저씨, 뭐예요?"

내가 뭐라니? 이름을 묻는 걸까? 직업을 묻는 걸까? 혈액형? 나이? 결혼 유무? 아니면 좋아하는 음식이 궁금한 걸까? 심오한 질문에 당황해 머뭇거리는데 할머니가 대신 답했다.

"아저씨 소방관이라고 그랬잖여. 우리 손주 소방관 아저씨랑 잘 놀고 있어. 할미 다녀올 동안."

"차 안 태워드려도 돼요?"

병원을 갈 때도 장을 보러 갈 때도 태워달라던 할머니였
다. 할머니는 내가 택시기사인 줄 안다. 아니, 구급차 운전자
라고 생각한다. 차를 타면 한시도 쉬지 않고 떠들어댄다. 좀
더 세게 달려봐. 삐뽀삐뽀 그거 없어? 그거 켜고 가. 야 이놈
들아, 썩 꺼져. 시방 환자가 타고 있단 말이여. 니 애미 애비
가 아파도 안 비켜줄 거여? 길에는 갈매기 한 마리조차 보이
지 않는데 혼자 난리다. 할머니가 재촉할수록 더 천천히 달렸
다. 안전운전해서 나쁠 건 하나도 없다. 화재진압팀에서 버티
지 못하고 구급차 운전자로 업무를 바꿨을 때도 마찬가지였
다. 촌각을 다투는 상황인데도 속력을 높이지 못해 쩔쩔맸다.
과감하게 중앙선을 넘나들고 신호를 무시해도 모자랄 판에
꾸역꾸역 법규를 지켰다. 사람을 구하려다가 더 큰 사고를 낼
것만 같았다.

할머니는 손자를 덩그러니 내버려둔 채 뒤도 안 돌아보고
어디론가 가버렸다. 어린애랑 놀아준 적이 없어 당황했다. 무
슨 얘기를 나누고 뭘 하며 놀아야 하나, 휴대폰 게임이나 깔
아줄까 고민하는 사이 녀석이 말을 붙였다. 다행히 낯을 별로
가리지 않는 것 같았다.

"진짜 소방관이에요?"

"그럼." 사실 휴직 중이라는 얘기는 구태여 하지 않았다.

"우와 멋지다."

"너도 나중에 커서 소방관이 되고 싶어?"

"아뇨. 경찰관이 될 거예요." 소방관 앞에서 경찰관이 되고 싶다고 이렇게 당당하게 말하다니. 너 이 자식 사회생활 좀 힘들겠다, 고 생각하는데 녀석이 덧붙였다. "사실 스파이더맨이 될 거예요. 그래서 나쁜 악당들을 무찌를 거예요."

그러면서 스파이더맨이 거미줄을 쏘는 흉내를 냈다. 꼬마는 역시 꼬마였다. 널 용서하지 않겠다며 날 향해 거미줄을 쏘는데 난감했다. 온몸이 거미줄에 묶여 옴짝달싹 못 하는 벌레 연기라도 해줘야 할 것 같았다. 그런데 내가 뭘 잘못했길래?

"아저씨는 누가 제일 좋아요?" 내 대답을 기다리지도 않고 녀석은 흥분해 얘기했다. "나는 스파이더맨이 제일 좋아요. 스파이더맨이 최고예요."

"거미가 뭐가 좋아?"

"거미가 아니라 스파이더맨이에요."

"잘 모르나 본데, 거미가 영어로 스파이더야." 괜히 딴지를 걸고 싶었다. "그러니까 스파이더맨은 수컷 거미일 뿐이라고.”

“아저씨는 최악의 빌런이에요. 스파이더맨이 혼내줄 거예요.”

어린 게 못 하는 말이 없었다. 나한테 이렇게 까부는 녀석을 오랜만에 봐서 흥미롭긴 했다. 대부분 내 앞에선 한 마리 온순한 양이 되는데 말이다. 진실의 방으로 끌고 가고 싶었지만 참았다. 기를 좀 죽여야겠다고 생각했다. 벤치프레스의 봉을 가리키며 씩 웃었다.

“악당들 무찌르려면 힘이 좋아야 하는데. 너, 이거 들 수 있어?”

“네!” 꼬마는 고민도 없이 대답했다.

“그럼, 들어볼래?”

“네!”

자리를 비켜주자 꼬마가 벤치에 누웠다. 그러곤 봉을 두 손으로 쥐더니 힘껏 밀었다. 하지만 양옆으로 바벨이 10kg씩 얹혀있는 봉을 꼬마가 들 턱이 없었다. 얼굴이 시뻘게지도록 용을 쓰고 있는 스파이더맨이 귀여워 웃음이 나왔다. 녀석은 자존심이 상했는지 금방이라도 울 것 같은 표정이 되었다.

“고생했어. 나와봐.”

멋진 모습을 보여주고 싶어 이번엔 내가 나섰다. 20kg은

너무 가벼운 것 같아 땅에 굴러다니는 바벨들을 주워다 봉에 끼웠다. 약간 무거워 보이긴 했지만 충분히 들 수 있는 수준이었다. 그런데 웬걸. 봉을 고정대에서 뽑은 후 가슴께까지 내렸다가 다시 들려는데 팔이 후들거렸다. 준비운동을 안 한 탓일까, 너무 오랜만에 든 탓일까. 하마터면 봉에 깔려 죽을 뻔했다. 다행히 꼬마는 멋지다며 환호했다. 머쓱해져 괜히 가슴을 튕겨봤다. 녀석에게 주먹으로 내 가슴을 쳐봐도 좋다고 했는데 징그러워하는 눈치였다.

그날 밤에도 꿈을 꿨다. 난 여지없이 현장으로 달려가 화염과 마주했다. 꿈이었지만 진심으로 불을 끄고 아기를 구하고 싶었다. 정신이 혼미한 상황에서도 아기의 울음소리는 똑똑히 들을 수 있었다. 화염을 헤치고 나아가면 몸을 웅크린 채 내 손길을 기다리고 있을 아기를 분명히 찾을 수 있을 터였다. 하지만 호스에선 물이 나오지 않았다. 이번엔 순대가 나왔다. 온몸을 휘감을 수 있을 정도로 길고 긴, 뱀 같은 순대였다. 낮에 할머니가 돌아오면서 사 온 순대를 먹은 탓일까. 호스에서 순대라니. 당황했지만 이내 꿈이라는 걸 인지하고 털썩 주저앉았다. 금강산도 식후경이니…… 순대를 통째로 들고 조금씩 베어 먹었다. 캠핑이라도 온 기분이었다. 할 짓이 없어 물장난하는 인간들 참 한심하다고 생각했는데, 타닥

타닥 타오르는 불꽃을 멍하니 바라보고 있자니 노곤해져 스르륵 잠이 들고 말았다. 다시 깼을 때 이미 동이 터 있었다.

오가는 사람도 차도 매우 드문 이곳에도 아침은 어김없이 찾아온다. 한때는 번창한 어촌이었다는데 지금은 다 합쳐도 스무 가구가 채 되지 않는다. 인가는 줄고 폐가는 계속 늘어난다. 할머니는 농담으로 자신이 죽으면 나더러 이 집을 가지라고 했다. 따님이 들으면 섭섭할 거라고 했더니 딸은 이 집과 이 동네에는 눈곱만큼도 관심이 없다고 장담했다.

"죽어가는 사람도 살리는 소방관이잖여. 그러니 죽어가는 동네도 살려봐. 그 뭐여." 할머니가 입을 쭉 내밀었다. "그, 그."

"심폐소생술이요?"

"그려, 그거 좀 혀."

과연 내가 다시 소방관으로 일할 수 있을까. 불을 끄고 사람을 구하러 뛰어들 수 있을까. 사실 잘 모르겠다. 당분간은 아무 생각 없이 가만히 있고 싶다. 이곳에서의 일상은 매우 단조롭다. 가끔 할머니 심부름을 하는 것 외에는, 바다를 보고 바다를 듣고 바다를 느끼는 게 전부다. 바다를 보고 있으면 차분해지는 기분이다. 이글이글 불타던 내가 서서히 식어가는 느낌이라서 자꾸만 바다를 바라보게 된다. 행여 또다시 몸과 마음에 불길이 치솟는다고 할지라도 바다로 뛰어들면 그만일 것이다.

연고도 없는 조용한 바닷가로 도망치듯 왔다. 어딜 가나 비상구를 찾는 게 습관이었는데 정작 내 비상구는 어디에 있는지 몰랐다. 발길 닿는 대로 떠돌아다니다 서울에서 아주 먼 이곳까지 흘러들어왔다. 며칠만 머무르다 또 떠날 생각이었지만 무심한 바다와 하늘이 날 놓아주지 않았다. 시도 때도 없이 들리던 사이렌 소리는 파도 소리에 묻혔고, 눈앞에 아른거리던 불길은 구름 뒤로 사라졌다.

"동석아, 네 사주엔 물이 많아. 그러니까 괜찮을 거야." 소방관이 되었을 때 엄마는 틈만 나면 이 소리를 늘어놓았다. "불을 다스리는 게 뭐야? 물이지. 소방관이 딱 네 천직이라고."

엄마는 아들이 직장을 구했다는 소식에 안도했고, 진짜 소방관이 되었다는 사실에 불안해했다. 그래서인지 용하다는 집을 찾아 돌아다녔다. 어디서 사주를 봤는지 모르겠지만 엄마 마음대로 해석해서 물이 많다는 둥, 불과 친하게 지내면 된다는 둥 얘기했다. 걱정하는 마음을 숨기려고 괜한 얘기를 더 했을 테다. 사주엔 관심도 없고 믿지도 않지만 은근히 위로되고 힘이 되었던 건 사실이다. 그래, 난 물이다. 물은 불을 다스리고 끄고 잠재운다. 다 덤벼라, 어디 할 수 있는 만큼 최대한 활활 타올라봐라. 내가 다 꺼줄 테니까. 어느 순간부턴 화재현장에 들어서기 전에 주문을 외우듯 읊조리고 있었다. 난 물이다. 그러니 얌전히 순응해라. 계속 까불면 찬물을 확 끼얹어줄 테니까.

한때는 천방지축 날뛰며 현장에 출동했다. 두려움 따윈 없었다. 동료들이 지쳐 있을 때도 나는 팔팔했다. 한바탕 싸움을 즐길 준비가 되어 있었다. 불은 〈범죄도시〉의 장첸이자 강해상이었고 나는 마석도 형사였다. 내가 얼마나 무시무시한 사람인지 보여줄 작정이었는데, 쓰러진 건 나였다. 두 손 두 발 다 들고 완패했다. 물은 불을 끄지만, 불은 물을 증발시킨다. 물이 불을 다스리지 못하면, 불은 물을 용납하지 않는다. 불은 사라지면서도 흔적을 남긴다. 재와 그을음 그리고 죽음이다. 현장에서 처음 시신을 봤을 땐 숨이 막히고 다리 힘이 풀려버렸다. 가족도 친구도 아닌 완전한 남이었지만, 타다가 만 시신은 내 마음속에서 오랫동안 불탔다. 차라리 다 타버리고 재조차 사라져버렸다면 괜찮았을까. 불이 지나간 자리엔 끈질긴 죄책감이 남았다. 동료들은 익숙해져야 한다고, 냉정해져야 한다고 끝없이 강조했다. 나 또한 무뎌졌다고, 적응했다고, 흔들리지 않는다고, 예기치 않은 죽음과 마주하는 것이 소방관의 숙명이라는 걸 받아들일 준비가 되어 있다고 믿었다. 하지만 어설픈 착각이었다. 온도가 아주 천천히 상승했기에 몰랐을 뿐이었다. 나는 냄비에 담긴 물이었고 냄비는 서서히 달아오르고 있었다.

갓난아기는 매트리스에 누워 단잠을 자고 있었던 모양이다. 그러다 뜨거운 열기에 잠이 깼을 테고 영문도 모르는 채 울어 젖혔을 것이다. 하지만 아기의 엄마는 일하느라 집에 없었고 아빠는 술에 취해 곯아떨어져 있었다. 자신을 보살펴줄 사람이 없다는 사실을 인지한 아기는 본능적으로 움직였다. 어렵사리 매트리스를 벗어나 방문을 향해 기어갔다. 하지만 방문은 굳게 닫혀 있었고 아기는 문을 여는 법을 미처 알지 못했다. 그래도 아기는 포기하지 않았다. 문을 긁어대며 끝없이 몸부림쳤다. 하지만 차갑고 냉정한 불은 아기의 사정을 봐주지 않았다.

아기를 구하지 못했던 날, 인생의 첫걸음을 떼기도 전에 유명을 달리한 아기의 시신을 수습해 나오는 순간, 난 끓기 시작했다. 끓는점이 넘었다는 걸 깨달았을 땐 이미 돌이킬 수 없는 상태였다.

"나도 아저씨처럼 소방관이 되고 싶어요."

갑자기? 어제는 경찰관이 되고 싶다고, 아니 스파이더맨이 되고 싶다고 하지 않았니? 역시 꼬마는 꼬마다. 그래, 네 나이 때는 꿈이 많아야지. 나도 어렸을 땐 수시로 꿈이 바뀌었던 것 같다. 소방관이었다가 형사였다가 축구선수였다가 과학자였다가, 멋진 사람을 볼 때마다 그 사람처럼 되고 싶어 마음이 부풀어 올랐다. 롤모델이 시도 때도 없이 바뀌는 와중에도 소방관을 향한 갈망은 마음 한구석을 지키고 있었다. 소방차만 지나가도 소리를 지르며 흥분하던 철없던 시절이 있었다. 다른 상은 타본 적이 없지만 불조심 포스터만큼은 열심히 그려서 입상하기도 했었다. 화재를 진압하고 사람들을 구한 후 무거운 장비를 들고 터벅터벅 걸어가는 소방관의 지친 뒷모습이 그렇게 멋져 보일 수 없었다. 녀석도 날 보며 꿈을 키울지도 모른다고 생각하니 부담스러웠다. 하지만 난 네가 생각하는 것만큼 그렇게 멋진 사람은 아닌데……

"아저씨, 불 잘 꺼요?"

"그, 그럼." 이젠 불이 두렵다는 얘기는 굳이 하지 않았다.

"어떻게 끄는데요?"

"난 그냥, 마셔버려."

농담을 던졌는데 은규는 믿는 눈치였다. 어쩌다 보니 꼬마의 이름까지 알게 되었다. 이름 대신 스파이더맨으로 불러달라고 했는데 입이 잘 떨어지지 않았다.

"불을요?"

"응."

"우와! 보여주세요. 불 마시는 거요."

꼬마야, 불을 어떻게 마시겠니? 괜한 얘기를 한 것 같아 후회됐다.

"아저씨, 방학 숙제 도와줄 수 있어요?"

방학 숙제? 백만 년 만에 들어보는 단어였다. 아직도 방학 숙제라는 게 있구나. 곤충채집을 하러 돌아다녔던 추억이 떠올랐다. 아무 죄도 없는 곤충들을 닥치는 대로 잡아서 스티로폼에 핀으로 박았었는데. 다행히 은규의 방학 숙제는 그렇게 잔인하지는 않고 부모님에게 뭔가를 배워서 그 기록을 영상이나 사진으로 제출하는 거였다.

"부모님한테 배우는 거라며. 그럼 아빠한테 해달라고 해야지. 난 네 아빠가 아니잖아."

"나는 아빠 없단 말이에요. 아빠가 세상에서 제일 싫다고요."

그러더니 은규는 갑자기 서럽게 울기 시작했다. 한마디로 낭패였다. 애한테 그런 사연이 있는 줄은 상상하지 못했다. 할머니가 미리 귀띔이라도 해줬으면 좋았을 텐데. 괜히 어린 마음에 상처만 남기고 말았다. 그래도 엄마는 있지 않니? 하고 물어보고 싶은 걸 겨우 참았다.

"알았어, 아저씨가 방학 숙제 도와줄게. 그러니까 울지 마."

일부러 그랬던 것처럼 은규는 울음을 뚝 그쳤다. 도와주겠다고 말은 뱉었는데 뭘 어떻게 해줘야 할지 몰라 머리가 아팠다. 일상생활에서 조심해야 할 안전수칙 따위를 간단히 설명하면 되는 걸까. 은규는 그걸로는 부족하다고 했다. 내가 소방관 옷을 입고 불을 끄는 모습을 보고 싶어 했다. 그러면 친구들이 자신을 엄청 부러워할 거라며 즐거워했다. 하지만 방화복도 없고 일부러 불을 지를 수도 없는 노릇이었다. 어디선가 할머니가 나타나 고민을 해결해줬다. 방화복은 당장 구할수 없으니 포기하고, 불은 평소에 그랬던 것처럼 앞마당에서 쓰레기랑 나뭇가지를 태우면 된다고 했다. 그 불을 내가 소화기로 끄는 장면을 찍자고. 쓰레기를 아무렇게나 태우면 안 된다고 그렇게 얘기했는데도 말이 통하지 않았다. 할머니와 은규는 태울 것들을 그러모으기 시작했다. 나더러 좀 도우라는데 몸이 움직이지 않았다. 불이 타오르는 광경을 상상하는 것만으로도 심장이 두근거리고 머리가 새하얘졌다. 그 아기가 떠올라 속이 울렁거렸다. 벤치프레스에 앉아 먼바다를 바라보며 심호흡을 거듭했다.

외상 후 스트레스 장애, PTSD, Post Traumatic Stress Disorder.

그게 뭔가요? 의사가 어려운 얘기를 하며 일종의 정신질환이라고 했을 땐 헛웃음부터 나왔다. 엄마가 하도 등 떠밀어서 병원에 가긴 했지만 이런 얘기를 들을 거라곤 예상치 못했다. 그런 건 매우 심약한 사람들이나 겪는 병인 줄 알았다. 마동석을 닮은 내가, 마동석처럼 힘이 장사인 내가 뭐, 뭐라고요? 가족이나 친구처럼 아는 사람을 구하지 못한 것도 아닌데 왜 이렇게 힘들어하냐고, 정신 차리라고 충고를 해준 사람도 있었다. 그 말에 전적으로 동의하는 바였기에 스스로 다그치기도 했다. 나랑 아무 관계도 없는 사람이다, 언제 어디서나 일어날 수 있는 사고다, 내가 구하지 못한 사람보다 구한 사람이 훨씬 많다…….

"마동석 소방관 아저씨, 다 준비됐어요. 빨리 불 마시는 모습 보여주세요."

"어여 와서 불 꺼. 내가 찍어줄 테니까."

은규는 소화기를 가져왔고 할머니는 어설픈 자세로 카메라를 들고 서 있었다. 얼떨결에 일어나서 소화기를 받아들었다. 이제 안전핀을 뽑은 후 노즐을 잡고 가까이 다가가 손잡이를 꽉 움켜쥐기만 하면 된다. 시범이라고 할 수 없을 정도로 간단하고 수백 번도 더 넘게 해본 일이다. 하지만 귓가에서 사이렌 소리가 울리더니 속이 메스꺼워지기 시작했다. 소화기를 그대로 내려놓고 곧장 집을 벗어나 바닷가를 배회했다. 돌멩이를 주워 바다에 던졌다. 점점 더 멀리, 점점 더 세게 던졌다. 계속 던졌다.

"소방관은 불을 무서워하지 않아요. 그런데 아저씨는 불을 무서워해요. 그러니까 아저씨는 소방관이 아니에요! 겁쟁이일 뿐이라고요!"

이런 걸 삼단논법이라고 하는 건가? 반박할 여지가 없는 깔끔한 논리였다. 다음 날 만났을 때 은규는 소리를 지르며 날 비난했다. 어린놈이 손가락질을 해대는데 기가 찼다. 마음 같아선 꿀밤을 한 대 날려주고 싶은데 그러면 애가 기절할 것 같아서 꾹 참았다. 사실 녀석이 틀린 말을 한 것도 아니었다. 불이 무섭고 현장이 두려워서 도망친 건 맞으니까. 그래도 꼬마한테 이런 얘기를 듣고 있자니 부아가 치밀었다. 한편으론 내 신세가 한없이 처량하게 느껴졌다.

"야, 못 끈 게 아니고 너무 유치해서 안 끈 거야. 내가 왜 너 방학 숙제를 해줘야 하는 건데?"

"거짓말하지 마요. 아저씨는 마동석도 아니고 겁쟁이예요. 우리 아빠랑 똑같다고요. 이 거짓말쟁이!"

이 자식이 도대체 무슨 소리를 하는 건가. 한마디 하려는데 은규는 난데없이 울기 시작했다. 아빠 생각만 하면 분노가 치밀어서 어쩔 줄 몰라 했다. 아직 어린 녀석이 남모를 한을 품고 있었다. 누군지는 몰라도 그 아빠 참 못났다고 생각했다. 자식이 저렇게까지 싫어할 정돈데 오죽할까. 그런데 내가 자기 아빠랑 똑같다니. 서럽게 울고 있는 은규에게 다가가 어깨를 토닥여줬다. 좀 진정되는 것 같아 아빠한테도 말 못 할 사정이 있을 거라고 했더니 아빠는 엄마를 괴롭히는 나쁜 사람이라며 화를 냈다. 괜히 아빠 편을 들어주면 안 될 것 같았다.

"그래, 맞아. 네 아빠도 나도 나쁜 사람이야. 네가 말한 것처럼 나 거짓말쟁이고 겁쟁이야. 사실, 나 불 마실 줄 몰라. 끌 줄도 모르고. 너무 무서워, 불이. 그러니까 소방관이라고 할 수도 없어."

참 부끄러운 얘긴데 막상 하고 나니 마음이 한결 가벼워졌다. 이런 얘기를 친구도 동료도 아닌 몇 번 본 적도 없는 꼬마에게 할 줄은 몰랐다. 은규는 고개를 들고 날 바라보았다. 어미 잃은 사슴을 바라보는 눈망울로. 상황이 역전된 느낌이었다.

"아저씨, 그럼 우리 같이 훈련해요."

"훈련? 무슨 훈련?"

"불 끄는 훈련이요. 아저씨가 다시 불 끌 수 있게 도와줄게요."

들뜬 표정으로 얘기하는 은규에게 그딴 거 다 소용없다고 차마 말할 수 없었다.

"정말 가능한 일일까?"

"네, 스파이더맨만 믿으면 다 돼요."

아, 그랬지. 우리 은규는 스파이더맨이었구나. 그런데 스파이더맨은 거미줄 치는 사람이지 불을 끄는 소방관은 아닌데. 굳이 이 말을 덧붙이진 않았다. 또 울릴 순 없는 노릇이었다.

서울에서 태어나 서울에서만 자란 나는 시골에 대한 어설픈 환상이 있었다. 시골 사람들은 정 많고 착하고 배려도 잘하고… 반년 넘게 시골에서 지내본 결과 생각이 많이 바뀌었다. 다른 건 모르겠고 여긴 비밀이 없다. 소문은 SNS에 게시물을 올리는 속력만큼 빠르게 돈다. 은규에게 괜한 얘기를 한 탓이었다. 은규는 그 얘기를 할머니에게 전했고, 할머니는 즉각 온 동네방네에 방송하고 돌아다녔다. 그날 이후 그냥 인사만 하고 지내던 어르신들이 찾아와 말을 걸어주었다. 위로하고 용기를 북돋기 위해 구태여 말을 걸어주는 건 매우 감사했으나, 위로는 아주 잠깐이었고 자신들의 구구절절한 사연을 읊어대기 급급했다. 어릴 적에 바다가 아버지를 집어삼켰다, 아내가 재산을 다 들고 도망갔다, 남편이 도박에 미쳐서 돈 날리고 어느 날 사라졌다, 결혼도 한 번 못 해보고 칠순을 맞이한 기분이 어떤지 아느냐, 내 몸이 내 몸 같지 않고 조만간 죽을 것 같다…… 대화가 끝날 즈음엔 내가 그분들을 위로하면서 손을 꼭 잡아드리고 있었다.

"아저씨는 뭐 할 거예요?"

"뭘 뭐 해?"

"나는 스파이더맨이니까 아저씨도 하나 골라요."

"음, 난……."

슈퍼맨으로 할까? 배트맨이 낫나? 너무 고전적인가? 후레시맨? 마스크맨? 벡터맨? 아니야, 이것도 너무 옛날이야. 그렇다면…….

"마요미, 어때?"

농담을 던졌는데 은규의 표정이 구겨졌다. 도저히 받아들이기 어려운 모양이었다.

"미안해."

"아저씨는 파이어파이터로 해요."

"파이어파이터?"

"소방관이니깐요."

그래, 맞아! 난 파이어파이터라고! 박쥐도 하고 거미도 하고 슈퍼(?)도 하는데, 소방관이라고 히어로가 되지 말란 법은 없지 않은가. 일찌감치 소방관 캐릭터를 창조하지 못한 영화 제작사가 야속할 따름이었다. 있는데 내가 모르는 건가? 암튼 마동석이 주인공이면 딱 좋을 것 같았다. 그럼 난 마동석 스턴트맨인가? 기뻐서 헤벌쭉 웃고 말았다. 은규랑 정신연령이 비슷해진 것 같아 좀 민망했다.

"파이어파이터, 불이야 불. 저기 불이라고. 빨리 끄러 가자."

응? 어, 어디? 연기도 안 보이는데? 어디론가 달려가는 스파이더맨을 따라 뛰었다. 길모퉁이에 다다르자 멈춰 서더니 불을 끄라고 지시했다. 어리둥절한 표정으로 두리번거리자 스파이더맨이 살짝 기울어진 전봇대를 가리켰다.

"저기 불이 활활 타오르고 있잖아."

"안 보이는데?"

"아씨, 그러면 어떡해요? 불이 났다고 상상하고 꺼야죠. 자, 다시."

아… 상상하라고? 굳이 불이 나는 광경을 상상하고 싶은 마음은 추호도 없었지만 불을 끄는 시늉을 했다.

"파이어파이터, 불이 점점 더 커지고 있어. 더 힘을 내야 할 것 같아."

그러더니 스파이더맨은 전봇대를 향해 거미줄을 쏘았다. 거미줄로 불을 어떻게 끈다는 건지 모르겠지만 은규에게 거미줄은 만병통치약인 것 같았다. 나는 소방 호스를 쥐고서 전봇대를 향해 나아갔다. 코앞에 불길이 치솟고 있다고 상상하니 또 가슴이 두근거리기 시작했다. 침착하게 마음속으로 숫자를 셌다. 그리고 호스에서 물이 힘차게 발사대는 광경을 상상했다. 이윽고 스파이더맨이 화재진압에 성공했다며 환호했고 그 소리에 나는 안도했다.

"자, 저기 사람들이 있어. 빨리 구하러 가자."

스파이더맨은 정자에 모여 있는 어르신들을 발견하더니 달려갔다. 은규가 자신은 스파이더맨이고 나는 파이어파이터라고 소개하는데 민망해서 얼굴이 화끈거렸다. 녀석이 너무 진지해서 차마 애랑 놀아주고 있다는 말은 할 수 없었다. 대신 은규와 함께 어르신들을 돌보는 시늉을 했다. 심심해하던 어르신들은 난데없는 연극에 즐거워했다. 문득 지금 내가 여기서 뭐 하고 있는 건가, 하는 생각이 들어 자괴감에 빠지려는 찰나 스파이더맨이 또 명령을 내렸다. 바닷가에 악당들이 나타났다나 뭐라나. 스파이더맨과 파이어파이터는 힘을 합쳐 악당을 물리쳤고, 어느 순간엔 서로 적이 되어 치고받았다. 스파이더맨은 지치지도 않고 끊임없이 거미줄을 쏘아댔다. 덩달아 나도 동네 구석구석을 돌아다니며 물을 발사했다.

그날 밤 잠자리에 누웠을 땐 오랜만에 고단함을 느꼈다. 마치 현장에 다녀온 기분이었다. 어쩌면 오늘은 단잠을 잘 수 있을지도 모른다고 기대했다. 하지만 바보 같은 꿈은 하루도 거르는 법이 없었다. 똑같은 장소, 시간, 상황. 바로 그날이다. 화염 뒤편으로 아기의 실루엣이 어렴풋이 보인다. 아기는 문을 열기 위해 필사적으로 움직이고 있다. 재빨리 불을 끄고 아기를 구조해야 하는데 호스에선 터무니없는 것들만 쏟아져 나온다. 똑같은 게임을 무한 반복하는 기분이다. 주어진 임무를 완수해야 다음 판으로 넘어갈 텐데 이러지도 저러지도 못하니 계속 도돌이표다. 다행히 동지가 생기긴 했다. 은규도 꿈에 등장하기 시작했다. 하지만 녀석도 딱히 도움이 되진 않는다. 스파이더맨 복장으로 나타난 은규의 손바닥에선 정체 모를 벌레들이 쏟아져 나오고, 내 호스에서는 거미줄이 뿜어져 나온다.

"불쌍한 애여. 있는 동안만이라도 잘 좀 데리고 놀아줘. 방학 끝나면 다시 갈 거여."

"은규 부모님은요? 이혼하신 거예요?"

할머니는 대답 대신 한숨을 쉬었다. 어차피 다른 일과가 있는 게 아니었기에 은규가 놀자고 하면 흔쾌히 친구가 되어 주었다. 좀 귀찮긴 했는데 은근히 말이 잘 통했다. 어려운 얘기도 녀석한테는 쉽게 털어놓을 수 있었고 같이 놀다 보면 근심 걱정도 사라졌다. 은규도 내가 썩 마음에 드는 눈치였다.

"아저씨라고 하지 마. 이제부턴 형이라고 불러. 그래 봤자 서른 초반이야."

"형이 왜 이렇게 늙었어요?"

"늙은 게 아니야, 난 그대로야. 네 나이 때부터 이랬거든."

심한 충격을 받았는지 은규는 말을 잇지 못했다. 그 표정이 너무 귀여워 나도 모르게 녀석을 덥석 안아버렸다. 숨쉬기가 힘든지 은규는 발버둥을 쳤다. 풀어주니까 이번엔 녀석이 달려들었다.

은규는 아이언맨, 토르, 캡틴 아메리카, 닥터 스트레인지, 블랙 위도우 등 요즘 히어로들에 대해 성심성의껏 설명해줬지만 너무 많아서 이름을 외우기도 버거웠다. 나도 내가 어릴 적에 따랐던 영웅들을 알려줬는데, 은규는 펩시맨을 매우 흥미로워했다. 펩시맨이 손바닥을 보이며 팔을 쭉 뻗는 동작이 파이어파이터와 유사하다나 뭐라나. 펩시맨이 "펩시맨!"이라고 외치면서 펩시를 발사하는 것 또한 스파이더맨과 비슷하다며 흥분했다.

"그런데 있잖아…… 나도 이름을 바꿀까?"

"뭐로요?"

"워터맨으로."

"워터맨? 왜요?"

"난 물을 쏘잖아. 너는 거미줄을 쏘니까 스파이더맨이고, 펩시맨은 펩시를 발사하니까 펩시맨이잖아."

내 사주에도 물이 많다고 했거든… 진지하게 고민할 수밖에 없는 문제였으나 은규가 워터맨은 멋이 없다며 딱 잘라 거절했다.

우린 작은 바닷마을의 골목대장이 되었다. 귀여운 스파이더맨과 험상궂은 파이어파이터는 환상의 짝꿍이었다. 둘은 동네를 돌아다니며 거미줄을 치고 물을 뿜었다. 어르신들은 심심한 동네에 구경거리가 생기자 마냥 즐거워했다. 우리가 보이면 음식을 나눠주고 얘기도 들려주었다. 내친김에 어르신들에게도 캐릭터를 하나씩 선물로 드렸다. 은규 할머니는 '파스할매', 옆집 할머니는 '방귀소녀', 마을 이장은 '이장보이', 우럭만 줄기차게 잡는 파란대문 낚시꾼 할아버지는 '무력우럭', 마을 최장수 할머니는 '라떼걸'…….

오랜만에 엄마에게 전화했다. 시간 되면 아빠랑 같이 한

번 놀러 오라고, 조용한 바다도 구경하고 주인집 할머니도 뵙고 가라고. 여태껏 와보겠다는 엄마를 극구 만류했었다. 좀 더 괜찮아지면 연락할 거라는 얘기만 힘없이 반복했다. 엄마는 소리 내 울지 않았지만 들을 수 있었다. 감정이 복받쳐 올라 창문을 열었다. 내 울음이 파도 소리에 스며들길 바랐다.

은규가 불러서 나갔더니 초코파이로 만든 케이크를 들고 있었다. 생일 축하할 때 쓰는 작고 예쁜 초 대신 제사 지낼 때 쓰는 크고 하얀 초가 무식하게 꽂혀 있었다. 오늘 나 생일 아닌데, 네 생일이야? 은규는 누구의 생일도 아니라면서, 이 또한 훈련의 일종이라고 했다. 두렵고 무서운 것일수록 더 당당히 마주해야 한다며 나에게 촛불을 끄라고 했다. 그럼 불이 더 이상 두렵지 않을 거라고 확신에 찬 얼굴로 말했다. 어린 녀석이 진심으로 날 걱정하고 응원하는 것 같아 마음이 몽글몽글해졌다. 이 촛불만 끄면 괜찮아질 거라는 말이지? 속는 셈 치고 불을 끄려는데 바람이 선수를 쳤다. 화재현장에서도 바람이 불을 꺼주면 좋겠지만 그런 일은 없다. 바람은 불의 친구이지 적이 아니다. 몇 차례 시도하고서야 바람보다 먼저 불을 끄는 데 성공했다. 우린 각자의 소원 대신 서로의 소원을 빌어줬다. 은규는 내가 마동석 아저씨처럼 힘도 세고 멋진 소방관이 되길 빌었다고 했다. 난 은규가 아빠를 용서하게 해달라고 했다.

"싫어요. 엄마를 괴롭히는 아빠는 용서할 수 없어요. 제발 사라져버렸으면 좋겠다고요!"

사라진다는 게 얼마나 무서운 말인지 아직 모르는 은규가 부러울 따름이었다. 그 아기도 살아 있었으면 너처럼 스파이더맨을 좋아했을 텐데. 은규는 악에 받쳐 얘기하고는 또 울기 시작했다. 나는 어째서 녀석을 계속 울리기만 하는 걸까. 남 걱정할 때가 아니었다. 울음도 전염되는지 내 눈가에도 눈물이 고였다. 꼬마 앞에서 눈물을 보이다니. 아냐, 울 수도 있지. 마동석 아저씨도 분명히 울고 싶은 날이 있을 거야. 은규에게 들킬까 봐 녀석을 꼭 안았다. 녀석의 눈물과 콧물이 내 소매를 적셔 약간 찝찝했다.

"아저씨는 왜 불이 무서워요?"

"불은 있잖아. 모조리 다 태워버리니까, 다 데려가버리니까."

"어디로요?"

"글쎄, 우리가 알 수 없는 어딘가로……."

은규에게 그날 일을 아주 담백하고 간결하게 얘기해줬다. 아기가 불에 타죽었다는 얘기에 은규는 또 울 것 같은 표정이 되었다. 눈물을 삼키게 하려고 밤마다 꾸는 이상한 꿈에 너도 나온다고 알려줬더니 금세 얼굴이 밝아졌다.

"진짜요? 꿈에서 뭘 하는데요?"

"우리? 불을 꺼, 아기도 구하고. 그런데 매번 실패해."

"오늘은 꼭 성공할 거예요."

그래 어쩌면, 오늘은 불을 *끄*고 아기를 구할 수 있을지도 몰라.

"아 그런데." 꿈에서도 계속 거슬리던 게 문득 떠올랐다.

"왜요?"

"은규 너 있잖아, 방화복 좀 입고 와. 스파이더맨 옷은 영 안 되겠더라."

방학이 끝나고 은규는 서울 집으로 돌아갔다. 은규 아빠는 여전히 말썽을 부리는지 전화할 때마다 아빠 욕을 엄청 해댔다. 너희 집에선 아빠가 문제구나, 우리 집에선 내가 문젠데. 엄마랑 아빠가 바닷마을을 다녀갔다. 며칠 더 있다가 가시라고 했는데 딱 하루만 주무시고는 훌쩍 떠났다. 얼른 정신차리고 서울로 돌아오라고 할 줄 알았는데 아무 말도 없었다. 그래서인지 이젠 돌아갈 때라는 생각이 들었다.

때마침 서울에 갈 일이 생겼다. 은규의 학교에서 1일 선생님을 하게 되었다. 내가 도와준 방학 숙제를 보고 선생님이 날 너무 보고 싶어한다고 했다. 진짜 마동석인 줄 알고 깜짝 놀랐다나 뭐라나. 사인도 부탁했다는데 어이가 없었다. 암튼 은규가 울며불며 떼를 쓰는데 무시하기가 좀 그랬다.

옷도 챙기고 인사도 할 겸 오랜만에 소방서에 들렀다. 문을 열고 들어가는데 심장이 두근거리기 시작했다. 다행히 울렁증은 아니었고 솔직히 약간 설레었다. 동료들과 인사를 나누는데 고향에 돌아온 느낌이었다. 친한 녀석이 달려들어 일하기 싫어서 개수작 부리는 거 그만하고 당장 돌아와 불을 때려잡으라고 난리를 부렸다.

그래, 알았어. 꼭 돌아올게. 돌아와서 불을 다 마셔버릴게. 그런데 오늘은 가봐야 할 곳이 있어.

보통 인연은 아닌지 은규의 학교는 우리 소방서가 관할하는 동네에 있었다. 그래서인지 아이들이 더 반가웠다. 이 귀여운 아이들이 별일 없이 안전하게 자랄 수 있어야 할 텐데, 라는 생각이 들어 막중한 책임감을 느꼈다. 그런데 예쁘고 귀엽고 아름답다던 네 선생님은 어디 계시니? 손예진을 닮았다는 선생님은 온데간데없고 나보다 몸이 우락부락하고 얼굴이 탱크 같은 아저씨가 교실을 지키고 있었다. 은규에게 속은 내가 멍청이지. 내 사인을 받고 싶다던 그 선생님이 경쾌한 목소리로 날 소개했다.

"오늘은 특별히 은규 아버님을 모셨어요."

내가 은규 아버님이라고? 어린것이 거짓말을 어쩜 저렇게 태연하게 할까. 소방관 옷을 입고 등장하자 아이들이 소리를 지르며 환호했다. 화재현장만큼이나 정신이 없었다. 선생님들도 참 고생이 많다는 생각을 잠시 했다. 은규가 구석 자리에 앉아 손 모양으로 하트를 날려 보냈다. 나는 화답으로 주먹을 허공에 내지르며 어색하게 웃었다.

"불이 나면 언제 어디서나 가장 먼저 달려오시는 분이죠. 우리가 위험에 처했을 때도 마찬가지고요. 우리 동네 마동석 소방관을 소개할게요."

우리 동네 '마동석' 소방관을 위해

조금 유치하더라도 마블 영화에 등장할법한 그런 소방관의 이야기를 써야겠다고 마음먹었다. 언제 어디서나 가장 먼저 달려와 사람들을 위기에서 구해주는 멋지고 정의롭고 헌신적인 영웅의 모습을 담아봐야겠다고 다짐했다. 지나가는 소방차만 봐도 가슴 두근거리고 방화복을 입은 소방관을 보면 덩달아 불을 끄러 달려나가고 싶었던 어릴 적 동심과 마주하고 싶었다.

누군가 그런 내 마음을 비집고 들어왔으니, 다름 아닌 배우 마동석이다. 화재 진압을 하러 달려나가는 그를 딱 한 번 상상한 후에는 도무지 다른 사람을 떠올릴 수 없었다. 그러면 무시무시한 화마조차도 촛불을 끄듯 꺼버릴 것 같았다. 그가 도끼를 휘두르며 진격하면 불은 부리나케 도망치지 않을까. 나의 빈약한 상상력으로는 그를 대체할 사람을 찾지 못했다. 그는 점점 더 몸집을 부풀려 소설에서 비중을 늘려나갔다.

하지만 그는 내 의도와는 전혀 다르게 소설을 이끌어나갔다. 소설엔 그가 멋지게 화재를 진압하는 장면은 나오지도 않는다. 오히려 "불이야!"라는 소리에 이불 속에 머리를 처박을 정도로 불을 두려워한다.

불을 무서워하는 사람을 소방관이라고 할 수 있을까.

나는 의심하는 마음으로 그가 안내하는 길을 따라갔다. 그 길에서 은규를 만났다. 나이 차가 무색할 정도로 둘은 잘 어울렸다. 은규 할머니를 비롯해 자그마한 바닷마을 사람들과도 인연을 맺었다. 비록 처음에 기획했던 멋진 소방관의 모습을 볼 순 없었지만, 그의 이야기가 끝나갈 즈음엔 조용히 다가가 그를 꼭 안아주고 싶은 마음이었다.

어쩌면 우리 동네에도 있을지 모를 마동석 소방관을 응원하는 마음으로 이 소설을 썼다.

소방관을 부탁해

박지음

전남 진도 출생. 서울예술대학 문예창작과를 졸업하고 중앙대학교 문예창작학과 석사과정을 수료했다. 2014년 영남일보 신인문학상을 받으며 작품 활동을 시작했으며 2017년 월간토마토문학상을 수상, 2018년 한국문화예술위원회 아르코문학창작기금을 수혜했다. 소설집 『네바 강가에서 우리는』이 있다.

나는 S대의 원더우먼이다. 내가 탱크톱을 입었다는 이유로 남학생들이 내 별명을 지었다. 그러자 여학생들까지 나를 원더우먼으로 부르기 시작했다. 내 키는 185센티이다. 그럼 바짝 마른 모델을 떠올리겠지만, 몸무게는 70킬로에서 그 이상을 오간다. 남자 키와 몸무게로는 지극히 정상인 숫자이거나 마른 몸이겠지만 여자에게는 같은 잣대를 들이대지 않는다.

원더우먼이다. 저기 원더우먼이 간다.

이런 말이 들려 돌아보면 나보다 작은 남자가 헤벌쭉 웃고 있다.

닌젱이 뽕사부 같은 게. 외모로 차별하지 말라더니 대놓고 야유하고 있어?

한 대 치려고 다가오는 녀석은 태권도로 대응한다. 일찍이 부모님은 내 키와 덩치를 고려해 운동을 시켰다. 부모님은 내가 배구선수가 되기를 바랐다. 선생님은 내 키와 덩치만 보고 배구팀에 넣었다가 농구팀에 넣기도 했다. 아쉽게도 나는 공으로 하는 종목들에 약했다. 그럼, 수영선수를 시켜볼까. 부모님이 마지막으로 넣었던 수영팀에서는 잠수를 하지 못해서 쫓겨났다. 체대는 태권도로 들어갔지만 우리나라에는 태권도 선수들이 너무나 많다. 국가대표가 되기 위해서는 신의 경지에 올라서 다리 차기를 하며 날아다녀야 한다.

대학교에 입학하고부터 나는 원더우먼으로 불렸다. 탱크톱을 매일 입고 다녔던 것이 아니라, 신입생 오리엔테이션 때 입고 무대에서 춤을 추었다. 선배들이 여학생들에게 아이돌 댄스를 추라고 명령했다. 너. 너. 그리고 너. 선배가 가리킨 너에 나도 속했다. 선배의 말을 안 들으면 대학생활이 편치 않을 것 같아서 열심히 연습했다. 여학생 그룹이 춤을 추었는데 나는 키가 크고 춤을 더럽게 못 춰서 눈에 띄었다. 그날부터 원더우먼이 되었다. 남학생들은 내 사진을 섹시한 갑옷과 진실의 올가미를 들고 있는 원더우먼으로 합성해서 돌려보기도 했다.

크롭티가 유행하기 시작하면서 나는 크롭티를 입고 학교에 갔다. 그날 나의 원더우먼 인생은 완성되었다고 보면 된다. 대한민국 여성 평균 사이즈의 크롭티가 나한테는 탱크톱처럼 보였다. 나를 보는 학생마다 원더우먼? 이라고 물었다. 나는 크롭티를 끌어내렸지만, 크롭티는 자꾸 올라갔다. 교양 수업이 있었고 조별 발표가 있는 날이었다. 내가 조장으로 발표하러 나가자 교수님이 말했다. 네가 그 원더우먼이구나? 강의실 안에 앉아 있던 타과 학생들이 와르르 웃음을 터트렸다. 나는 교수와 학교 전체가 인정한 원더우먼이 되었다. 피할 수 없으면 즐기라고 했던가. 나는 그 순간 진짜 원더우먼이 되기로 마음먹었다. 체대에서 태권도를 전공한 사람이 국가대표가 되지 못하면 할 수 있는 일이 별로 없다. 동네 태권도장 사범님 정도? 그러느니 원더우먼의 적성을 살려 보기로 했다. 사람을 구하는 일. 가끔 지구도 구하고. 나는 3학년 겨울방학부터 결심을 실행에 옮기기 위해서 소방 공무원 시험을 준비하기 시작했다.

─그게 소방관이 된 이유라고?

조가 침대 옆에서 귤을 까먹다가 물었다.

─3학년 여름 방학이 결정적이었어. 그때 친구들과 엠티를 깄는네 숙소에 불이 났거든. 내가 덩치도 크고 힘이 세니

까, 연기에 질식한 친구를 업고 탈출했어. 누굴 구한다는 게 어떤 기분인지 알게 되었어. 그 친구하고는 완전 베프가 되었지. 나는 이 길을 위해 태어났다는 사명감을 느꼈어. 근데, 불이 뜨겁더라고. 신의 갑옷처럼 몸을 보호할 수 있는 갑옷이 필요하다는 걸 알았지. 소방관들이 출동해서 불을 끄는 모습을 보면서 저 옷이면 되겠다, 생각했어.

내 말에 조는 귤을 오물거렸다. 옆에 있던 배가 물었다.

─ 그게 다리 부러진 거랑 상관있는 거야?

나는 조와 배를 잠시 바라보며 대답을 골랐다. 나는 오른쪽 다리가 부러져서 통깁스를 하고 누워 있었다. 조와 배는 병문안을 온 참이었다.

─ 이건 비밀인데, 나는 그 친구를 구하고 나서 진짜 원더우먼이 되었어. 신적인 괴력이 생겼다는 뜻이야.

조와 배는 귤 씹던 입을 멈추고 나를 멍하니 바라봤다. 얘가 다리를 다친 게 아니라 머리를 다친 게 아닌가, 하는 표정이었다.

─ 근데, 왜 다리가 부러졌는데. 원더우먼은 회복력도 있잖아. 웬만해서는 발딱 일어나잖아.

조가 다시 말했다.

─ 혼자라서 그래. 놈을 상대하려면 팀이 필요해.

배가 물었다.

—놈?

나는 고개를 끄덕였다.

—방화범K 말이야.

　나는 내가 다친 날의 사건에 대해서 말하기 시작했다. 그
날 그놈을 보기 전까지 나는 우리 시에서 불이 자주 나는 원
인을 몰랐다. 불이 나면 팀원들과 출동한 나는 불타고 있는
건물의 옆 건물로 갔다. 옆 건물에서 보면 구조해야 하는 사
람들의 모습이 잘 보였다. 나는 그날도 불이 난 건물 옆의 십
층짜리 건물 옥상에서 검은 연기가 피어오르는 건물 속을 망
원경으로 들여다봤다. 이럴 때는 배트맨과 슈퍼맨이 왜 맨해
튼에서 제일 높은 시계탑 같은 데 올라가 있는지 이해가 되었
다. 나는 배트맨처럼 최신 장비를 갖추진 못했지만, 나름대로
소방장비를 갖추고 있었다. 슈퍼맨처럼 건물 속까지 뚫고 볼
시력은 없었고 잘 들리는 귀도 없었다. 그러나 진실의 올가미
역할을 하는 수관으로 웬만한 일은 처리할 수 있었다. 불 속
에서도 견딜 수 있는 신의 갑옷과 수관에서 쏟아져 나오는 물
은 나를 지켜주었다. 나는 슈퍼맨과 배트맨처럼 위에서 내려
다보는 대신 구조사늘 올려다보는 마음이 있었다. 원더우먼이

갖고 있는 공감력과 통찰력이 구조자를 구할 때 도움을 주었다. 185센티의 키와 근육으로 다져진 몸이 신적인 괴력과 만나자 무서운 것이 없었다. 구조자를 구할 때마다 나 하나 희생해서 인류를 구하자, 같은 어마어마한 포부가 가슴을 치고 들어오는 것이다.

나는 장엄한 마음으로 바람을 맞고 서서 불난 건물의 층을 차례차례 살폈다. 3층까지는 선발대와 후발대가 훑었을 것이고 구조가 가능했을 것이다. 나는 4층부터 10층까지를 봤다. 7층에 움직임이 있었다. 망원경으로 7층을 자세히 들여다봤다. 할머니가 연기에 질식해가고 있었다. 나는 물이 채워지지 않은 15미터짜리 수관 두 개를 연결해서 불이 난 건물 옥상으로 던졌다. 불이 난 건물 옥상으로 가볍게 뛰어간 다음 수관을 난간에 단단히 묶었다. 밧줄 대용인 수관을 잡고 7층으로 간 다음 베란다로 들어갔다. 7층으로 들어가자 발밑에 깨진 유리 조각이 밟히면서 자박자박 소리가 났다. 칠흑 같은 어둠이 눈앞을 막았다. 자욱한 연기와 밀폐된 공간의 어둠이 나를 집어삼킬 것 같았다. 이마에 단 랜턴이 힘을 발휘하지 못했다. 나는 바닥을 더듬었다. 물컹한 감촉이 느껴졌다. 할머니에게 구조자용 산소 흡입기를 끼워 주었다. 할머니는 의식이 돌아오지 않았다. 나는 할머니를 업고 묶어놓은 수관을 타고 내려갈까 고민했다. 구조자의 안전이 우선이었다. 나는 할머니를 둘러업고 계단을 뛰어 내려갔다.

소방관들이 연장을 들고 문을 부수고 있었다. 문을 파쇄하고 들어가면 또 문이 있고 또 문이 있었다. 건물 하나에 수십 개의 문이 있었다. 소방관들은 문 앞에서 좌절하고 있었다. 소방관들은 불빛 한 점 없는 어둠 속에서 길게 연결된 수관에 의지해 진입을 시도 중이었다. 나는 할머니를 업고 뛰어 내려와 구급차에 실었다.

─우와……. 네가 진짜 그랬단 말이야? 근데, 그놈은 언제 나와?

내 이야기를 끊고 조가 물었다.

─그날 그 건물에서 만났어.

나는 이야기를 계속했다. 응급구조 요원이 할머니를 구급차 침대에 누이고 상태를 확인한 후, 심폐소생술을 했다. 몇 번의 심폐소생술 후에 할머니의 숨이 돌아왔다. 응급구조 요원이 나를 향해 오케이 사인을 한 후 구급차 문을 닫고 출발 신호를 보냈다. 건물에서는 검은 연기가 뿜어져 나오고 화마가 날름거리며 외벽을 타고 오르고 있었다. 나는 팀원들을 도우려고 계단을 올랐다. 낡은 건물이라 1층 소방차에서부터 소빙 오스인 수관이 연결돼 있었다. 물이 차 있는 수관이 다른 사람들한테는 무겁겠지만, 나한테는 문제가 없었다. 나는 팀원들이 문을 따려고 시도 하고 있는 것을 보고 해머로 문고리를 부수고 열어 주었다. 나는 불길이 치솟는 곳을 향해서 물을 퍼부었다. 맹렬히 타오르던 불길이 길을 돌려 반대쪽으로 향해 갔다. 불길을 쫓아가며 물을 쏘았다. 방화복 속이 땀으로 흥건하게 젖었다. 매캐한 연기가 느껴졌다. 산소통의 산소가 바닥을 드러내기 시작한 것이다. 나는 산소통을 바꾸려고 뛰기 시작했다. 나를 위해서가 아니라 구조자를 구했을 때 산소가 필요했다. 날듯이 계단을 뛰어 내려가다가 물컹한 것에 발목이 잡혔다. 방심한 나는 넘어지면서 굴렀다. 계단에 숨어 있던 놈이 고개를 내밀고 말했다.

─싹 다 태워버릴 수 있었는데. 왜 설치고 다녀?

놈은 얼굴을 가면으로 가리고 있었다. 나는 벌떡 일어나서 싸우려고 했는데, 다리가 움직여지지 않았다. 놈은 2미터의 거구였다.

─너 하나 때문에 벌써 몇 번째 실패한 줄 알아? 불을 지를 때마다 나타나서, 사람들이 안 죽잖아. 너 때문에. 안 그래도 얼굴 좀 보려고 기다렸다. 너 사는 곳에 불을 확 싸질러버리려고.

놈이 다가오자 나는 헬멧을 벗어서 던졌다. 놈은 머리통을 맞고 잠깐 흔들렸다. 내 얼굴을 확인한 놈이 고개를 갸웃하더니 말했다.

　－어라, 여자였네. 덩치가 커서 남자인 줄 알았잖아. 재미있게 되었군. 얼굴에 화상 흉터가 지면 이쁘겠어. 지금은… 못생겼어.

　놈이 다가와 내 다리를 밟았다. 나는 뜨거운 통증에 몸서리쳤다. 놈이 내 다리를 밟고 서서 라이터와 플라스틱 줄을 꺼내더니 불을 붙였다. 줄이 불에 타면서 플라스틱 덩어리가 떨어졌다. 놈이 그것을 내 얼굴 가까이 가져왔다. 방화복 위로 불붙은 플라스틱이 자국을 남기며 떨어져 내렸다. 어릴 때 플라스틱 줄이 타면서 떨어진 덩어리에 화상을 입은 적이 있었다. 살에 떨어진 플라스틱 덩어리를 떼어내자 살갗이 같이 떨어졌다. 지금도 그 화상자국은 손에 남아 있다. 그것을 얼굴에 한다고? 나는 산소통을 벗어서 놈을 향해 던졌다. 머리를 세게 맞은 놈은 또다시 휘청했다. 그러나 다음 순간 산소통을 잡아서 나를 향해 던졌다. 나는 몸을 굴려서 피했다. 산소통이 계단 아래로 통겨졌다. 산소통이 터지는 소리가 들렸다. 다른 소방관들이 달려오는 발소리가 났다. 놈은 나한테 달려들어 내 목을 졸랐다. 나도 놈의 목을 조르면서 가면을 벗기려고 했다. 흉측한 조커의 가면이었다. 놈이 가면을 벗기려는 내 손을 잡아챘다. 소방관들의 발소리가 가까이에서 들려왔다. 놈은 옥상으로 뛰어 올라갔다. 소방관들이 다가오자 나는 손으로 위쪽을 가리켰다. 아차, 내가 옥상에 묶어놓은 수관을 이용해서 도망가겠구나. 나는 연기에 서서히 질식해가면서 놈의 동선을 그려봤다. 다른 소방관이 다가와서 구조자용 산소 흡입기를 씌워주었다.

— 경찰에는 알렸지?

배가 눈을 깜빡이며 물었다. 귤즙이 묻어 노랗게 변한 손가락이 보였다. 나는 고개를 끄덕이며 대답했다.

— 내 말을 믿질 않아. 조커 가면을 쓴 방화범은 CCTV에 찍히지 않았대. 방화의 원인을 누전으로 확인했대. 문제는 말이야. 그놈이 불을 더 지를 거라는 거지. 이제 나 혼자 힘으로는 무리라는 생각이 들었어.

나는 조와 배를 한 번씩 쳐다봤다. 화재 진압 현장에서 같이 뛰고 한 소방서에서 근무한 지 3년째였다. 나는 결심을 굳히고 말했다.

— 배트맨과 슈퍼맨이 필요해.

조와 배가 눈을 동그랗게 떴다. 조도 배도 190센터의 거구들이었다. 둘이 내쉬는 콧김으로 병실 안이 더워질 정도였다. 배가 먼저 말했다.

―내가 배 씨니까 배트맨인가. 배트맨은 장비빨인데.

―그럼, 나는 조퍼맨이야?

조의 말에 나는 고개를 내저었다.

―아니, 어색해. 슈퍼맨으로 하자. 우리한테도 '저스티스 리그'가 필요해. 우리가 그 악당을 잡는 거야. 근데, 너희는 내 말을 믿는 거야?

둘 다 고개를 끄덕였다. 배트맨이 되기로 한 배가 대답했다.

―안 믿을 도리가 있어? 3년 내내 한 번도 다치지 않던 네가 다리가 부러졌는데. 그리고 방화범이 있다면 잡아야지. 저스티스 리그, 재미있을 것 같아.

슈퍼맨이 되기로 한 조는 내 다리를 가리켰다.

―원더우먼, 이 다리는 어쩔 건데. 부러졌으니 한 달은 걸릴 텐데. 당장 우리 팀 출동부터 문제야. 너 하나가 부순 문고리가 몇 개며, 업어 나른 사람이 몇 명인데.

나는 슈퍼맨이 된 조의 얼굴을 바라봤다. 조는 190센티의 덩치에 얼굴에도 살이 쪄서 눈을 떠도 감아도 한 줄처럼 보였다. 머리는 스포츠형으로 잘라서 조폭의 외모를 연상시켰다. 진짜 슈퍼맨이 보면 울고 갈 외모였지만 소방관에게는 최고의 조건이었다. 슈퍼맨이 병실에 들어와서 까먹은 귤껍질이 바닥에 수북하게 쌓여 있었다. 슈퍼맨 혼자서 열 명의 몫을 할 것 같은데, 내 빈자리가 아쉽다고 말해주니 감동스러워 잠깐 목이 막혔다. 배트맨도 고개를 끄덕였다. 배트맨은 190센티의 키에 근육질의 몸매를 갖고 있었고, 얼굴은 불 속에서 일하는 사람 같지 않게 매끈했다. 전설의 히어로의 외모와 체형은 배트맨이 가지고 있었다. 배트맨의 휴대폰이 울렸다. 네, 네 알겠습니다. 배트맨의 말투가 군대에 막 다녀온 남자처럼 다,나,까로 바뀌었다. 휴대폰 끊기를 기다렸다가 슈퍼맨과 내가 무슨 일인지 눈으로 물었다.

—원더우먼 네가 구한 할머니가 너를 찾는대. 자기 구해준 사람 누군지 꼭 인사하고 싶다고. 여기 병원에 입원해 계시는 가봐. 화재 진압 요원은 불만 꺼서 구조자 얼굴 대할 일이 거의 없는데. 이런 경우가 다 있네. 어떻게 할까?

내가 대답을 고민하고 있는데, 텔레비전에서 뉴스가 흘러나왔다. 우리 시에 또다시 불이 났고 사망자가 세 명 발생했다. 소방관들이 불을 끄러 갔다가 건물에서 가스가 폭발하는 바람에 진입하지 못했다고 했다. 도시가스가 아니라 LPG로 누군가 의도적으로 가져다놓은 것 같다고 했다. 명백한 방화의 흔적이었다. 뉴스를 본 슈퍼맨과 배트맨은 나를 바라봤다. 나는 '방화범K'라고 말하고 고개를 끄덕였다. 우리 세 사람의 눈빛이 부딪치면서 화르르 불꽃이 피어올랐다. 원더우먼인 나를 가운데 두고 슈퍼맨과 배트맨이 손을 내밀었다. 결의의 불꽃은 슈퍼맨의 한마디에 확 꺼졌다.

－얼굴도 모르는데 어떻게 잡지?

배트맨도 궁금한 걸 물었다.

－그놈 이름이 왜 방화범K야?

나는 슈퍼맨이 휴대폰 시계를 연신 들여다보는 것을 보며, 슈퍼맨이 배가 고프구나! 짐작했다. 두 영웅이 집에 갈 때가 된 것이다.

－놈을 만난 건물 이름이 K빌딩이거든. 조커로 부르는 건 식상해서. 참, 그 할머니 병실 호수 알려줘. 내가 시간 있을 때 다녀올게. 명색이 소방관인데 구조자를 누워서 맞을 수는 없잖아. 병원 밥 나올 때 됐어. 슈퍼맨, 배트맨 어서들 가봐.

슈퍼맨과 배트맨은 헤헤 웃으며 돌아갔다.

내가 구한 할머니는 나와 다른 층에 있었다. 깁스한 채로 휠체어를 타는 것도 모양이 좋지 않을 것 같아서 목발을 짚었다. 엘리베이터를 타고 할머니가 있는 층에 내려 병실 가까이 갔다. 할머니의 침대 옆에 마스크를 낀 남자가 앉아 있었다. 이십 대로 보이는 젊은 남자였다. 할머니가 귤을 까서 그의 입 쪽으로 내밀었다. 그가 마스크를 내렸는데, 인중부터 턱까지 화상자국이 있었다. 그가 귤을 먹고 서둘러 마스크를 썼다. 나는 인기척을 내려고 헛기침을 했다. 할머니가 나를 알아보지 못하고 눈을 끔뻑거렸다. 할머니는 연기로 기관지가 상했는지 가래 끓는 소리를 냈다. 나는 할머니에게 다가갔는데, 옆에 있던 그가 깁스한 내 다리를 유심히 쳐다보는 게 느껴져 불쾌했다. 병원에 아픈 사람이 있는 게 당연한 거 아니야.

—안녕하세요. 할머니를 구한 소방관입니다. 찾으신다고 해서요.

그제야 할머니는 반색하면서 자리를 털고 일어났다. 할머니는 냉장고를 열어서 오렌지주스를 꺼내고 귤을 내 앞에 놓아주었다.

—고마워서. 내가 인사하러 가려 그랬지. 세상에나 여자 소방관이었어? 이 나이 먹고 처음 보네. 그 험한 일을 어찌하고 살아? 고마우이. 나 살려줘서. 어여 드셔.

할머니가 내 손을 잡았다. 나는 할머니의 손을 꽉 잡고 무사하셔서 다행이라고 말했다. 나는 그 남자를 눈으로 가리켰다.

—내 손주여. 인사해라, 너도. 나 구해준 분인데. 내가 헛

것을 봤는가, 베란다로 뭐가 날아 들어온 거 같은디. 나는 저 승사자가 나를 데리러 왔는가 했구만.

그가 고개를 꾸벅이며 인사했다. 그는 인사만 하고 서둘러서 병실을 나갔다. 내가 그의 뒷모습을 보고 있자 할머니가 말했다.

─거 있잖어. 인터넷에서 부르면 집에 와서 무거운 것도 옮겨주고, 못도 박아주고, 고장 난 것도 고쳐주고, 뭐든지 다 해주는 기사여. 아는가? 요새 생겼다고 하더라고.

나는 고개를 끄덕이며 머리에 떠오르는 업체 이름을 말했다. 급할 때 부르려던 광고가 떠올랐다. 나는 건물에 불이 났을 때 손자분은 어디 계셨냐고 물었다. 할머니는 당연하다는 듯이, 일하러 갔지, 어디에 가 있었겠냐고 대답했다. 나는 할머니가 거의 반강제로 먹이는 주스를 마시고, 고맙다는 말을 스무 번쯤 듣고 돌아왔다. 나는 퇴원할 때까지 수시로 할머니의 병실 근처를 서성였다. 할머니 손자의 마스크 벗은 얼굴을 보고 나서 의심을 거둘 수 없었다. 손자의 직업은 낯선 건물의 문을 쉽게 열 수 있는 직업이었다. 손자는 가끔 나타났는데, 할머니와 같이 텔레비전을 보다가 돌아갔다. 그래, 사람 생긴 걸로 의심하면 안 되는 거지. 가족이 사는 건물에 불을 지를 방화범이 어디 있다고. 나는 퇴원이 가까워져 오자 의혹을 거두고 중얼거렸다. 슈퍼맨과 배트맨은 나 없는 빈자리까지 책임지느라 바빠 보였다. LPG가 폭발했던 현장을 조사한 팀에서 별다른 증거를 찾지 못했다고 했다. 그사이에도 불이 계속 났고, 텔레비전에서는 겨울철 난방 기구 사용을 주의하라는 공익방송이 나왔다. 나는 부러진 다리가 붙었다는 말을 들은 날 깊은 잠을 잤다. 자는 동안 레이저 치료를 받을 때처럼 뜨끈함이 얼굴에 느껴졌다. 잠결에 눈을 떴는데 그 할머니가 나를 내려다보고 있었다. 내 침대 옆에서. 나는 화들짝 놀라서 자리를 털고 일어났다. 할머니가 언제부터 그 자리에 있었는지 모를 일이었고 내 병실을 알려 준 적이 없어서 가슴이 서늘했다.

　- 퇴원하기 전에 들렀다우. 인사하고 가려고.

　할머니가 나를 다독이더니 박카스 한 상자를 내밀었다. 나는 놀란 가슴을 진정시키고 나도 곧 퇴원한다고 말했다. 이제 그만 고마워해도 될 것 같다고 말하려다가 참았다.

　- 할머니 손자가 데리러 오시죠?

　내가 묻자 할머니는 고개를 끄덕였다. 할머니는 더 할 말이 있는 것처럼 쪼글쪼글한 입을 오물거리다가 마른침을 삼켰다. 나는 박카스를 하나 열어서 할머니에게 내밀었는데 한사코 손사래를 치며 받지 않았다.

―할머니 손자를 혹시 의심하는 거야?

내 이야기를 들은 슈퍼맨이 물었다. 슈퍼맨과 배트맨과 나는 정의를 위해 싸울 준비를 하고 있었다. 낮에 출동했다가 지쳐서 정리하지 못한 장비들을 닦고 말리고 있었다. 오늘은 24시간 근무하는 날이었다. 말간 눈으로 하루를 버텨야 하는 날이었고, 언제 출동 방송이 나올지 몰라 조마조마한 시간이었다.

―아니야, 할머니를 죽이려던 손자가 병실에서 태연히 귤을 받아먹고 있겠어? 할머니는 그날 건물에서 빠져나오지 못한 피해자였어. 할머니 손자는 눈이 순하고 착해 보였어. 방화범K에 대한 다른 실마리는 없어? 슈퍼맨과 배트맨이 좀 나서봐.

내가 손을 놀리며 투덜거리자 배트맨이 말했다.

―방화마다 조금씩 달라. 어느 곳은 가스통이 있었고, 어느 곳은 누전이야. 어떤 표시도 남기지 않았어. 경찰에 CCTV를 요청했는데 불이나 끄라는 말이 돌아왔어. 개인적으로 블랙박스나 근처 편의점의 CCTV를 확보했어. 하지만 원더우먼 네가 말한 조커 가면 쓴 사람은 없었어. 배트맨은 장비발인데, 나는 두 다리로만 뛰고 있다고.

나는 수관을 기계에 올려 말려놓고, 수관의 연결 부위들을 닦았다. 배트맨에게 너의 장비는 일굴이라고 말히려다가 참았다. 나는 산소통의 공기를 채워두고, 문을 파쇄하는 연장들을 기름칠해 정리했다. 스피커가 딸깍이며 켜질 때마다 슈퍼맨과 배트맨은 고개를 들고 귀를 기울였다. 화재 경보의 경우 클래식이 들리다가 시간을 두고 화재 출동 멘트가 이어졌다. 소방관들의 트라우마를 줄이기 위해 음악으로 대체한 것이었다. 구조 방송의 경우 멘트가 바로 이어졌다. 출동 빈도수가 높은 것이 구조 방송이었다. 구조 방송이 들리자 슈퍼맨과 배트맨이 다시 손을 놀렸다. 슈퍼맨은 초코바를 꺼내 입에 물었다. 나한테도 한 개 내밀었지만, 고개를 저었다.

─푹 쉬고 와서 하려니까 귀찮지?

슈퍼맨이 물었다. 쪼그리고 앉아 있는 원더우먼, 슈퍼맨, 배트맨이 참 모양 빠진다는 생각이 들었다. 나는 고개를 저으며 손을 움직였다. 출동 방송이 뜨면 재빠르게 움직여야 해서 장화에 바지를 끼워 넣는 것도 잊지 않았다. 뛰어와서 장화에 발을 집어넣고 바지를 올리면 시간을 단축할 수 있었다. 장화에는 내 이름이 적혀 있었다.

원더우먼.

슈퍼맨이 눈을 찡긋했다. 초코바를 먹는 슈퍼맨이라니 내가 너무 많은 것을 바랐구나, 하긴 나도 괴력의 소유자라기보다 그런 척하는 원더우먼이니까. 진짜 신적인 괴력이 있었다면 지난번 방화범K를 잡았을 것이다. 스피커가 다시 켜지더니 나를 사무실로 호출하는 말이 들렸다. 내가 두 사람을 보며 눈으로 묻자, 슈퍼맨과 배트맨은 어깨를 으쓱했다.

〈내가 너를 모를 줄 알았지? 계속 지켜보고 있었다. 네가 나를 막을 수 있을까. 할 수 있으면 한번 해보던가. 아이들이 불에 타는 소리가 들린다.〉

꽃바구니에 꽂힌 카드를 읽은 나는 몸이 얼어붙었다. 놈이었다. 내가 이 소방서 소속의 누구라는 것까지 알고 있었다.

─축하해, 누가 보낸 꽃이야? 남자친구 있었어?

슈퍼맨이 물었다. 나는 슈퍼맨과 배트맨에게 카드를 보여주었다. 두 사람 얼굴이 흙빛이 되었다. 그 순간 스피커가 켜지면서 클래식이 울려 퍼지기 시작했다.

─화재 방송. 주소지는 하월동 은성 보육원입니다.

원더우먼과 슈퍼맨과 배트맨은 출동을 시작했다. 한 사람이라도 늦으면 출동이 늦어지기 때문에 충격을 받았다고 해서 멍하니 있을 수는 없었다. 나는 뛰어가서 방화복 재킷을 걸치고 장화에 발을 집어넣었다. 헬멧을 쓰고 산소통을 짊어지고 장비를 허리에 찬 다음 소방차로 뛰었다. 나는 소방차에서 놈이 나한테 보낸 카드를 꺼냈다. '아이들이 불에 타는 소리가 들린다.' 내가 손을 펼고 있자 슈퍼맨이 내 손에서 카드를 가져가더니 휴대폰으로 사진을 찍었다. 슈퍼맨은 안면이 있는 경찰에게 문자를 보내고 전화를 했다.

─이런 협박장이 왔습니다. 현장으로 와주셔야겠습니다. 벌써 출동하셨습니까. 현장에서 뵙겠습니다. 현장에 수사 인력을 투입하셔야 할 것 같습니다.

슈퍼맨은 통화를 끝내고 나를 다독였다.

─우리가 있잖아. 그놈 우리가 같이 잡으면 되니까. 걱정하지 마. 너는 원더우먼이잖아.

배트맨이 말했다. 나는 불 속에서 그놈과 마주쳤던 순간이 떠올랐다. 내 다리를 부러뜨렸던 건장한 몸과 파워가 생각나면서 그놈이 졸랐던 목이 따끔거렸다.

─그놈이 현장에 있을 것 같아. 나를 기다리고 있을지 몰라. 왜 나일까. 내가 나도 모르게 누군가에게 잘못한 일이 있었던 걸까. 그것보다 나 때문에 아이들이 죽으면 어떻게 하지?

화재 현장이 가까워지자 지휘 차량의 무전이 요란했다. 나는 원더우먼으로 시선을 끌었던 대학 시절이 생각났다. 남들보다 키가 크고 덩치가 남달라 뭘 해도 눈에 띄었다. 내가 탱크톱을 입고 춤을 추지 않았더라도 다른 별명이 붙었을 것이다. 내가 자책하고 있자 슈퍼맨이 내 눈을 보면서 말했다.

— 너 때문이 아니야. 그놈은 원래 미친놈이었잖아. 그놈 우리가 잡으면 돼.

근방의 소방차들이 몰려와 있어서 화재 현장 진입까지도 시간이 걸렸다. 마을을 통과해서 가는 길이 좁았다. 우리 관할 구역이었다. 도착 즉시 현장으로 투입되는 것은 우리 팀원일 것이었다. 다른 관할 소방서 차가 온다고 해서 그들이 먼저 진입하지는 않을 것이다.

3층짜리 건물은 가로로 길었다. 불은 건물 중앙 식당에서 시작되어 양쪽으로 번지고 있었다. 한 층마다 스무 칸의 방이 식당을 기준으로 좌우로 열 칸씩 있고, 방마다 아이들이 다섯 명씩 자고 있다고 했다. 1층의 아이들은 대부분 나왔다고 했다. 2층과 3층은 연기 때문에 나오지 못하거나 질식한 아이들이 있을 것이라고 했다. 밖으로 나와 있는 아이들은 이백오십 명이고, 나머지 아이들을 구조해야 했다. 다른 팀의 팀원들이 진입하고 있었고, 소방차로 물을 퍼붓고 있는 차가 보였다. 우리 팀은 둘씩 조를 나눴다. 슈퍼맨이 산소 흡입기를 쓰기 전에 나를 붙잡고 말했다

— 놈을 보더라도 혼자 맞서서 싸우려고 하지 마. 배트맨과

나를 불러. 알았지?

나는 고개를 끄덕였다. 경찰이 다가와서 나한테 카드를 달라고 했다. 경찰은 몇 가지를 물었고, 이 화재 사건과의 연관성을 확인했다. 나는 지난번 화재 현장에서 마주쳤던 그놈이 범인일 것이라는 말을 했다.

─조커 가면을 써서 얼굴을 알 수 없어요.

나는 현장을 에워싸고 구경하고 있는 사람들을 눈으로 훑었다. 일부러 헬멧을 벗고 나를 드러냈다. 어디선가 나를 보고 있는 사람이 있다면 눈이 마주칠지 모를 일이었다. 그들 중에 할머니의 손자가 보였다. 어? 내가 그를 손으로 가리키자 그가 자리를 피했다.

─저 사람. 그 할머니 손자가 왜 여기 있지?

슈퍼맨과 배트맨이 그쪽을 돌아봤다. 나는 경찰에게 저 사람을 빨리 잡으라고 말했다. 내가 손자를 의심하다가 의심을 거둔 것은 손자의 체형이 그놈과 전혀 다르기 때문이었다. 손자는 160센터의 키에 왜소했다. 유단자인 나와 맞붙을 사람이 아니었다. 경찰이 그를 나한테 끌고 왔다.

─할머니가 저 안 어딘가에 있답니다. 화재로 집을 잃은 할머니가 퇴원 후 이 보육원에 묵으면서 밥 해주는 일을 하고 있었답니다.

경찰의 말에 그가 고개를 끄덕였다. 나는 일부러 그의 마스크를 내렸다. 화상 입은 그의 얼굴이 드러나자 경찰과 배트맨과 슈퍼맨은 의혹의 눈빛을 보였다. 그는 마스크로 얼굴을 가리고 눈길을 피했다.

— 할머니를 구해주세요. 제발. 저기 어딘가에 계실 겁니다. 아직 나오지를 못했어요.

현장 상황이 다급해서 그는 경찰서에서 조사를 받기로 했다. 그는 할머니가 구해질 때까지 한사코 가지 않으려고 버텼다. 슈퍼맨과 나도 더는 지체할 수 없었다. 할머니와 아이들을 구해내야 했다. 슈퍼맨과 나는 2층의 오른쪽 구역을 맡기로 했다. 맡은 구역의 문을 열어 구조자를 먼저 구해내야 했다. 수관에 물이 가득 차서 묵직했다. 나와 슈퍼맨은 수관을 들고 이동했다. 2층 오른쪽 구역으로 가자마자 검은 연기에 둘러싸였다. 시야가 확보되지 않고 어두웠다. 야간에 불을 비춰주는 소방차가 밖에서 조명을 쏘고 있었지만, 복도 안까지 비추지는 못했다. 복도는 미로처럼 복잡하고 닫힌 방문들이 있었다. 슈퍼맨이 끌과 망치를 꺼내서 문을 파쇄하기 시작했다. 문고리들이 열기에 익어서 문이 쉽게 열리지 않았다. 문안에서 아이들의 울음소리가 들리는 것 같아 애가 탔다. 슈퍼맨이 분을 파쇄하고 있을 때, 나는 왼쪽 복도로 고개를 돌렸다. 그곳에서 아이의 비명이 들렸다. 나는 그쪽으로 향했다. 유독가스가 뿜어져 나오는 현장에서 슈퍼맨과 나는 산소 흡입기를 쓰고 있어서 말을 하지 못했다. 나는 잠시 슈퍼맨이 있는 오른쪽으로 고개를 돌렸다. 슈퍼맨의 모습이 희미하다가 연기에 묻혀버렸다. 아이의 울음소리가 나는 문 앞으로 가서 해머로 문고리를 내리쳤다. 문안으로 들어가자 아이의 울음이 아니라 다른 울음이 들렸다. 울음은 캐비닛 안에서 났다. 나는 캐비닛의 문을 뜯어냈다. 그 안에는 아이가 아니라 할머니가 있었다. 할머니는 울고 있었는데, 몸이 묶여 있었다. 나는 할머니를 묶어놓은 줄을 풀었다. 할머니의 입에 구조자용 산소 흡입기를 대주었다. 할머니의 숨이 가빠서 내 산소 흡입기로 바꿔주었다. 그러느라 등에 짊어지고 있던 산소통을 벗었다. 할머니의 호흡이 안정적으로 돌아왔다. 할머니가 말했다.

─그놈이 나를 여기 가뒀다우. 내 몸을 묶고.

─누구요?

할머니는 불 속에서도 말을 아꼈다. 할머니의 몸을 보니 멍투성이였다.

─손자분이요?

할머니가 마지못해 고개를 끄덕였다. 나는 무전기를 켜서 이 상황을 슈퍼맨과 배트맨에게 알리려고 했다. 그때 캐비닛

뒤에 있던 전면 책장이 나를 향해 넘겨졌다. 나는 할머니를 품에 안고 책장과 같이 넘겨졌다. 산소통을 다시 짊어졌어야 하는데, 산소통은 튕겨서 굴러가버렸다. 신적인 괴력은 무슨. 온몸에 힘을 주고 캐비닛을 밀어도 꿈쩍하지 않았다. 무전기로 구조 신호를 보내려고 몸을 더듬거렸지만, 무전기도 캐비닛 밖에 있었다.

　―내가 나대지 말라고 했지.

　캐비닛 밖에서 놈의 목소리가 들렸다. 손자의 목소리가 아니었다. 손자는 가늘고 작은 목소리였는데, 밖에 있는 놈은 굵직한 목소리였다.

　―할머니 저 사람 누구예요? 밖에서 할머니 손자 봤는데, 저 목소리가 아니었어요. 도대체 저 사람은 누구예요?

　나는 할머니에게 물었다. 할머니가 천천히 대답했다.

　―첫째 손자. 손자가 둘이야.

　―손자분이 불을 또 지를 걸 알고 계셨죠?

　밖에서 놈의 웃음소리가 들렸다. 내 말을 듣고 있는 것이었다. 놈은 책장이 타는 것이 더뎌서 그런지 불을 옮겨붙이는 것 같았다. 나무로 된 책장이 타면서 쇠로 된 캐비닛이 붉게 익기 시작했고, 나는 등이 뜨거워서 죽을 것 같았다.

　―더럽게 안 타네. 씨발. 노인네랑 너랑 둘 다 불에 태워

야 하는데. 안 되겠다. 또 가스를 폭발시켜야지. 여자 주제에. 내가 나대지 말라고 했지?

쇳덩어리를 끌고 오는 소리가 들렸다. 그 후에는 수관에서 물이 터져 나오는 익숙한 소리도 들렸고, 물에 닿은 캐비닛이 칙칙 소리를 내며 식어가고 있었다.

ㅡ네놈이 방화범K구나. 잡아, 슈퍼맨.

배트맨의 목소리가 들렸다. 나는 열기가 식은 캐비닛을 있는 힘껏 밀고 일어났다. 등이 타는 것처럼 뜨거웠다. 캐비닛이 들렸다. 내 힘만이 아니라 배트맨이 캐비닛을 들어서 옮기고 있었다. 옆에는 가스통이 있었다. 슈퍼맨과 놈이 싸우고 있었다. 슈퍼맨이 놈의 가면을 주먹으로 쳤다. 육중한 주먹이 초능력보다 효과가 있었다. 놈의 가면이 두 조각 나면서 얼굴이 드러났다. 각진 말상의 사내가 눈을 부릅뜨고 슈퍼맨을 노려보고 있었다. 나와 할머니를 구한 배트맨이 그 싸움에 가세했다. 다른 소방관이 오자 나는 할머니를 그에게 맡기고 싸움에 동참했다.

ㅡ비켜. 내가 저 새끼 한 대는 꼭 때려야 기분이 풀릴 것 같아.

내가 말하자 슈퍼맨과 배트맨이 잠시 물러났다. 놈은 나를 보더니 가소롭다는 듯이 웃었다. 나는 몸을 날려서 이단 옆차

기로 놈의 턱주가리를 걷어찼다. 착지. 놈이 비틀거리더니 쓰러졌다. 배트맨과 슈퍼맨이 달려들어서 놈을 묶었다. 수갑이 없어서 채우지 못하고 놈을 1층으로 데려가 경찰에게 넘겼다.

　ー원더우먼, 네 등이 말이야.

슈퍼맨이 내 등 뒤에서 중얼거렸다.

　ー탔어.

　ー뭐?

내가 뒤돌아서 물었다.

　ー탔다고.

배트맨이 말했다. 나는 정신을 잃고 응급구조 요원의 베드에 실려 갔다.

슈퍼맨과 배트맨이 문병을 왔다. 슈퍼맨은 귤을 한 박스 들고 와서 앉은 자리에서 반을 먹어치우고 있었다.

　ー할머니네 둘째 손자가 처음에 화상을 입었는데, 보험금이 꽤 나왔나봐.

슈퍼맨이 귤을 먹으면서 말했다.

　ー보험금 받으려고 할머니를 죽이려고 했구나.

배트맨이 고개를 끄덕였다.

　ー근데, 원더우먼 네가 할머니를 구해버린 거야. 그래서

너까지 죽이려고 한 거래.

나는 등에 수포가 잡혀서 침대에 눕지 못하고 앉아 있었다. 방화복 덕에 화상은 심하지 않았지만 수포가 잡히고 터지기를 반복하는 괴로운 치료가 기다리고 있었다. 의사랑 간호사가 병실로 들어올 때마다 이를 악물었다. 회복력은 무슨. 치료는 길고 고단했다. 병실이 떠나가도록 비명을 지르며 치료를 받았다.

—왜 다른 방화는 일으킨 거야? 다 방화범K가 한 거라며.

슈퍼맨이 내 손에 귤을 주면서 말했다.

—연습. 연습한 거래.

나는 욕을 퍼부으려다가 등이 쓰라려서 입을 다물었다. 할머니는 손자가 감옥에 갈까봐 자기를 죽이려고 해도 말을 하지 못했다고 했다. 내가 다리를 다쳤을 때, 병실에 있는 나를 찾아와서 말을 하려다가 끝내 말을 하지 못했다고. 손자가 누굴 죽이면 자기를 죽이지, 남인 나를 또 죽이겠냐 싶었다고. 미안하다고 전해달라고 했단다.

—그 방화범 새끼 미친 새끼네.

내가 말했다. 배트맨은 그날 놈한테 맞아서 눈에 멍이 들어 있었다. 캐비닛을 들어 옮기려던 배트맨을 놈이 때린 것이다.

—앞으로 방화범은 경찰이 잡겠대. 우린 불을 끄래.

배트맨이 말했다. 배트맨은 잘생긴 얼굴이 상한 상태로 인터뷰를 했다. 나는 배트맨의 잘생긴 얼굴이 장비라고 생각했었는데, 인터뷰 후에 광고 섭외까지 들어와서 골치가 아프다고 했다. 배트맨은 튀는 걸 싫어하는 성격이라 광고 제의를 다 거절했다. 슈퍼맨도 인터뷰를 했지만, 반응은 크지 않았다. 밥 먹으러 가면 알아보고 공짜 밥을 주는 정도라고 했다. 나는 입원 중이라 인터뷰를 하지 않겠다고 말했다. 얼굴을 드러내는 게 두려웠다. 내가 여성 소방관이라는 이유로 언론은 방화범K보다 나한테 관심을 가졌다. 여성가족부가 여성 소방 공무원을 충원하는 문제를 다시 거론했고, 소방관청은 곤란한 입장을 표했다. 댓글은 둘로 나뉘어서 여성 소방관이 일을 잘해서 할머니를 구했으니, 여성 소방관도 자기 역할을 잘한 것이라고 말했다. 여성가족부의 입장과 여성 취업에 관해 긍정적인 반응을 보이는 쪽은 역시 여성들이었다. 남성들의 댓글은 그것 보라고, 남자 소방관이었으면 자기 몸은 자기가 지키고, 구조자까지 구했을 것이라고 말했다. 방화범한테까지 만만히 보이는 여성 소방관을 숫자만 늘려놓으면, 현장의 공백은 어떻게 채울 것이냐고 했다. 집에 불이 나면 남자 소방관이 오넌 좋겠는지 여자 소방관이 오면 좋겠는지 묻는 설문 조사까지 있었다. 그 혼란한 상황에 나는 입을 다물었다. 내가 화근 같았고 나를 꺼 버릴 수 있는 물이 세상에 있었으면 좋겠다고 생각했다. 사람들이 무서웠다. 원더우먼이라고 뛰어다니던 일이 얼마나 후회가 되는지. 베란다로 들어가 할머니는 왜 구했는지. 할머니가 가져왔던 박카스를 받았던 일도 후회했다. 등의 화상보다 마음의 상처가 나를 더 아프게 했다. 배트맨은 뜸을 들이다가 말했다.

─우린 네가 죽지 않아서 다행이라고 생각해. 처음에 네가 원더우먼 어쩌고, 슈퍼맨, 배트맨, 저스티스 리그에 조커 가면까지 말했을 때, 그냥 트라우마가 심한가 했어. 그래서 같이 놀아주다 보면 좀 나아지겠지 싶어서 시작한 거야. 널 믿은 건 아니고. 네가 몸도 정신도 아프지 않길 바랐거든. 화재 진압 파트에 여자 혼자 있으면서, 씩씩해지려고 안간힘 쓰는 거 우리도 알거든. 외로운가 보다 생각해서 같이했던 거야.

슈퍼맨이 말했다.

─저스티스 리그 계속하자 우리.

나는 등이 타들어 갈 때의 통증이 명치에 느껴졌다.

─싫어.

슈퍼맨과 배트맨이 놀라서 내 얼굴을 바라봤다. 이번 일은 내 등에 흉터로 남아서 인생의 고비마다 아픈 교훈을 상기시

키겠지. 누굴 구한다는 게 사명감은 주지만, 목숨을 걸고 싶지 않았다. 구해줘서 고맙다는 말을 듣는 것도, 그 감사하는 마음도, 선한 보답으로 돌아오지만은 않는다는 사실도 알게 되었다. 나는 원더우먼으로 가볍게 시작한 내 길이 쉽지 않은 길이라는 깨달음을 얻었다. 이 직업이 나한테 맞는 것인가, 잘못 들어온 것은 아닌가, 화상을 치료받는 내내 고민하기 시작했다.

슈퍼맨이 귤을 까먹던 손을 툭툭 털었다. 솥뚜껑처럼 두툼한 손이 노랬다. 슈퍼맨이 그 손으로 휴대폰을 내밀었다. 화면 안의 동영상 플레이를 누르자 내가 근무하는 소방서 직원들의 응원하는 모습이 하나씩 나왔다. 빨리 낫길 바란다는 수백 명의 응원의 목소리가 내 마음에 난 화를 꺼트렸다. 나는 그 사람들을 보다가 눈가를 닦았다. 마지막 장면에는 제복을 차려입은 그들이 다 함께 경례를 보냈다. 이렇게 견뎌내는 거지. 또 한 고개 넘어가면서.

— 나도 화상 흉터가 있어.

슈퍼맨이 상의를 올려서 둥그렇게 나온 배를 가리켰다. 큼직한 화상 흉터가 있었다.

— 나도 있어.

배트맨이 다리를 걷어 종아리를 보여줬다. 슈퍼맨과 배트맨은 내 등의 화상을 가려주려고 자기들 몸에 난 화상들을 계속 보여주었다.

　─너희는 내가 남자로 보이지?

　내가 농담을 던지자 그들이 웃음기 없는 말간 눈으로 고개를 끄덕였다. 나는 눈물 흘리던 것을 잊고 배꼽이 빠지게 웃었다. 소방관이라는 직업에 대해 고민하며 혼란스러워하던 마음이 말끔하게 정리되었다. 그래, 상처 나고 터지면서 더 깊어지는 거지. 사람과의 관계도 일도. 슈퍼맨이 말했다.

　─너는 동료지. 동료.

　배트맨이 멍든 눈을 찡긋하며 말했다.

　─너 마음 풀어주려고, 우리 오늘 쫄바지 입고 망토 두르고 올까 했었어.

　나는 그들의 모습을 상상하면서 깔깔 웃었다. 슈퍼맨이 쫄바지 위에 팬티를 입으면 얼마나 웃길까. 웃다가 나온 눈물을 닦았다. 슈퍼맨이 만족스러운 얼굴로 귤을 까먹었다.

　나는 동영상을 다시 돌려봤다. 원더우먼, 배트맨, 슈퍼맨만 영웅이 아니었다. 그들 모두 영웅이었다. 원더우먼의 동료들이었다. 아니, 난 이제 원더우먼이 아니었다. 그냥, 영웅 무리의 영웅, 소방관이었다.

영웅은 당신 가까이에 있다

나는 소방관 이야기 중에서도 여성 소방관에 관해 쓰고 싶었다. 소방관을 머리에 떠올리면 소방호스를 들고 불을 끄는 모습부터 그려진다. 소방복을 입고 산소통과 산소 흡입기를 쓰고 각종 구조장비를 허리에 차고 불로 뛰어들어야 하는 사람.

특히 그 사람이 여성이라면 어떤 모습일까.

나는 재미난 이야기로 여성 소방관에 관해서 알리고 싶었다. 우선 글을 쓰기 위해서는 여성 소방관이 어떻게 일하고 어떻게 생활하는지 알아야 했다. 119 구조센터는 24시간 돌아간다. 우리가 아침에 출근했다가 저녁에 퇴근하는 동안, 소방관들은 새벽이나 밤에 일하고 퇴근하는 것이다. 자녀를 기르고 가정을 꾸리는 나로서는 상상이 가시 않는 패턴이었다.

소방서가 집 근처에 있었지만 여성 소방관은 본 적이 없었다. 여성 소방관이 있는 소방서를 수소문해 보았는데, 내가 사는 구의 소방서에 다행히 여성 소방관이 있었다. 여성 소방관은 화재 진압 분야보다 응급구조 분야에서 일하는 분들이 많다고 했다. 내가 인터뷰한 분 중 한 분이 화재 진압 분야에서 일 년 정도 일한 경험이 있다고 하였다.

그분들의 실제 경험도 놀라웠고, 그날 봤던 소방차와 소방 장비들도 신기했다.

그 모든 장비에서는 재 냄새가 났다. 산소통은 등에 짊어지자 악 소리가 나게 무거웠다. 소방복을 입고 장비를 메면 30㎏이 다 된다고 했다. 소방서 뒤뜰에 널려 있던 소방호스인 수관도 인상적이었다.

그날 집에 돌아온 나는 몸살을 앓았다. 소방관이 일하는 현장과 장비를 직접 보자 그분들의 이야기를 쓴다는 무게가 나를 눌렀다. 삶과 죽음의 경계에 서 있는 사람들의 이야기를 내가 감당할 수 있을까.

나는 문장으로 세상을 만드는 자로서 책임감을 느꼈다.

내가 소방서에서 인터뷰하는 동안 울리던 출동 신호를 잊을 수 없다. 날씨가 춥거나 덥거나 계절에 상관없이 소방관은 출동한다. 소방관은 남녀의 구별이 문제가 아니었다. 그들은 동료였고 서로를 돕지 않고는 살아나갈 수 없었다.

소설을 쓰는 동안 나는 매일 밤, 불 속을 헤집고 어둠과 연기를 헤집었다.

나는 내 소설로 그들 모두가 영웅 무리 중의 영웅임을 말해주고 싶었다.

내 소설을 소방관이 읽게 된다면 잠깐이라도 자부심을 느꼈으면 한다. 일반 독자가 읽는다면 영웅은 멀리 있지 않고, 당신 가까이에 있다는 사실을 잊지 않았으면 한다. 나는 언제나 불 속으로 뛰어드는 당신의 용기에 감사를 보낸다.

마인드 컨트롤

도재경

2018년 세계일보 신춘문예에 당선되며 작품 활동을 시작했다. 소설집 『별 게 아니라고 말해줘요』가 있다. 2020년 제24회 심훈문학상, 2021년 제13회 허균문학작가상을 수상했다.

1

일주일째 진화 작업에 투입되었던 서보인 팀장은 조사관실에 들어오자마자 이런 상황은 처음이라며 한숨을 내쉬었다.

진화는 완료된 거예요?

생각보다 쉽지 않네요. 보고 난 후에 얘기하죠.

서보인 팀장은 내게 새끼손톱 크기의 메모리칩을 건네며 말했다. 그 안엔 윤광노씨의 뇌 신경 접속 포트를 통해 복사한 내면 레이어가 담겨 있었다. 통상 센터에 내원한 사람들 경우 한두 시간 이내에 마음속 불은 진화되었고, 발화원 또한 어렵지 않게 찾을 수 있었다. 하지만 윤광노씨의 내면은 여느 상황과 달리 수많은 진화 내원이 투입되었으나 좀체 불길을 잡을 수 없었다. 서보인 팀장은 손가락을 모아 관자놀이 쪽에 붙였다 떼고선 조금 쉬고 돌아오겠다며 발걸음을 옮겼다.

이너사이드안전센터의 내로라하는 진화 팀장조차 두 손을 들 정도라니.

나는 머리를 동여 묶고 홀로그램 영사기에 메모리칩을 꽂았다. 영상이 재생되자마자 펑 하는 폭발음에 나도 모르게 한 걸음 물러났다. 영상이라고는 하나 거대한 열기가 고스란히 전해지는 듯했다.

윤광노씨의 내면은 특이하게도 어느 중세 도시의 풍경이었는데 아무래도 그가 설계해 온 버추얼 타운의 영향인 듯했다. 뭉게뭉게 피어오르는 연기로 가득 찬 도시의 하늘은 검붉은 빛깔을 띠었다. 성벽 내부의 좁고 구불구불한 골목에는 아담한 목조 건물이 다닥다닥 붙어 있는 탓에 마치 장작더미를 쌓아놓고 불을 지른 듯했다. 나는 화재 조사 프로그램을 가동해 피해 현황을 확인했다. 마흔 개소 이상의 공공시설이 피해를 입었으며 2만 5,000채가 넘는 집들이 전소된 상태였다. 도시 면적의 약 70%가 불길에 휩싸여 폐허로 변했고, 성벽 바깥의 키 작은 집들에도 불길이 번지고 있었다. 불길이 가장 거센 시가지 중심부 온도는 1,000℃에 육박하기도 했다. 목조 건물의 경우 가연물이 다 타버려 감쇄되기까지 화재 지속 시간이 그리 길지는 않았다. 그렇지만 이따금 돌풍이 불어닥칠 때마다 하늘에서 불티가 비처럼 쏟아져 내려 건물과 강 위에 떠 있는 배들은 물론이며 선착장에 쌓여 있는 석탄과 모직 더미에도 불길이 옮겨붙었다. 게다가 도시 곳곳에 불이 붙기 쉬운 기름을 비롯해 유황이나 화약 따위를 저장한 창고들이 많은 탓에 여기저기에서 폭발과 함께 불기둥이 치솟았다.

어떻게 이럴 수가 있지?

혼수상태에 빠진 늙은이의 내면이라고 하기엔 화염이 너무나 맹렬했다. 마음속에 제아무리 응어리가 많이 맺혀 있는 사람이라고 해도 대개 건물 한두 채 정도가 전소되는 수준이었고, 내면 레이어의 면적이 넓지 않아 발화원을 어렵지 않게 추적할 수 있었다. 드물게 개활지나 산악지에서 화재가 발생하기도 했지만 그런 경우에는 발화원이 한정되어 보다 손쉽게 추적할 수 있었다. 하지만 윤광노씨의 내면에선 무척이나 복합적인 양상으로 불길이 번지고 있었다. 도시 곳곳에 진화 대원들이 투입되어 수동식 소화전을 이용해 물을 뿌리고 있었지만 어림도 없었다. 특히 중세라는 내면 환경은 화재를 최악의 상황으로 몰고 갔다. 그 시대에는 화재를 진화하는

데 도움이 될 만한 장비가 거의 없었다. 아무리 뇌공학 기술이 발전했다고 하나 현실에 있는 최첨단 진화 장비나 신화 로봇을 내면 화재 현장에 그대로 가져다 쓸 수 없었다. 발화 당사자의 내면 환경과 맞지 않는 장비를 사용할 경우 인지 부조화로 인해 당사자는 물론 진화 대원도 신체적 위험에 처할 수 있었다. 진화 대원에게 자기 보호용 소화탄이 지급되긴 했지만 두 개로 제한되었고, 방화복이나 그 밖의 진화 장비도 당사자의 내면 환경에서 벌충해야 했다. 그런 탓에 일찍이 윤광노씨의 내면에 진화 캠프를 구축했음에도 불구하고 기껏해야 방화벽을 세우고 구닥다리 펌프나 양동이 따위를 이용해 불을 꺼야 했으니 진화 속도는 더딜 수밖에 없었다.

그의 마음속은 왜 그 모양일까.

나는 영상을 중지시키고 눈을 감은 채 손가락으로 콧등을 지그시 눌렀다. 이글거리는 붉은 불꽃의 잔영이 좀체 사라지지 않았다. 여러 정황으로 볼 때 윤광노씨의 내면엔 인위적인 착화 흔적이 곳곳에 분포했다.

부드러운 아침 햇살이 내려앉은 윤광노씨의 머리엔 거즈가 감겨 있었고, 입술을 덮고 있는 호흡기에는 옅은 입김이 맺혔다가 사라지길 반복했다. 모니터에선 푸른색 그래프가 쉬지 않고 깜빡였다. 몸에 부착된 수많은 튜브는 덩굴처럼 얽혀 있었고, 구불구불한 전선이 연결된 의료 장비들은 규칙적인 기계음을 내며 작동하고 있었다.

얼마 전 구급대원에 의해 센터에 이송되었을 때 꾀죄죄한 차림새의 노인네를 알아본 이는 아무도 없었다. 그는 교통사고를 당해 머리가 깨지고 늑골과 척추가 부러진 상태였고, 오른쪽 대퇴골은 칼로 깊숙이 도려낸 듯 벌어져 있었다. 다행히 의료팀에서 신속하게 응급 처치를 한 덕에 고비를 넘겼으나 의식은 여전히 돌아오지 않았다. 진화팀을 비롯해 조사관인 내가 소집된 건 그의 신원이 밝혀졌을 때였다. 그는 오래전 내가 보았던 윤광노씨와는 너무나도 다른 모습이었다.

세간에 알려진 윤광노씨의 행보는 여러모로 일관성이 없었다. 어린 시절 농부가 꿈이었던 그는 바람과 달리 화성 탐사선 하역장에서 잡역부로 일을 하다가 뒤늦게 대학에 입학해 식물학을 공부했는데 졸업을 앞두고 느닷없이 뇌공학으로 전공을 바꿔 학위를 받고선 졸업 이후엔 버추얼 세계를 만들겠다며 사업에 뛰어들었다. 제아무리 정갈하게 장식된 실내나 아름답게 조경된 정원일지라도 윤광노씨가 설립한 매직시티 사에서 만들어낸 버추얼 타운에는 비할 바가 못 되었다. 사업은 순조로웠다. 손톱만 한 칩 하나만 뇌 신경 접속 포트에 연결하면 사방이 하얗게 페인트칠해진 다락방에서도 최고급 호텔의 스위트룸에 사는 듯한 체험을 할 수 있었으니 사람들은 환상적인 세계로 여행을 하기 위해 기꺼이 지갑을 열었다.

그렇지만 성공한 사업가였던 그는 십여 년 전 감쪽같이 종적을 감췄다. 한동안 그의 행방을 아는 이는 아무도 없었다. 내 기억에 연중 따뜻한 바람이 부는 인도양의 어느 섬에 별장을 지어놓고 지낸다는 소문을 들은 것도 같았다. 그런데 행려병자나 다름없는 몰골로 나타나다니.

뜻밖에도 그의 재킷 안주머니에는 대리인의 연락처와 함께 자신이 가진 전 재산을 센터에 기증하겠다는 서약서가 들어 있었는데, 거기엔 내면 양도 각서도 포함되어 있었다. 구급대원이 윤광노씨를 일반 병원이 아닌 센터로 이송한 건 그 때문인 듯했다. 센터에 의탁해 지내는 노인이 한둘은 아니었기에 행정적 절차에 어려울 건 없었다. 그런데 한때 연인이기도 했던 신은진 박사가 그 사실을 알았다면 과연 뭐라고 했을지. 누구나 그러하듯 그에게도 명암이 없진 않았다.

2

인류는 오래전부터 불을 다스리는 방법을 알았고, 그로 인해 이 작은 행성 구석구석에 찬란한 문명을 꽃피웠지만 마음속의 불을 다스릴 필요성이 대두된 건 비교적 근래의 일이었다.

신은진 박사가 밝혀낸 바에 따르면 인간 내면에서 자연 발화란 있을 수 없는 일이었다. 다시 말해 어떠한 내면 풍경이든 그 상태에 이르게 한 인위적인 원인이 있다는 얘기였다. 물론 우리 뇌에 잔잔한 도파민의 강이 흐를 땐 그다지 문제될 게 없다. 크리스마스 아침 선물 상자를 안고 있는 아이나 고대하던 합격 소식을 들은 취업 준비생의 기분은 어떨까. 기쁨이 깃들 때 아늑한 마음속 어딘가에선 꽃이 만발하고 향기로운 바람이 불지도 모른다. 그런 순간은 구태여 그 마음속을 들여다보지 않더라도 알 수 있다. 행복한 감정은 얼굴에 그대로 드러나기 마련이니까. 문제는 그 반대의 경우였다.

신은진 박사는 피실험자의 뇌 신경 접속 포트를 이용해 추출한 내면 레이어에 불쾌한 감정을 불러일으킬 수 있는 소스를 입력했을 때 마음속에 불꽃이 튄다는 사실을 발견했다. 이러한 실험 결과를 토대로 〈발화, 또는 재발화〉라는 제하 인간 내면 발화의 원인에 대한 메커니즘을 밝혀낸 짧은 논문을 네이처에 발표했다. 아나나 다를까 사람들은 어리둥절했다.

우리 마음속에 불이 있다고?

사람들은 그 논문에 적혀 있는 문장이 일종의 은유일 거라고 착각했다. 하지만 심리적인 변화에 따라 내면에서 화재가 발생한다는 사실을 증명한 다양한 결과를 보자 세상은 술렁였다.

내면 발화 원인은 이루 말할 수 없이 다양했다. 감수성이 예민하거나 사소한 말 한 마디에도 상처를 잘 받는 사람의 경우 마음속에 발화는 비교적 쉽게 일어났다. 누군가로부터 오해를 받아 내면에 불길이 치솟기도 했다. 어느 정도 경제력을 갖추고 있거나 행복지수가 높은 국가에 사는 사람들일지라도 예외는 아니었다. 심지어 그리스 메테오라 수도원에서 생활하고 있는 늙은 수도사나 티베트에서 한평생 오체투지로 단련된 수행자의 마음속에서도 때때로 마음속에 불기둥이 솟구쳤다가 사그라들곤 했다.

화를 비롯한 부정적인 감정을 품었을 때 내면에 불꽃이 날름거리는 것은 지극히 정상적인 광경이다. 누구든 그 마음속엔 땔감이 가득하니까. 그러나 대부분은 내면에 불똥이 튀더라도 각자 구비해놓은 소화기로 진화해 스스로 마음을 다독인다. 골칫거리는 소화기로 제압할 수 있는 수준을 넘어서는 화재였다.

알다시피 인간의 내면은 우주와 같아서 온전히 파악할 수 없을뿐더러 본인 스스로도 어디에 있는 무엇이 인화되어 불길이 번지는지 모르는 경우가 허다했다. 문제가 있는 내면 레이어만 추출하여 진화하더라도 어느 순간 다른 지점에서 다시 불길이 번지기도 했고, 뜻밖의 가연성 소재로 인해 급속도로 연소되기도 했다. 당연한 얘기지만 폭설이나 폭우가 내리는 궂은 날씨에도 마음속 불은 전혀 영향을 받지 않는다. 일반적으로 내면 발화는 대인관계에서 비롯되었는데 그 원인이 셀 수 없을 정도로 다양했다. 가령 누군가 자신을 험담했다는 사실을 알았다고 치자. 그 사람의 마음은 십중팔구 검게 그을려 있을 것이다. 누군가와 다투거나 모멸을 당했을 때도 마찬가지다. 그런 사람의 마음속엔 거대한 화마가 휩쓸고 있을 가능성이 높았다. 심지어 까만 잿더미만 남은 척박한 마음속에 기름을 들이부은 듯 재발화가 발생한 사례도 보고된 바 있었다. 그 사람은 일평생 모은 재산을 누구보다 믿었던 친구에게 사기당했는데 사 년 남짓 마음속을 검게 태우다가 더이상 탈 게 없는 상태가 되자 결국 암으로 세상을 떠났다.

설사 마음속에 통제할 수 없는 불길이 치솟더라도 조기에 발견해 물을 뿌린다면 복구 작업은 한층 수월했다. 반면 제때 진화하지 못해 검게 타버린 잿더미만 남는다면 회복하는 데에 오랜 시간이 소요됐다. 그와 같은 마음에는 묘목을 심고 질 좋은 거름과 물을 주더라도 제대로 자라지 않았다. 사람마다 차이가 있긴 했지만 화가 나거나 누군가를 증오할 때 내면에서 발화한 화염의 온도는 대체로 400℃에서 1,400℃ 사이를 오갔다. 하지만 어떠한 인화 물질이 주위에 있느냐에 따라서 온도는 큰 격차를 보이기도 했다.

실험에 참여했던 상트페테르부르크 출신의 삼십 대 후반의 한 회사원은 머리카락을 셀 수 있을 정도로 탈모가 심각했는데 아니나 다를까 오랜 기간 직장 상사와 갈등을 겪고 있었다. 스트레스가 오죽했으면 십 년 가까이 근무한 회사를 관둘 생각을 하고 있었다. 그의 내면 깊숙한 곳에 자리한 사무실 책상 위에는 보고서가 산더미로 쌓여 있었는데 모락모락 연기가 피어오르는가 싶더니 일순간 2,000℃를 상회하는 불기둥이 치솟았다. 물론 방화의 주범은 그의 상사였다.

그런가 하면 서울 남부의 한 고등학교 학생들 내면에서 발생한 다발적인 화재 사례도 보고된 바 있었다. 실제로 일부 학생이 자살이나 자해를 시도한 적이 있던 탓에 많은 연구 인력이 투입되었다. 특이하게도 피해 학생들 내면에서는 비슷한 형태의 폭발을 겪은 후 급속도로 불이 번지는 양상을 보였는데, 발화 원인을 조사한 결과 학생들 마음속엔 미사일을 맞은 것처럼 커다란 탄흔이 뚫려 있었다. 얼마 안 가 발사 버튼을 누른 장본인은 같은 학교에 재학 중인 한 학생으로 밝혀졌다. 방화를 저지른 당사자는 자기애가 무척 높았으며 어느 자리에서건 주인공처럼 대접받길 바랐다. 그렇지만 조금이라도 자기 마음에 내키지 않으면 주위 사람들에게 거친 말들을 마구 쏟아내어 면박을 주거나 독선적인 태도로 모욕감을 안겨 주었다. 그 학생은 상대방을 기만하고 불쾌하게 만드는 묘한 재주를 가지고 있었는데 시종일관 교묘한 논리로 자기 자신을 합리화했다. 한사코 스스로를 학생들 사이에서 중재자라고 여겼으며 이간질도 서슴지 않았다. 정작 자신의 감정을 존중받길 바랐지만 누군가의 마음속에 얼마나 많은 불을 내고 다녔는지에 대해서는 무관심했다. 뜻밖에도 문제를 일으킨 당사자 내면에는 어떠한 불꽃도 일렁이지 않았다. 보고서에 따르면 그 학생의 내면 핵심부는 매캐한 가스로 가득 차 있는 삭막한 황무지였는데, 도덕적으로 무감한 부류의 내면에서 볼 수 있는 풍경과 비슷했다.

그런데 윤광노씨의 내면은 어떤가.

지금껏 보고된 사례와는 딴판이었다. 규모 자체가 광범위할 뿐만 아니라 인화성이 강한 연료가 끊임없이 유입되고 있었다,

신참일 때 나는 몇 차례 윤광노씨를 본 적이 있었는데 말끔하게 차려입은 그 중년의 신사는 이따금 선물 꾸러미를 들고 센터를 찾곤 했었다. 선임 조사관으로부터 듣기로 윤광노씨와 신은진 박사는 대학 시절부터 연인 사이였다고 한다. 졸업을 앞둔 윤광노가 신입생이던 신은진과 우연히 마주쳐 한눈에 반해 전공까지 바꾸어 재입학했던 일화는 어쩐지 낭만적으로 들렸다. 신은진 박사가 연구를 지속해서 이어갈 수 있었던 배경엔 윤광노씨의 지원도 분명 한몫한 듯했다. 하지만 둘 사이가 한결같은 건 아니었던 모양이다.

오늘날엔 내면 화재를 조기에 진화하면 스스로의 마음을 다스릴 수 있는 데 도움이 된다는 사실을 누구나 알고 있지만 신은진 박사가 내면 화재 진화의 필요성을 처음 언급했을 때만 하더라도 고유한 인간성을 인위적으로 통제하여 정신적 자유를 침해할 수 있다는 윤리적인 문제가 제기되곤 했다. 반면 암세포의 인체 공격을 방어하기 위해 여러 과학 기술이 사용되는 것과 마찬가지로 내면 화재 역시 진화해야 한다는 여론도 만만치 않았다. 게다가 내면 화재 진화는 약물로 심리 상태를 조절하던 기존의 치료 기술에 반해 인체에 미치는 부작용 또한 미약했다.

구태여 마음에 불을 안고 살 필요가 있을까.

마음속 불은 조기에 진화하는 게 최선이었다. 그건 신은진 박사의 지론이기도 했다.

초대 센터장으로 취임한 신은진 박사는 내면 화재를 손쉽게 진화할 수 있도록 스프링클러 시스템을 개발했다. 그로 인해 내면에서 발생한 불꽃이 열 감지 센서에 포착되면 전기적 신호를 주입해 곧바로 불을 잡을 수 있었다. 뿐만 아니라 내면 화재에 일사불란하게 대응할 수 있도록 진화팀, 구조팀, 의료팀, 조사팀 등 조직을 구성해 진화 역량을 향상시켰다. 하지만 여기에는 한 가지 문제가 있었다. 팀원의 안전과도 직결되는 내면 접속 기술이 불안정하다는 점이었다.

누가 위험을 무릅쓰고 불을 끄러 갈 것인가.

불구경을 하는 것과 불을 끄기 위해 현장에 뛰어드는 건 차원이 다른 문제였다. 당시만 해도 내면 화재를 진화하기 위해 기존에 구축되어 있는 뇌 신경 접속 시스템을 이용했는데, 일테면 버추얼 게임 등에 사용되는 메모리칩을 이용자의 뇌 신경 포트에 접속하는 방식을 따랐다. 그런데 내면 발화 당사자에게 추출한 메모리칩을 진화 대원 뇌 신경 포트에 접속할 때 시각 자극에 따른 전정 기관의 정부 수용 불균형으로 인해 메스꺼움과 같은 부작용이 나타났으며, 심한 경우 쇼크를 일으키기도 했다. 아무리 체력 조건이 뛰어나고 훈련이 잘되어 있는 대원들일지라도 부작용을 극복하는 데 애를 먹었다. 그런 탓에 센터의 내면 화재 진화율은 37% 수준에 머물렀다. 이를 해결하기 위해 운동 신경 보정 장치가 필요했지만 개발 비용이 막대한 탓에 시스템 개선을 엄두조차 못 내고 있는 실정이었다.

학창시절부터 신은진 박사를 위해서라면 만사를 제쳐두고 소매부터 걷어붙였던 윤광노씨가 그런 사정을 모를 리 없었다. 하지만 두 사람 사이에 갈등이 깊어진 건 전혀 예상치 못한 사건에서 비롯되었다.

매직시티사가 거금을 투자해 개발한 내면 접속 캡슐을 센터에 기술 이전하기 위해 협약한 건 신은진 박사가 초대 센터장으로 취임한 지 사 년쯤 지난 어느 날이었다. 시뮬레이션을 돌려 본 결과 보정 장치가 탑재된 그 장비를 사용할 때 내면 화재 진화율은 80% 수준을 웃돌았다. 그런데 기술 이전이 완료된 후 뜻밖의 문제가 생긴 것이다. 센터 내의 정보 일부를 매직시티사에서 빼갔다는 소문이 돌았는데 심지어 센터장에 대한 책임론까지 불거졌다. 윤광노씨는 기술 이전을 위해 협약서에 명시되어 있는 필수적인 데이터만 사용했으며 그 외 정보에는 접근조차 하지 않았다고 해명했다. 그러나 조사 결과 일부 정보가 매직시티사로 흘러 들어간 게 밝혀졌다. 차라리 그때 윤광노씨가 자신의 실수를 깨끗하게 시인했더라면 둘 사이는 어떻게 되었을까.

안타깝게도 윤광노씨의 실수는 거기서 끝나지 않았다. 오해를 풀고자 다급한 마음에 기술 이전 작업에 참여했던 직원을 보안 규칙을 위반했다는 이유로 곧바로 해고해버린 것이다. 윤광노씨는 어떻게서든 자신의 결백을 보여주고 싶은 심정뿐이었을지도 모르겠으나 내막을 알게 된 신은진 박사의 낯빛은 더더욱 차갑게 얼어붙었다.

인연이라는 가느다란 줄은 한번 꼬이면 좀체 풀기 힘든 법이다.

윤광노씨는 냉랭해진 연인의 모습에 조바심이라도 났던 걸까. 센터장실에는 꽃다발이나 포장을 뜯지 않은 선물 상자가 쌓여갔다. 물론 신은진 박사가 원한 건 그런 게 아니었다.

그로부터 몇 달 후 매직시티사에서 노인 재활 치료용 버추얼 타운이 출시되었다. 윤광노씨는 자신의 실책을 만회하려고 했는지 센터에 버추얼 타운 프로그램을 무상으로 공급하겠다고 밝혔다. 그런데 공교롭게도 그 프로그램이 센터에서 빼낸 정보로 제작되었다는 엉뚱한 이야기가 돌았다. 보나마나 매직시티사의 경쟁사에서 흘린 그릇된 소문일 게 빤했지만 윤광노씨의 입장은 여간 난처한 게 아니었다. 갓 출시한 상품의 프로그램 세부 정보를 공개한다는 것은 시중에도 무료로 내놓겠다는 이야기나 다름없었다. 하지만 애석하게도 윤광노씨는 신은진 박사로부터 더이상 해명할 시간을 얻을 수 없었다.

그 무렵 신은진 박사는 정부의 연구 지원을 받아 남태평양의 파페에테에 사는 원주민들의 내면을 탐사하던 중이었다. 자연환경과 내면 화재 상관성을 검토하기 위해 나선 참이었다. 하지만 탐사를 시작한 지 사흘째 되는 날 영영 돌아오지 못하게 되었다. 함께 내면 탐사에 참여했던 조사관 얘기로는 신은진 박사가 해변을 걷다가 인근에서 발생한 해저 화산으로 인해 파도에 휩쓸려 실종되었다고 했다. 하지만 외부적 사인은 심정지였다.

당시 그 사건은 내게도 큰 충격이었다. 원해서 시작한 일이었지만 누군가의 마음을 들여다보는 게 그때만큼 두려웠던 적이 있었을까. 때로는 사람의 마음에 무서운 게 들어 있기도 했다.

마음이 무서운 건 그 끝이 보이지 않기 때문이야.

언젠가 내면 화재 조사를 마치고 돌아온 나를 앞에 두고 신은진 박사는 그렇게 말했다.

더이상 끝이 없을 거라고 생각한 지점에서 또 다른 불꽃이 피어오르거든. 그러니까 절대 선입견을 가져선 안 돼.

솔직히 말하자면 그때까지만 해도 신은진 박사의 얘기를 충분히 이해하고 있다고 생각했다. 화재란 언제든 예상치 못한 곳에서 발생하기 마련이니까. 하지만 그 사건 이후 신은진 박사의 얘기를 다시금 생각해보지 않을 수 없었다.

3

모니터의 그래프가 급격히 요동치더니 의료 장비에서 불규칙적인 신호음이 연거푸 울렸다. 윤광노씨의 호흡이 거칠었다. 나는 호출벨을 눌렀다. 잠시 후 의료 팀원이 들어와 모니터를 확인하고는 침대 환경 설정을 바꾸었다. 수액과 호흡기가 교체되자 윤광노씨의 가슴이 크게 부풀었다가 가라앉았다. 하지만 잠시 후 윤광노씨의 코와 귀에서 피가 흘러내렸고 의료 팀원은 응급 처치를 했다. 아무래도 그에게 남겨진 시간이 그리 많은 것 같지 않았다. 나는 까칠한 수염이 돋아 있는 윤광노씨의 수척한 얼굴을 내려다보았다. 센터를 찾는 여느 노인과 다를 바 없는 모습이었다. 하지만 그의 마음은 그 어떤 젊은이 못지않게 뜨거웠다.

나는 내면 영상을 다시 재생시켰다.

먼저 사람들이 가장 밀집해 있는 성문 쪽을 확대해보았다. 성문 인근에는 도시에 살던 사람들이 몰려나와 마차들과 뒤엉켜 북새통을 이루었다. 그들은 윤광노씨가 의식했든 그러지 못했든 간에 살아오며 마주치거나 관계를 맺어온 사람들이었을 것이다. 내면 심층부에서 저마다의 자리를 차지하고 있던 그들 중 누군가 방화의 주범일 수 있다. 다만 화재의 규모로 보아 방화자가 한두 명은 아닌 듯했고, 성벽 내부의 아직 불타지 않은 건물에 숨어서 또 다른 방화를 준비하고 있을 가능성 또한 배제할 수 없었다.

통상 내면의 방화는 상습적이고 연쇄적인 경향을 보였다. 방화자는 증오심이나 질투심, 또는 욕구불만 등을 해소하기 위해 상대방의 마음속에 불을 지르기도 한다. 그런데 윤광노씨의 마음속에 불을 내지를 만한 사람이 과연 있을까. 오히려 그 반대라면 모르겠지만.

평생 자신의 이윤만 쫓아온 윤광노씨의 평판이 마냥 좋을 리만은 없었다. 사업을 확장해오는 동안 경쟁사를 비롯해 주변 사람들에게 이런저런 피해를 끼치거나 원한을 샀을 수도 있었다. 상식적으로 윤광노가 누군가의 내면에 불을 질렀을 가능성이 높았다. 그렇다면 상대 또한 가만있지 않았을지도 모른다. 보안 규칙을 위반했다는 이유로 해고당한 직원이라면 어떨까. 어떠한 방식으로든 반격하지 않았을까. 하지만 윤광노씨가 어떤 보상을 해주었는지 몰라도 그의 내면에 불이 났던 데이터는 없었다. 예상과 달리 윤광노씨가 누군가의 마음속에 불을 지른 경우는 찾기가 어려웠다. 단 한 건을 제외하고는.

나는 서브 영상 속 얼굴을 먹먹한 눈길로 바라보았다. 바로 신은진 박사였다. 물론 두 사람이 센터 정보 유출 사건 이후 티격태격했던 일을 미루어 봐서 전혀 납득이 안 되는 건 아니었다. 그렇다면 그 일 이후 윤광노씨는 신은진 박사에게 불만이나 적개심이라도 품고 있었단 얘긴가. 그래도 한때 누구보다 다정했던 연인 사이가 아니던가. 그러고 보니 윤광노씨는 신은진 박사의 장례식에 얼굴조차 내비치지 않았다. 설마 그 정도로 갈등의 골이 깊었던 걸까. 이상한 점은 그뿐만이 아니었다.

윤광노씨의 내면에선 신은진 박사와 관련된 그 어떤 흔적도 찾아볼 수가 없었다. 마치 자신의 삶에서 한 사람에 대한 기억을 모조리 도려낸 것 같이.

신은진 박사의 사고 이후 윤광노씨의 행적을 보면 이전과 크게 다를 바 없었다. 약속대로 노인 재활 치료용 버추얼 타운 프로그램을 센터에 무상으로 공급했으며 그 밖의 기술도 제공하였다. 한편에선 윤광노가 특유의 사업적 수완을 발휘해 센터를 장악하려는 의도가 있지 않겠냐며 의심하는 부류도 있었으며, 머지않아 매직시티사가 센터를 합병할 거라는 얘기가 돌기도 했다. 윤광노씨를 알던 사람은 하나같이 그가 매정해졌다고 입을 모았다. 내면 화재 진화에 대한 윤리적인 문제가 또다시 불거졌을 때 윤광노씨가 언론을 매수해 센터를 공격하고 있다는 소문까지 돌곤 했다. 그런데 정말 그랬던가. 아니 땐 굴뚝에 연기가 날까마는 누가 그 불을 때는지 궁금해하는 사람은 아무도 없었다.

윤광노씨는 세간에 떠도는 이야기를 모르지 않았을 테지만 크게 개의치 않는 듯했다. 도대체 무슨 꿍꿍이였을까.

어찌 됐든 마음속에서 아무런 이유 없이 불이 날 리는 없다. 하다못해 어느 누군가 부서진 건물 구석진 곳에 숨어서 불쏘시개에 부채질이라도 하고 있어야 했다. 화재 감식을 하다 보면 방화자가 전혀 예상치 못한 사람일 때도 더러 있었다. 그러나 이번 경우는 감식은커녕 도시가 송두리째 타고 있어 발화원 추적조차 여의치 않는 상황이었다.

나는 윤광노씨의 주변 인물과 성문 인근 군중의 데이터를 꼼꼼히 비교해 보았다. 대다수는 매직시티사와 관련된 사람들이었는데, 그중 방화자가 있다면 어딘가에 흔적이 남아 있을 터였다. 옷이나 머리카락 일부가 타거나 그을렸을 수 있으며, 촉진제를 사용했다면 폭발로 인해 화상을 입었을 수도 있다. 하지만 그들 중에 방화를 저지른 이는 단 한 명도 없었다. 그렇다면 의심스러운 인물은 딱 하나. 아무리 되짚어봐도 현재로선 신은진 박사만큼 유력한 용의자는 없었다. 그런데 대체 어디에 숨어 있는 걸까. 윤광노씨와 각별했던 사이인 만큼 내면에서의 존재감은 보다 뚜렷해야 했지만 도통 찾을 수가 없었다. 혹시나 싶어 다른 레이어도 확인해 보았지만 도시의 풍경만 다를 뿐 화염은 더욱 잔혹해 어느 누구도 숨어 있지 못할 것 같았다.

나는 놓친 게 없는지 거듭 데이터를 되돌려 보았다. 건물들의 연소 시간과 시시각각 변하는 풍향과 바람의 세기 등을 계산해 최초에 불이 시작된 원점을 추적했다. 하지만 해당 지점엔 화염과 함께 짙은 연기가 끊임없이 피어올라 그 어떤 것도 볼 수 없었다. 영상을 확대하고 해상도를 조정했지만 소용없었다. 나도 모르게 끙 하고 짧은 한숨이 터져 나왔다. 만약 방화자가 그곳에 있다면 연기 때문에 이미 질식했을 것 같았다. 그때였다. 때마침 바람의 방향이 바뀌는가 싶더니 뭉게뭉게 피어오르는 연기 틈새로 건물 한 채가 언뜻 보였다. 나는 곧바로 건물 데이터를 확인했다. 작은 연못으로 둘러싸인 저택이었다. 그 집은 다른 건물들과 달리 벽돌로 시어졌는데 왠지 모르게 이질적인 냄새가 났다. 뿐만 아니라 연못 안쪽 아담한 정원에는 형형색색의 꽃들이 하늘거리고 있었다. 불바다가 된 담장 밖 세상과 달리 그 집은 온전했다. 바로 그때 뒤란 쪽에서 파란색 장화를 신은 한 젊은이가 꽃삽을 든 채 나타났다. 그는 연못과 이어진 물고랑에 흙이 묻어 있는 삽을 씻고선 손을 닦았다. 뒤란에는 막 심어놓은 것으로 보이는 꽃들이 옹기종기 자리했다. 그는 공구함에 삽을 넣고선 두 손을 허리에 받친 채 한동안 담장 너머를 바라보고선 집안으로 사라졌다. 도시가 화염에 휩싸여 있는데 저토록 태연하다니. 그의 행동은 어딘지 모르게 수상쩍었다. 나는 서둘러 인물 데이터를 분석했다.

예상대로 젊은이의 소맷자락에는 방화자에게 볼 수 있을 법한 조연제 흔적이 남아 있었다. 뿐만 아니라 옷과 팔다리의 체모 일부도 그을려 있었다. 그의 동선을 추적한 결과 도시가 불타는 동안에도 수시로 외부를 오갔으며 짚더미나 버터 따위를 저장해둔 창고를 드나든 것으로 확인되었다. 그가 머물렀던 창고나 도시의 뒷골목에서는 비정상적으로 연소가 확대되거나 고온의 불꽃이 치솟기도 했다. 뒤란 쪽 창고에는 그가 사용했던 점화용 토치를 비롯해 무인 스위치와 타이머와 같은 착화 장치도 발견되었다. 물론 그것만으로 방화를 했다고 단정 짓긴 힘들었지만 용의선상에 또 다른 인물이 나타난 건 틀림없었다. 하지만 혼란스러웠다. 어딘지 모르게 젊은이의 얼굴이 낯익었다.

그는 다름 아닌 윤광노씨였다. 그러니까 젊은 시절의 윤광노.

신은진 박사의 연구에 따르면 인간 내면에서 자연 발화는 절대 있을 수 없었다. 간혹 어린 시절 겪은 학대나 조직이나 어떤 집단에서 느낀 박탈감으로 인해 뒤늦게 내면 화재가 발생하는 경우가 있긴 했지만 그 역시 시차가 있을 뿐이지 결국 대인관계가 원인이었다. 하물며 윤광노씨의 경우 그러한 경험이 전무했다. 정신적인 병력도 없었고, 단순한 충동으로 보기에도 뭔가 석연치 않았다.

정말 윤광노씨가 자신의 마음속에 불을 지른 걸까.

만약 그가 방화의 주범이라면 신은진 박사의 연구 결과는 수정이 불가피했다.

대리인의 얘기로는 세간에 떠도는 소문과 달리 윤광노씨가 일선에서 물러난 이후 자신의 고향에 은거하며 텃밭을 일구며 지냈다고 했다. 그러면서 나이가 들수록 자신이 만든 버추얼 타운이 도리어 사람들의 마음을 황폐하게 만든 것 같다고 곧잘 자책했다고 한다. 물론 그가 만드는 시스템이 단순한 오락거리에 지나지 않으며 허상에 불과하다는 비판이 없진 않았다.

온갖 비판과 멸시를 혼자서 묵묵히 견뎌왔을 거라 생각하면 얼핏 앞뒤가 맞는 것 같기도 했다. 하지만 정말 그런 이유에서일까.

4

발화원은 찾았어요?

서보인 팀장은 오전에 비해 말끔한 모습으로 조사관실 문을 열었다.

의심스러운 곳이 한군데 있긴 해요.

나는 캡처한 영상을 열었다.

이게 어떻게 된 거죠?

서보인 팀장은 그을린 자국 하나 없이 멀쩡한 저택을 유심히 살펴보더니 그곳은 불길이 너무 거세 진화를 포기하다시피 한 지역이라고 덧붙였다.

나는 불길에 휩싸인 건물들을 분석한 데이터를 띄웠다. 저택 주위를 둘러싼 종탑을 비롯한 큰 건물들은 마치 거구의 붉은 경비병처럼 버티고 있었는데 일반 목조 건물에 비해 연소 지속 시간이 확실히 길었다. 누군가 땔감을 넣은 것처럼 단시간에 강렬한 화염이 솟구쳤고, 갑작스럽게 대량의 열이 방출되어 형성된 불기둥이 천장까지 빠르게 확산되는 패턴이 반복됐다. 천장 부근은 대류와 복사로 뜨거운 열기가 지속되었고, 그렇게 고여 있던 열기는 인근의 다른 목재로 전도되어 금세 인화점에 도달했다. 뿐만 아니라 발화된 목재가 열분해되면서 일산화탄소나 메탄가스, 또는 유도체의 가연성 가스가 방출되어 새로운 불꽃이 넘실거렸다.

이상하긴 하네요. 이번 팀 투입할 때 확인해볼게요.

서보인 팀장은 확인한 내용들을 메모하며 말했다.

저도 함께 갈 수 있을까요?

저길요?

서보인 팀장은 눈을 치켜뜨며 한 손가락으로 영상을 가리키며 내게 되물었다. 화재 감식은 통상 진화가 완료된 이후 시작되기 때문에 불이 치솟는 현장에 조사관이 투입되는 경우는 드물었다.

어려울 건 없지만, 여기서 이렇게 보는 것과는 달라요.

알고 있어요.

사실 두려운 마음이 없진 않았다. 하지만 윤광노씨와 의사소통조차 할 수 없는 현재 상황으로선 현장에 직접 가보는 게 최선인 듯싶었다.

누가 불을 질렀는지 찾아내야죠. 이대로 두면 결국 다 타버릴 거예요. 그러면 어떻게 될지 잘 알잖아요.

그동안 우리의 팀워크가 나쁘진 않았죠. 그래서 말인데 나는 조사관님과 오래 일하고 싶어요.

서보인 팀장은 두 손을 깍지 끼며 덧붙였다.

정말 괜찮겠어요?

지금 원인을 찾아내지 못하면 누군가의 마음속에서 이와 비슷한 일이 또 벌어질 거예요.

서보인 팀장은 한숨을 내뱉고선 내 눈을 바라보았다. 왜였을까. 그 순간 그의 눈동자에서 작은 불꽃이 튀어 오르는 것 같았다.

서보인 팀장은 상황도를 띄워 도시 전경을 한눈에 볼 수 있도록 축척을 조정했다. 성벽 내부에 선점한 진화 캠프는 78개소, 그중에서 저택까지 접근할 수 있는 최단 경로를 물색했다.

내가 진입할 진화 캠프는 강가에 위치한 목조 주택 이 층에 위치한 침실이었다. 진화팀이 이틀 전에 선점한 캠프로 성벽 내부에선 그나마 가장 안전한 장소라고 했다. 서보인 팀장은 그곳에서부터 불길을 잡아가며 저택까지 이동할 계획을 세웠다. 강을 건너고 불타서 무너지는 크고 작은 건물들을 피해 다녀야 하는 험난한 여정이었다.

아마 옆방이나 복도에 불길이 번져 있을 거예요. 당황하지 말고 제가 도착할 때까지 기다려요. 이삼 분 정도면 충분하니까.

서보인 팀장은 주의사항을 비롯해 행동 절차를 조목조목 알려주었다. 나는 내면 접속 캡슐에 누워 눈을 감았다. 조금 후 어둑한 방에서 눈을 떴을 때 어지럼증을 느낀 것도 잠시, 이내 기침이 터져 나왔다.

실내는 문틈으로 새어 들어온 연기로 자욱했다. 나는 급한 나머지 탁자 위에 있던 물병의 물을 헝겊에 적셔 코와 입을 막았다. 어디선가 사람들의 비명이 들렸다. 창밖으로 불길이 너울대는 게 보였다. 도시의 하늘은 검붉은 연기로 뒤덮고 있어 밤인지 낮인지 분간할 수 없었다. 나는 본능적으로 침실에서 빠져나가야 한다고 생각했다. 하지만 금속 재질의 문손잡이를 잡자마자 황급히 손을 뗐다. 문손잡이는 맨손으로 잡을 수 없을 만큼 뜨겁게 달궈져 있었다. 나는 젖은 헝겊을 손에 둘둘 말고선 문을 열었다. 하지만 복도는 이미 화마가 점령한 상태였다. 나는 재빨리 문을 닫았다. 복사열로 인해 얼굴이 화끈거렸고 연기 때문에 숨이 막혔다. 자세를 낮추고 창가로 다가갔다. 강 건너편으로 불길에 휩싸여 도시가 보였다. 도대체 서보인 팀장은 어디에 있는 걸까. 이삼 분은커녕 한 시간은 더 지난 것 같았다. 별안간 창문이 와장창 깨졌다. 나도 모르게 비명을 내지르며 바닥에 엎드렸다. 맞은편 건물의 일 층 상점에서 폭발과 함께 불길이 치솟았다. 잠시 후 창문이 부서졌고, 창틀에 사다리가 걸쳐졌다.

늦진 않았죠? 빨리 입고 나와요.

서보인 팀장은 창밖에서 방화복을 건네며 말했다.

건물을 빠져나오자마자 내가 있던 방에서 괴수가 토해내는 듯한 화염이 뿜어져 나왔다. 옆 건물에선 한 여자가 세간살이를 창문 밖으로 내던졌고, 바로 위층 건물 외벽엔 젊은 남녀가 돌출된 나무 기둥을 붙잡은 채 위태롭게 매달려 있었다.

도와줘야 하지 않아요?

그럴 시간 없어요. 구조대원들이 알아서 할 거예요.

서보인 팀장은 내 팔을 잡아끌었다. 하지만 차마 그들을 외면할 수 없었다. 나는 발걸음을 되돌려 내가 타고 내려왔던 사다리를 옆 건물로 옮겼다. 그 모습을 지켜보던 서보인 팀장은 짧은 한숨을 내뱉고선 나를 거들었다.

조사관님 마음이 어떤지는 알아요. 하지만 그걸 여기까지 와서 보여줄 필요는 없어요. 저 사람들과 우리는 처한 상황이 달라요. 자칫 잘못하면 우리는 우리가 사는 세계로 영영 돌아갈 수 없어요.

서보인 팀장은 냉정한 투로 말하곤 앞장섰다. 물론 나도 그 사실을 알고 있었다. 그러나 이성적인 판단을 하는 게 쉽지 않았다. 이전에도 내면 화재 현장에 들어와본 적은 있었지만 이 정도는 아니었다. 무엇보다 공기의 질감 자체가 달랐다. 잿가루가 뒤섞인 뜨거운 바람 때문에 숨이 턱턱 막혔고, 눈물과 콧물이 끊임없이 흘러내렸다.

선착장엔 이미 진화 대원들이 집결한 상태였다. 강에는 크고 작은 배가 떠 있었고, 몇 척엔 이미 불이 옮겨붙어 있었다. 막 출발한 화물선 한 척은 무게를 견디지 못해 한쪽으로 기우는 듯싶더니 순식간에 침몰했다. 사람들은 허겁지겁 꾸려온 가재도구 따위를 강물에 던지거나 정박 중인 또 다른 배에 나누어 실었다. 나는 진화 대원들과 함께 보트에 올랐다. 갑자기 얼굴에 검댕이 묻은 여자가 나타나 부표에 매달리고 애걸했다. 여자의 등에는 아이가 업혀 있었다. 하지만 서보인 팀장은 들은 척도 않고선 그녀를 매정하게 밀어냈다.

강 위엔 불티가 점점이 날아다녔고, 매캐한 연기 냄새가 끊임없이 풍겼다. 다리 밑을 지나자 천둥과 같은 굉음이 들렸다. 불붙은 다리의 첨탑이 무너지고 있었다. 대원들은 더욱 세차게 노를 저었다. 맞은편 선착장 쪽 풍경은 눈을 뜨고 볼 수 없을 정도로 끔찍했다. 강변을 따라 늘어선 건물들은 가공할 화염에 둘러싸여 있었다. 건물 외벽에는 사람들이 겁에 질린 채 매달려 있었으며 일부는 배관을 타고 기어오르는 중이었다. 어떤 이는 집에서 떠나는 걸 아예 포기한 것 같았다. 그들은 창문과 발코니에 불이 옮겨붙고 벽이 무너져도 그대로 머물렀다. 여기저기에서 울부짖는 소리가 들렸다. 나는 눈을 질끈 감았다.

괜찮아요?

서보인 팀장은 선착장에 보트를 접안하며 내게 물었다. 네, 하고 짧게 대답했지만 귓가엔 사람들의 탄식 소리가 웅웅거리는 것 같았다. 발걸음을 뗄 엄두가 나지 않았다. 이곳이 현실이 아니라는 걸 알면서도 눈앞에 펼쳐진 광경에 자꾸만 함몰되었다.

도시 중심부 상황도 별반 다르지 않았다. 사람들은 겁먹은 사슴 떼처럼 이리저리 몰려다녔다. 대원들은 조를 나누어 수

동식 소화전에 호스를 연결해 물을 뿌렸다. 그러나 수압이 변변치 않아 큰불을 잡기엔 역부족이었다. 조금씩 조금씩 이동로를 확보하며 광장 입구에 이르렀을 무렵이었다. 오른편 건물에서 와작와작 부서지는 소리가 나더니 폭발과 함께 난데없이 집채만 한 불기둥이 솟구쳐 앞서가던 진화 대원들을 덮쳤다. 뒤따르던 대원들이 일제히 소화탄을 던져 불길을 제압했지만 몇몇 대원들은 부상을 당해 바닥에 쓰러졌다. 서보인 팀장은 서둘러 그들에게 마스크를 씌워 센터로 복귀시켰다.

광장을 지나자 폭격을 당한 듯 부서진 건물들이 즐비했다. 불길이 잡힌 폐허엔 악취가 코를 찔렀다. 잿더미에선 시꺼먼 증기가 쉭쉭 뿜어져 나왔고, 좁은 하수구엔 검은색 물이 흘러내렸다. 오두막과 판잣집이 밀집한 지역부터 다시 불길이 거세져 우회로를 찾아야 했다. 그러는 동안 대원들은 하나둘씩 지쳐갔다. 현장에 투입된 지 얼마나 지났을까.

거의 다 왔어요.

서보인 팀장은 불타고 있는 커다란 종탑을 바라보며 말했다.

불길은 영상으로 봤던 것보다 훨씬 더 거셌다. 재래식 장비로 그 불을 다 끄려면 하룻밤은 꼬박 지새워야 할 것 같았다. 서보인 팀장은 종탑 옆으로 다닥다닥 붙어 있는 건물 중

비교적 덩치가 작은 한 채를 가리켰다. 대원들은 일사불란하게 움직였다. 도끼를 들고 있는 대원들은 기둥을 찍어 부수었고 한쪽에서는 방패를 들고 불길을 막았다. 또 다른 대원들은 쇠줄이 연결된 갈고리를 서까래에 걸고선 힘을 합쳐 당겼다. 기둥과 공포 사이에서 삐걱거리는 소리가 났다. 지붕 아래로 삐져나온 널빤지가 괴기한 소음을 내며 부서졌고, 그와 동시에 검회색 먼지가 뿜어져 나오면서 불꽃이 일었다. 마치 거대한 괴수가 저항하며 신음을 토하는 것 같았다. 건물은 대원들의 공격을 견디지 못하고 결국 힘없이 무너졌다. 엄청난 화염과 함께 사방으로 불꽃이 튀었고, 검붉은 연기가 뭉게뭉게 피어올랐다. 대원들은 물로 목을 축이며 자연스럽게 진화가 되길 기다렸다.

타닥타닥 타는 소리가 사그라질 무렵 대원들은 등짐 펌프로 잔불들을 제거했고, 이윽고 검은 재로 뒤덮인 길이 생겼다.

5

그 집은 도시를 지나오며 봐왔던 건물들과는 확연히 달랐다.

어째서 이 집만 멀쩡한 걸까요?

고성능 방화제라도 발라놓은 건지 모르죠.

서보인 팀장은 방화복에 묻은 까만 그을음을 털어내며 말했다.

정원에 들어서며 다시 한번 놀라지 않을 수 없었다. 나는 크게 숨을 한번 들이마셨다가 천천히 내뱉었다. 그곳 공기는 투명한 보호막에 둘러싸인 것처럼 깨끗했다. 뿐만 아니라 내부에서 본 도시의 하늘은 불티 하나 없이 청명한 빛깔을 띠었고, 정원을 둘러싼 울타리에선 새들이 쉴 새 없이 지저귀고 있었다. 논리적으로 설명하기 힘든 게 우리의 마음이라고는 하지만 비약이 지나쳤다. 서보인 팀장은 현관문을 두드리곤 주위를 살피며 한 걸음 물러났다. 그의 널찍한 어깨 위에서 희미한 회색빛 연기가 피어올랐다가 사라졌다.

계세요?

서보인 팀장은 다시 한번 문을 두드렸다. 실내에서 툭탁거리는 소리가 나더니 잠시 후 문이 열렸다. 현관에는 멜빵바지 차림에 파란색 장화를 신은 윤광노씨가 서 있었다.

무슨 일이죠?

윤광노씨는 서보인 팀장을 향해 물었다.

불이 났어요. 대피하셔야 합니다.

불이라뇨?

그는 바깥 상황을 전혀 모르는 듯 물었다. 거기서부턴 내가 나설 차례였다.

모르시진 않을 텐데요.

나는 단도직입적으로 덧붙였다.

방화 용의자를 찾고 있어요.

방화라니요? 그건 또 무슨 얘깁니까? 하늘이 저렇게 푸른데 누가 불을 질렀다는 겁니까?

신은진씨요.

윤광노씨의 눈동자가 미세하게 흔들렸다.

아무래도 이야기가 길어질 것 같군요. 괜찮다면 들어와서 차라도 한잔 하시겠습니까?

나는 서보인 팀장을 바라보았다. 서보인 팀장은 고개를 끄덕였다.

실내는 정갈하고 아늑했다. 정원을 지날 땐 따뜻한 봄 냄새가 물씬 풍겼던 데 반해 거실은 한겨울의 정취가 가득했다. 창밖엔 함박눈이 내리고 있었는데, 어디선가 나타난 아이들이 깔깔거리며 눈사람을 만들고 있었다. 무규칙적이거나 일그러진 내면 풍경을 만나면 어지럼증이 가중되었지만 다행히 소파나 진열장이 중력을 거스른 채 배치되어 있는 정도는 아니었다. 천장에 매달린 반짝거리는 샹들리에는 스물네 개의 촛

불이 밝혀져 있었고, 벽과 선반 위에도 등불이 일렁거렸다. 뿐만 아니라 벽난로에도 장작불이 타고 있었다. 언제 어디서 어떤 불길이 솟구칠지 모를 일이었다. 윤광노씨는 양동이에서 마른 나무 두어 개를 집어 벽난로에 던져 넣고선 주방으로 발걸음을 옮겼다. 나와 서보인 팀장은 누가 먼저랄 것도 없이 뒤로 물러서며 소화탄을 움켜쥐었다.

윤광노씨는 찻주전자에 뜨거운 물을 부어 차를 우렸다. 붉은 빛깔 액체에서 김이 모락모락 피어오르며 달차근한 향기가 풍겼다.

어쩐지 여기 사람들은 아닌 것 같은데, 어떻게 그 이름을 알죠?

윤광노씨는 우리에게 차를 따라주며 물었다. 나는 벽난로에서 조금 떨어진 소파에 앉아 내가 알고 있는 신은진 박사에 대해, 그리고 우리가 도시에서 목격했던 화재에 대해 이야기했다.

그래서 그 사람이 불을 질렀다는 건가요?

현재로선 가장 유력해요.

나는 탁자 위에 찻잔을 내려 놓으며 윤광노씨의 표정을 유심히 살폈다.

아무래도 뭔가 착오가 있는 것 같군요. 그럴 사람이 아니거든요.

벽난로의 불꽃이 아른거리는 그의 얼굴은 어딘지 모르게 침울해 보였다.

그럼 누구죠? 누가 이 도시에 불을 질렀다는 얘깁니까?

서보인 팀장이 불쑥 끼어들었다.

때로 어떤 불은 그냥 내버려 두어야 할 때도 있죠. 눈이나 비가 내리는 것처럼 그건 우리가 어떻게 해볼 수 있는 게 아니니까요.

윤광노씨는 한 손으로 무릎을 문지르며 말을 이었다.

우리는 학교 담장을 따라 플라타너스가 늘어선 오솔길에서 처음 만났어요. 그날 그 사람이 무슨 색깔 스웨터를 입고 있었으며 머리 스타일은 어땠는지 바로 어제 일처럼 생생하게 기억해요.

윤광노씨는 회상에 잠긴 듯 신은진 박사와 함께한 날들을 한참 동안 늘어놓았다. 그러고는 자리에서 일어나 우리를 작은 방으로 안내했다. 그 방의 삼면은 책으로 빼곡했고, 햇살이 드는 격자창 아래 작은 원형 탁자와 안락의자 두 개가 놓여 있었다. 윤광노씨는 격자창을 활짝 열었다. 거실에서 보았던 창밖 풍경과 달리 파도가 넘실거리는 푸르른 바다가 펼쳐져 있었다. 그곳이 바로 윤광노씨의 심연이었던 걸까. 연이은

왜곡된 풍경에 별안간 현기증이 일었다. 서보인 팀장은 경계를 늦추지 않는 듯했다. 탁자 위에는 사진 액자와 함께 촛불 하나가 밝혀져 있었는데 창밖에서 잔잔한 바람이 불어와도 전혀 일렁거리지 않았다. 나는 사진 속 주인공을 유심히 바라보았다. 스물서너 살쯤 되었을까, 앳된 얼굴의 그 사람은 다름 아닌 신은진 박사였다.

혹시 지금 어디 있는지 아세요?

나는 사진을 바라보며 물었다.

물론 알고 있죠. 하지만 찾을 수 없을 거예요.

왜죠?

당신들은 볼 수 없는 곳에 있거든요.

거기가 어딘데요?

윤광노씨는 한동안 멍하니 사진을 바라보다가 입을 열었다.

여기에요.

그러고는 자신의 가슴 위에 손을 얹었다. 그의 입가에 의미를 알 수 없는 미소가 번졌다. 그와 동시에 창밖에서 거대한 불기둥이 소용돌이치기 시작했다.

함정이에요!

서보인 팀장은 부리나케 창문을 닫고서 나를 잡아끌었다. 하지만 이미 때는 늦었다. 엄청난 굉음과 함께 거대한 폭풍이

서재를 덮쳤다. 남은 소화탄을 모조리 던졌지만 불길을 잡기
엔 역부족이었다. 아니, 그 어떤 진화 장비를 가져와도 그 불
은 끌 수 없을 것 같았다. 서보인 팀장의 어깨와 팔엔 불이 옮
겨붙어 있었다. 그는 아랑곳하지 않고 내 얼굴에 마스크를 씌
웠다. 언뜻 해변을 걷고 있는 젊은 연인의 모습을 본 것 같기
도 했다.

6

눈을 떴을 때 나는 캡슐형 침상에 누워 있었다. 하지만 환
청과 두통 탓에 한동안 일어날 수가 없었다. 눈이 스르르 감
길 때마다 도시가 불타는 광경이 보였고, 나는 소스라치게 놀
라며 잠에서 깨어나길 반복했다.

괜찮아요?

다음 날 아침 서보인 팀장은 조사관실을 노크하며 내게 물
었다. 문득 그의 팔과 어깨에 옮겨붙었던 불이 떠올랐다. 내
시선을 의식했는지 그는 문제없다는 듯 한 손으로 어깨를 툭
툭 치고선 호주머니에서 메모리칩을 꺼냈다. 나는 냉장고에서
생수를 꺼내 서보인 팀장에게 건넸다. 그는 피식 웃으며 물을

한 모금 마시고 컴퓨터 앞에 앉았다. 나는 곧바로 영사기에 칩을 꽂았다. 거기엔 지난밤의 상황이 담겨 있었다.

우선 저택을 중점적으로 살펴보았다. 샹들리에를 비롯해 거실을 밝히고 있는 수많은 불꽃을 하나씩 하나씩 분석했다. 손쉽게 발화 원인을 찾아낼 수 있을 거란 예상과 달리 도시에서 벌어진 화재와 별다른 접점이 발견되지 않았다. 벽난로의 장작불도 마찬가지였다. 에러 경고가 뜬 건 서재에 있던 촛불에 대한 데이터를 찾으려고 할 때였다.

뭐가 문제죠?

글쎄요.

화재 조사 프로그램은 정상적으로 작동하고 있었다. 하지만 영상은 여전히 먹통이었다. 바람에도 꿈쩍 않던 그 작은 불꽃은 여태 접해왔던 것과는 전혀 성질이 다른 듯했다. 나는 같은 시간대에 저택 주변의 상황을 모니터링했다. 대원들이 가까스로 무너뜨린 건물과 잿더미만 남은 폐허에서 원인을 알 수 없는 불기둥이 치솟았다. 뿐만 아니라 도시 전역에서 비슷한 유형의 폭발이 발생했다.

어떻게 된 거죠?

서보인 팀장은 믿을 수 없다는 표정으로 영상을 바라보았다.

정확한 원인은 좀 더 파악해봐야 하겠지만 아무래도 윤광노씨가 불을 지른 건 틀림없어 보이네요.

하지만 그런 사례가 없었잖아요.

어쩌면 우리가 여태 색안경을 끼고 있던 건지도 모르죠.

문득 언젠가 꽃다발을 들고 센터를 찾던 중년 신사의 달뜬 얼굴이 떠올랐다.

신은진 박사에 대해 얘기할 때 윤광노씨 표정이 어떤지 봤어요? 그건 누군가를 미워하는 얼굴이 아니었어요.

그게 무슨 상관이 있다는 거죠?

아무리 물을 뿌려대도 어디선가 또 다시 불길이 솟구칠 거란 얘기죠.

어떻게 그럴 수 있어요?

사랑하니까요.

누군가의 마음속과 그 마음속의 마음속까지 들여다볼 수 있다고 해도 그 깊숙한 곳에 과연 무엇이 있는지 알 수 있을까. 나는 침대에 누워 있는 윤광노씨를 바라보았다. 지금쯤 그는 무슨 꿈을 꾸고 있을까. 창밖에서 잔잔한 바람이 불어올 때마다 하얀 머리카락이 하늘거려 금방이라도 깨어날 것만 같았다. 그는 입가에 미소를 머금고 있는 것처럼 보이기도 했다. 그렇지만 곧이어 목격한 광경을 어떻게 받아들여야 할지는 여전히 확신이 서지 않는다. 오늘날 상식이라고 일컬어지는 것도 한때는 이해하기 힘든 그 무엇일 때가 있지 않던가. 아무리 과학이 발달해도 명쾌하게 밝혀낼 수 없는 영역이 있다면, 그건 바로 우리 자신일지도 모르겠다.

그날 아침, 윤광노씨의 가슴은 유난히 검게 그을려 보였는데 이내 작은 연기가 피어오르더니 손써 볼 새도 없이 온몸으로 불이 번졌다. 의아하게도 윤광노씨가 누워 있던 침대는 거슬린 자국 하나 없었고, 그 위에는 하얀 재만 남았다. 그 일로 인해 세상은 또 한 번 술렁였다. 하지만 내게 아무리 많은 시간이 주어져도 그가 남긴 재의 성분은 결코 밝혀낼 수 없을 것 같다. 다만 하나.

플라타너스의 널따란 나뭇잎이 하늘거리는 어느 가을날 오후, 빨간색 스웨터를 입은 한 사람이 그를 향해 걸어오고 있었다던가.

벽난로 앞에 앉아 그 이야기를 하던 윤광노씨의 얼굴을 생각하면 그런 생각이 들곤 한다. 세상을 떠난 이가 머무는 곳은 미지의 세계가 아니라 누군가의 마음속이라는 것을.

다시 윤광노

지난봄 고향에 들렀다가 담장이 무너진 집을 보았다. 그 집 마당엔 잡초가 무성했다. 기와지붕 모서리는 폭격을 받은 듯 함몰되어 있었고, 처마 아래에는 거미줄이 걸려 있었다. 오래전부터 비어 있던 집인 듯했다. 담장이 무너지지 않았다면 결코 들여다볼 일도 없었겠지만, 마당 구석에 널브러져 있는 찌그러진 세숫대야와 녹슨 농기구 따위가 눈에 띄었다. 그러자 문득 어둑한 골방에 어느 노부부가 잠들어 있는 건 아닌지 섬뜩한 생각이 들었다.

그 집에 살던 남자는 몇 해 전 세상을 떠났다. 여자는 그 직후 자식들을 따라 도시로 나갔다.

동네가 작은 탓에 사람들은 그 집 사정을 속속들이 알고 있었다. 그런데 사람들의 이야기는 조금씩 내용이 달랐다. 세상을 떠난 건 남자가 아니라 여자다, 말도 안 된다, 여자가 있는 도시는 서울이 아니라 광주다 등등. 어쨌든 핵심은 그 집에 아무도 없다는 것.

다음 날 인적 드문 골목과 한때 우시장이 섰던 황량한 공터를 지나 냇가를 산책하고 돌아오는 길, 아지랑이가 피어오르는 그 집 마당에 무심코 눈길이 이끌렸는데 웬걸, 한 늙은이가 툇마루에 앉아 볕을 쬐고 있는 게 아닌가.

뜻밖에도 그 늙은이에 대해 알고 있는 동네 사람은 거의 없는 듯했다. 가끔 동네에 부랑자가 들어올 때가 있다, 아니다 그 집 자식이 온 것이다, 무슨 소리냐 철거 인부다 등등. 어쨌든 그 집에 누가 있긴 했다는 것.

그런데 돌아오는 길에 생각해보니 뭔가 석연치 않았다. 동네 사람들 얘기에 과연 어떤 '사실'이 있긴 한 걸까. 열쇠는 집주인이 들고 있으니 무엇이 진짜인지 도통 알 길이 없다. 그 사람은 누구였을까. 거기에서 뭘 하고 있던 걸까. 심지어 시간이 흐를수록 그 늙은이의 인상은 흐릿해져 허상을 본 게 아닐까 의심이 들기도 했다. 상상은 본래 개여성이 없지 않은가. 그날 본 광경은 조금씩 비틀어지는가 싶더니 기어이 그 늙은이가 다름 아닌 윤광노라고 확신하기에 이르렀다.

그러니까 그 늙은이는 그곳에 앉아 누구를 기다리고 있던 게 틀림없다고.

이 소설의 주된 배경은 윤광노의 마음속이다. 윤광노라는 이름은 친구에게 동의를 구하고 빌렸다. 고민이 없진 않았다. 어쩐지 SF와 어울리지 않는 이름인 데다가 소설 속 인물과 닮은 구석이라곤 하나도 없다. 무슨 천성인지 그 친구는 곤경에 처한 사람을 보면 그냥 지나치는 법이 없다. 하나하나 나열하기 힘들 정도로 수많은 미담 사례, 게다가 눈물은 어찌나 많은지. 그런 탓에 그의 마음속이 어떤 모습인지 궁금했던 적이 한두 번이 아니다.

알다시피 마음이란 단어에는 지리적 요소가 함의되어 있다. 마음은 모든 시간을 아우르며, 때 묻은 기억과 온갖 감정과 생각이 뒤섞여 있는 독특하고 은밀한 공간이다. 당연한 얘기지만 그 친구의 마음속에, 가본 적이 없다. 사람과 사람 사이의 물리적인 거리를 차치하더라도 상대의 마음을 온전히 이해한다는 것은 불가능하다. 사랑하는 사람일지라도 별수 없다. 상대를 이해한다는 것은 상상에 불과하다. 이해한 것이 아니라 이해한 척하는 것이다. 작중 인물이라고 해서 다르지 않다. 나는 결코 그 인물의 마음에 가닿을 수 없다. 그 사실이 소설을 쓰는 내내 나를 곤혹스럽고 부끄럽게 만들었다.

　다시 윤광노. 나는 그 친구를 이해한다고 착각한다. 더러 그런 착각이 위안이 되기도 하니까. 그 친구도 그럴까? 친구에게 물어본다. 너는 이런 나를 이해하느냐고. 친구의 대답은 명료하다. 절대 이해할 수 없지. 그러곤 덧붙인다. 그래서 우리는 더 자주 누군가의 얘기에 귀를 기울여야 하는 게 아니냐고.

루디

이준희

2006년 세계일보 신춘문예에 당선되어 작품 활동을 시작했다. 틈틈이 글을 쓰며, 교육을 통해
문학과 삶이 공존할 수 있는 방법을 모색하고 있다.

불은 2층 동쪽 객실을 대부분 태우고 빠르게 번지는 중이다. 다른 객실과 복도를 집어삼키며 서쪽 계단 통로로, 그리고 창문 너머 외벽을 타고 3층으로 옮겨간다. 나는 태주의 위치 신호를 스캔한다. 그는 계단 통로로 번지기 시작한 화염을 만나 계단참에 다리가 묶인 상태다. 벽과 바닥에 방수하며 2층으로 나아가려 안간힘을 쓴다. 그가 나를 힐끗 쳐다본다. 뭐해, 빨리 따라와. 그러곤 관창을 몸 쪽으로 바짝 당기며 한 발씩 전진한다. 찰나지만, 그의 시선은 서늘하다. 어디 있다 이제 오냐는 듯 타박하는 표정, 그리고 스스로 움식이는 인공의 존재에 내한 경계심. 나를 볼 때 그의 시선은 늘 그 어디쯤에서 흔들린다.

그를 쫓아 2층으로 향한다. 개량된 캐더필러 덕분에 이전보다 빨리 계단을 오를 수 있다. 2층 복도에 진입해보니 불은 통로 전체로 번진 상태다. 태주가 솟구치는 화염을 향해 급히 방수한다. 불도 불이지만, 통로에 가득 찬 연기 때문에 시야 확보가 어렵다. 탐조등으로 전방을 비춰보지만, 공간이 협소한 데다 연기 밀도가 높아 시야가 좁기는 매한가지다. 이럴 때 실시간 영상 인식 장비가 있었더라면······. 눈앞 광경을 픽셀 단위로 분석하는 것이 가능한 데다, 열 감지 센서와 3D 센싱 기술이 적용돼 현장의 다양한 상황을 종합해 정보를 제공한다. 이렇게 연기가 가득 찬 곳에서도 비교적 수색이 수월하다. 하지만 그 장비가 개발된 것은 이 모텔 화재 사고가 일어나고도 한참이 더 지나서다. 만약 이 화재가 발생하기 전 그 장비가 보급되었더라면, 그래서 그가 그 장비를 착용하고 현장에 나갔더라면 어땠을까? 그의 기억 신경에 파편처럼 남은 지난 시간을 이토록 헤매는 일은 없었을지도 모른다.

그래도 이제 괜찮다. 내가 있으니까. 이제 잠시 뒤면 이 화재 사고에 대한 그의 기억은 다시 써질 거다. 그게 내 역할이니까.

"목격자 진술이나 불의 진행 방향을 보면 화점은 205호인 것 같은데?" 태주는 내 몸체에 부착된 태블릿 화면으로 모텔 설계도를 들여다본다.

기록에 따르면 화재는 굉음과 함께 시작되었다. 자정을 조금 넘긴 시각, 목격자는 근처 골목을 통해 귀가하던 중이었다. 무언가 폭발하는 소리에 놀라 뒤돌았을 때, 이 모텔 2층 동쪽 창문에서 연기가 솟구쳤다고 했다. 거대한 뱀이 건물을 타고 올라가는 듯했고, 얼마 지나지 않아 검은 연기 사이로 시뻘건 불이 이글대는 게 보였다고.

신용카드 전표와 모텔 밖으로 빠져나온 고객 정보를 확인한 결과 모텔에 요구조자는 없을 것으로 추정된다는 정보가 무전기에서 흘러나온다. 정확한 내용은 교대하고 퇴근한 모텔 직원에게 확인해 봐야 알 수 있지만, 지금은 연락 두절 상태라는 것도.

"어쨌든 알 수 없단 얘기잖아. 현금으로 계산한 사람이 있을 수도 있고, 투숙 인원도 정확하지 않은 거잖아. 그럼 4층부터 차례로 수색해 내려오는 수밖에 없겠는데?"

그래. 그의 말이 맞다. 그러나 4층부터 수색해 내려오다가는 늦는다. 그랬다가는 3층 직원 휴게실에 잠들어 있던 요구조자는 점점 번져오는 불길에 휩싸여 연기에 질식하고 말 거다. 희생자가 퇴근한 줄 알았던 모텔 직원이라는 것도 뒤늦게 밝혀지겠지. 결국 요구조자를 구하지 못했다는 사실 때문에 이 현장은 태주의 기억에 오래 남을 거다. 어떤 방식으로든, 원하든 원하지 않든. 모든 것은 타이밍이다. 그리고 지금이 바로 내가 나설 때다.

건물을 스캔해 생명 반응을 살펴보니, 3층에 요구조자가 있는 걸로 확인돼요.

"그걸 왜 이제 말해." 태주는 급히 3층으로 향한다.

같이 가요. 나도 그의 뒤를 따른다. **동쪽 제일 끝 방이에요.**

아래층의 열기가 3층까지 올라온다. 태주는 복도 끝 305호로 달려간다. 문을 열어젖히자마자 열기가 훅 끼쳐온다. 외벽을 타고 올라온 불이 창틀과 커튼에 옮겨 붙어 번지는 중이다. 번진 불이 방 안의 물건을 태우기 시작하고 아래층에서 올라온 연기가 창틈으로 새어 들어와 방 안이 뿌옇다. 그래도 앞을 분간하지 못할 정도는 아니다. 태주는 불과 연기를 향해 방수하며 방 안을 메운 연기가 창을 통해 빠져나가게 한다. 나는 방 안으로 들어가 욕실과 침대 옆 모두 살핀다. 그런데 요구조자가 없다. 어라? 그러고 보니 실내는 사용 흔적 없이 정돈된 상태다. 나는 다시 데이터베이스를 확인한다. 당시 상황 기록, 목격 진술 기록, 태주를 비롯해 이 현장에 투입된 소방관들의 면담 기록.

여기가 아니에요.

나는 복도로 나가 동쪽 계단참으로 통하는 방화문을 가리킨다.

"여기는 방이 아니잖아?" 태주가 열 감지 센서를 꺼내 문 너머의 온도를 체크한다.

증축하는 과정에서 불법 개조를 했나 봐요. 그래서 설계도에도 나와 있지 않고요.

2층에서 타고 온 불이 빠르게 3층으로 번지는 중이다. 이 화재는 모텔 2층과 3층을 완전히 태운 뒤에야 진압된 것으로 기록되어 있다. 그전에 요구조자를 데리고 빠져나가야 한다. 태주가 방화문 손잡이를 잡고 돌리지만, 안에서 잠갔는지 문은 열리지 않는다. 제길, 도끼를 가져오지 않았어. 나는 그를 쳐다본다. **기억 변형.** 원래대로라면 그는 4층에서부터 수색하며 내려오다 3층 방화문 너머의 개조된 방을 발견해야 했다. 도끼로 문을 부수고 들어가 요구조자를 발견하지만, 이미 연기에 질식해 사망한 뒤였지. 기억은 반복되며 변한다. 물론 그래서 내가 지금 이곳에서 태주와 함께 구조 활동을 벌이고 있는 거지만. 어쨌거나 지금은 타이밍이 좋지 않다.

"어떻게 좀 해봐. 최첨단 로봇이라면서 이 문을 열 수 있는 장비 하나 없는 거야?" 태주가 나를 힐끗 쳐다보더니 다시 온몸으로 문을 들이받는다.

나는 잠시 갈등한다. 물론 저 문은 쉽게 열 수 있다. 그러나 이 사고 수습에 필요한 핵심 역할은 태주 본인이 해야만 한다. 내 역할은 그가 상황을 반전시킬 결정적 행동을 수행하도록 돕는 것일 뿐이다. 사건의 해결이라는 스토리텔링에서 내가 주요한 행동적 요인으로 개입하면, 그의 기억에서 내 흔적을 제거하는 사후 처리 과정이 까다롭기 때문이다. 빨리! 태주가 닦달한다. 그래, 이번 한 번만이다. 우선 요구조자를 구해야 한다. 뒷일은 그다음이다. 그렇지 않으면 이 모텔 화재 사고에 대한 기억을 다시 쓸 기회가 언제 찾아올지 기약할 수 없으니까.

비켜요.

내 몸통에서 길게 뻗어 나온 지렛대가 방화문 손잡이 근처 틈새로 비집고 들어가자, 태주는 신기한 듯 쳐다본다. 문이 열리자마자 태주는 안으로 들어간다. 휴게실 안으로 이미 많은 양의 연기가 새어 들어갔지만, 아직 요구조자의 생명 반응은 괜찮다. 요구조자를 흔들며 큰 소리로 깨우지만, 쉽게 정신을 차리지 않는다. 알코올 냄새 분자가 그의 몸에서 퍼지는 게 확인된다. 태주는 요구조자를 둘러업는다. 빠져나가려 고개를 돌려보니, 어느새 불이 3층 벽면과 기둥으로 번져 있다.

루디, 앞쪽에 길 만들어. 방수하면서 따라와. 그는 요구조자를 업고 서쪽 계단으로 향한다. 나는 그가 무사히 **빠져나갈** 수 있도록 타오르는 불을 향해 방수한다. 됐다. 이제 이 복도만 **빠져나가면**, 이번 출동은 요구조자를 무사히 구한 하나의 경험처럼 기억될 거다. 물론 원본 기억이 남기는 하겠지만, 시냅스 가소성이 감소해 그의 의식 어두운 곳에 저장될 테니 상관없다.

태주를 뒤따르며 복도를 통과하는데, 갑자기 그가 발걸음을 멈추더니 몸을 돌려 나를 쳐다본다. 그의 동공 반응에서 불안을 읽어낸다. 왜? 나는 의아해 그를 쳐다본다. 순간 캐터필러와 닿은 바닥에서 진동이 느껴진다. 설마…… 지금 내 몸체의 중량을 걱정하고 있는 건가? 맙소사. 인식하지 못하면 아무 일도 생기지 않는다. 인식하는 순간, 그것은 어떤 방식으로든 결과가 된다. 안 돼.

하지만 늦었다. 2층 바닥 전체가 무너져 내리며, 우리는 밑으로 끝없이 추락해 간다. 이미 모든 것을 태우고 재만 남은 2층을 지나 더 깊숙이, 밑으로, 어둠으로…… 그리고 암전.

관찰대상자 기억 뉴런 신호 반응 없음

나는 또 그를 구하지 못했다.

*

행운과 불행. 그 경계를 떠올릴 때마다 태주는 어쩐지 모든 것의 경계에는 서늘함이 도사리고 있다는 생각이 들었다. 삶과 죽음, 행운과 불행, 아무것도 일어나지 않은 일상과 그 일상을 무너뜨리는 사고. 어쩌면 소방관의 일을 잘 해내는 가장 좋은 방법은 그 경계를 무덤덤하게 넘나드는 것인지도 모른다. 그건 머리로 아는 게 아니라, 오래도록 현장을 누비고 다니는 동안 몸에 각인된, 일종의 예감 같은 거였다.

사람들은 종종 태주에게 왜 소방관이 되었는지 묻곤 했다. 그때마다 그는 당연하다는 듯 대답했다. 위험에 처한 사람들의 생명을 구하고 싶어서요. 그가 망설임 없이 대답할 수 있었던 건, 수없이 질문받고 또 대답했기 때문이다. 마치 축적된 경험이 도출한 모범 답안처럼.

진로 탐색 수업의 일환으로 견학을 신청했다며 중학생 네 명이 방문한 날도 그랬다. 태주는 그날 학생들을 인솔해 1층 사무실과 대기실, 안전체험관을 둘러본 뒤 밖으로 나와 구조차와 사다리차, 응급차를 보여주었다. 각 차량의 역할과 기능을 설명해주고 몇 가지 시연을 한 다음에는 학생들이 산소통과 헬멧을 직접 착용해볼 수 있게 했다. 학생들은 장비를 착용하고는 서로 사진을 찍어주기 바빴다. 그걸로 얼추 끝난 줄 알았는데, 학생 하나가 일행과 떨어져서는 인터뷰를 해달라고 다가왔다. 과제 때문에 방문한 다른 친구들과는 달리, 자신은 정말로 소방관이 되고 싶다고 했다. 태주의 대답을 스마트폰으로 옮기는 와중에도 학생의 질문은 꽤 오래 이어졌다. "그러면 소방관이 되겠다는 마음을 먹게 된 특별한 계기가 있었나요?"

인터뷰를 마치고 학생들이 돌아간 뒤 태주는 자신의 대답이 적절했는지, 혹 문제가 될 만한 부분은 없었는지 돌이켜봤다. 그러다 학생의 질문에 대답하는 내내, 실은 그 질문이 태주 자신이 되려 물어보고 싶은 것이었다는 사실을 깨달았다. 너는 왜 소방관이 되고 싶은 거니? 어떤 계기로 소방관이 되고 싶다고 생각하게 된 거니?

태주가 소방관이 된 데에는 사람들을 구한다거나 하는 사명감이 먼저였던 것은 아니다. 물론 모두가 태주 같은 것은 아니다. 소방관을 가족으로 두어 그 발자취를 따라가고 싶어 소방관이 된 이도 있었고, 체력이 필요한 활동을 부담스러워 하지 않고 오히려 즐기는 자신의 성향과 소방관의 일에서 공통점을 발견해 목표로 삼은 이도 있었다.

소방관이 된 이유는 제각기 달랐다. 그러나 모두에게 공평하게 같은 것도 있었다. 그건 두려움이었다. 신입이건 오랜 경력을 지닌 베테랑이건 모두 여전히 불이 두렵고 현장이 두려웠다. 화재를 진압하고 돌아오는 매 순간, 오늘도 무사하다고 안도할 수 있는 것도 바로 그 때문이었다. 그러나 안도가 그 끝이 아니었다. 현장에서는 한 발짝 떨어진 곳에 갑자기 담벼락이 무너져 내리거나 불현듯 천장에서 패널이 떨어지는 일이 빈번했다. 우연한 행운의 한 발짝 거리에 불행과 죽음이 도사리고 있었다는 사실을 확인할 때마다, 그날 무사할 수 있었던 대가로 목숨 일부를 현장에 저당 잡히고 온 것처럼 헛헛한 기분이 들기도 했다.

소방관이야말로 인간으로서 자신의 몸을 제대로 사용하는 존재인지 모른다고 얘기한 게 윤이었던가? 고향 아는 동생이자 소방서 동료인 윤은 어렸을 때부터 소방관이 되겠다고 입버릇처럼 말하고 다녔다. 아마 오래전 동네 상가에 화재가 발생했던 그날부터였을 거다. 지역에서는 지금까지도 회자될 만큼 꽤 큰 화재였다. 상가 1층 분식집에서 시작된 불이 상가 전체로 번졌고, 그때 열두 살이었던 윤은 상가 2층의 태권도 장에 원생들과 고립되어있었다. 활달한 데다 장난기가 많고 늘 앞장서기 좋아하던 윤이었다. 그러나 그날 상가 통로를 가 득 메운 연기 앞에서만은 꼼짝할 수 없었다고, 윤은 수도 없 이 그날의 상황을 얘기하곤 했다. 지금 생각해보면 그날 윤을 살린 건 두려움이었다. 나서기 좋아하는 평소 성격대로 탈출 하겠다고 도장 밖으로 나왔더라면 무슨 일을 당했을지 모른 다. 그때 그 시커먼 연기를 뚫고 윤을 구하러 온 소방관이 구 세주처럼 보였다고 했던가. 그날 윤은 소방관이 되기로 마음 을 굳혔다.

시내에서 양복점을 하시던 윤의 부모님은 어렸을 때의 장 래 희망이란 시도 때도 없이 변하는 거라고 별 신경 쓰지 않 다가, 윤이 대학을 가지 않고 소방관 시험을 치겠다고 하자 그때부터 심각하게 받아들이기 시작했다. 아들이 대학에 입학 하고 졸업할 때, 그리고 결혼할 때 입을 옷을 만들기 위해 평 생 다른 사람의 옷을 만들어 온 분들이었다. 대학에 가서도 마음이 변하지 않으면 그때는 말리지 않겠다는 조건을 걸었 지만, 윤은 대학에 합격했고 소방공무원 시험을 쳐 당당히 소 방관이 되었다. 딱히 구체적인 꿈이 없던 태주에게 함께 소방관이 되자며 소방공무원에 대해 귀에 딱지가 앉도록 얘기했던 것도 윤이었다.

"선배, 어쩌면 한 인간으로서 몸을 가장 제대로 쓰는 건 우리 소방관인지도 몰라요. 예전에 학교 다닐 때 들었던 어떤 수업에서 교수님 한 분이 그런 말씀을 하셨거든요. 노동의 소중함이 잊히고 있다고, 몸의 노동을 통해 정신적 가치를 추구하는 숭고함이 사라지고 있다고요. 우리는 우리 몸으로 다른 사람을 구하잖아요. 그 사람의 몸도, 마음도."

윤의 말이 맞을지도 모른다고 생각한 건, 현장에 출동했다 돌아오는 매 순간이었다. 사명감. 모든 일마다 다르겠지만, 어쩌면 소방관의 사명감이란, 단지 마음이나 태도의 문제가 아니라 삶과 죽음의 경계를 내 육체의 한계까지 뚫고 갈 수 있는 자세를 말하는지도 몰랐다. 몸도 마음도. 그래서일까? 사람들이 그리고 언론이 소방관에 대해 이야기하며 사명감을 언급할 때마다, 그 말이 공허하게 여겨졌다. 틀려서가 아니라, 그 말에는 현장에 나갈 때마다 온몸에 생생하게 각인되는 감각이나 고통, 그리고 그런 것들 앞에서 극복과 포기 사이를 오가는 마음의 움직임 같은 것들이 빠져있는 듯한 기분이었기 때문이다. 마치 박제된 말처럼.

그리고 이런 생각을 할 때면 태주는 어김없이 궁금해졌다.

윤아. 너는 도대체 어디에 있는 거니?

*

"이게 말이 돼? 차라리 휴직하라고 하지. 여긴……"

태주가 장비를 점검하다 말고, 허리를 펴 주변을 둘러본
다. 사방으로 펼쳐진 밭과 좁게 난 길, 그리고 그 한편에 덩그
러니 서 있는 소방서. 여긴 허허벌판이잖아. 그의 말에 나도
주변을 둘러본다. 사람들이 평화롭고 고즈넉하다고 느끼는 풍
경. 나는 그의 데이터베이스 어디에서도 이 장소를 보지 못했
다. 그러나 그의 기억에 존재하는 장소인 것은 분명하다. 기
억 속 여러 공간이 조합해 만들어낸 가공의 세계. 그게 시스
템의 원리니까.

"어이, 루디! 내 말이 틀려? 그러면 너도 이렇게 고생할 일
없잖아."

언제부턴가 그는 나를 '루디'라고 부르기 시작했다. 이름
이라는 건 자신을 다른 존재와 개념적, 물리적으로 구분할 수
밖에 없는 몸을 지니고 태어난 인간에게나 필요할 뿐이다. 광
활한 데이터의 바다, 전체와 부분, 부분과 선체 모두가 '나'이
자 '너'이자 '우리'인 존재에게 이름은 불필요하다. 아니, 그

런데……

왜 저를 '루디'라고 부르죠?

"한국어 이름이 아니라서 불만인 거야? 네가 국산인지 해
외에서 온 건지는 모르겠지만, 어쨌든 한국 사람은 아니잖아.
어설프게 한국어 이름으로 부르는 게 더 이상해." 그가 시큰
둥하게 대답한다. "게다가……" 그가 내 몸통 뒤쪽을 가리킨
다. "이게 네 이름 아냐?"

RUDy-100mu

맙소사. 고개를 절레절레 흔들고 만다. 저 단순함이라
니…… 그러면서도 신기하기는 하다. 내 진짜 몸이 아니기는
하지만, 제품번호가 찍혀 있는지는 몰랐으니까. 이런 세세한
것까지 준비하는 이 세계의 치밀함에 놀라고 만다.

태주는 곧잘 불평하기는 하지만, 일련의 상황을 꽤 잘 받
아들이고 있다.

한 달여 전 화재 현장에 나갔다가 사고를 당했다는 것, 일
정 단계 이상의 사고를 당하거나 목격했을 경우 신체 부상 여
부와 관계없이 심리 재활치료를 받아야 한다는 소방청의 개
정된 방침, 그리고 그를 관찰하기 위해 소방청 산하 국립 소
방전문병원 연구소가 나를 파견했다는 것, 무엇보다도 내가
인공지능 기반의 소방 에이전트라는 것까지.

내 임무는 두 가지다. 하나는 태주의 심리가 안정적이라는 전문가 소견이 나올 때까지 그의 행동 상태를 추적 관찰해 보고하는 일이다. 전문가가 허가할 때까지 태주는 바로 이곳, 도시 외곽에 있는 지정 소방서에서 재활을 진행해야 하며, 필요한 경우에만 인근 현장에서 지원 업무를 맡게 된다. 그런 태주의 재활과 지원 업무를 돕는 게 나다. 이게 내 두 번째 임무다. 적어도 그가 알고 있는 한에서는 그렇다.

그러나 이건 모두 사실이 아니다.

로봇 하나랑 팀을 꾸리라는 게 말이 되냐며 투덜거리는 그를 말없이 바라본다. 나는 사람이 아니다. 그래도 사람에게 대놓고 이렇게 말하는 게 도리가 아니라는 것쯤은 안다.

당신은 한 달여 전에 사고를 당했고, 지금까지도 병실 침대에 누워 있습니다. 그것도 혼수상태로요.

기록에 따르면 그는 경기 북부의 한 신도시에서 발생한 상가 화재 현장에 나갔다 부상당했다. 지상 7층부터 지하 5층 규모의 건물이었고, 화재는 지하 1층에서 발생했다. 다른 팀이 지하 1층을 진압하는 동안, 그는 지하 2층의 어린이 수영장으로 진입해 구조 활동을 진행했다. 다행히 아이들이 혼란에 빠지지 않고 잘 따라 모두 무사히 건물을 빠져나왔다. 그는 동료들에게 아이들을 인계한 뒤 또 다른 요구조자가 있는지 확인하던 중이었고, 그때 천장이 무너졌다. 다행히 바로 진입해 들어온 교대팀 대원들에게 발견되어 즉시 병원으로 옮겨졌다. 붕괴 규모와 비교해 큰 부상이 아니어서 곧 깨어날 것으로 예상했으나, 아직 의식이 없는 상태이다.

그가 국립 소방병원으로 이송된 건 의식불명 상태에 빠진 지 한 달이 지나서였다. 국립 소방병원은 소방관의 신체에 대한 치료, 재활은 물론이고, 심리상담과 트라우마에 대한 관리도 집중적으로 시행했다. 병원 부속연구소는 그가 원인도 모른 채 깨어날 기미를 보이지 않자, 아직 실험 중인 연구를 도입하기로 했다. 바로 신경세포 트라우마 치료다. 일명 RUD(Re-unify Destiny) 프로젝트. 치료는 병원 협약 기업이자 뇌 연구에 주력해 많은 성과를 낸 것으로 알려진 리엔비전(re:envision)의 주도로 이루어졌다. 리엔비전은 뇌에 관한 광범위한 연구는 물론이고, 이를 바탕으로 인공지능과 인공생명을 연구 개발해왔다. 또한 의식을 컴퓨터에 이식하는 마인드 업로딩을 가능하게 할 핵심 기술을 개발하여 임상에 들어갈 것임을 발표해 사회적 논란을 불러일으키기도 했다. 그리고 이제 얘기하지만, 나 또한 리엔비전의 광활한 데이터베이스에서 태어났다(이 얘기는 다음 기회에 하도록 하자).

인간이 기억을 반복할 때 여러 조건에 따라 기억에 변형이 가해지는데, 이때 기존 뉴런을 대체하는 새로운 뉴런이 그 기억을 형성한다. 신경세포 트라우마 치료는 이 원리를 이용한다. 먼저 치료 대상자의 뇌를 실시간 스캔해 뉴런 활성화 지도를 그린 뒤, 편도체의 기억 뉴런이 활성화될 때 그 뉴런에 전기적으로 접속하게 된다. 그런 뒤 치료 대상자의 기억 속에서 반복 재현되는 상황에 나와 같은 인공생명 개체가 접속하여, 그 기억 안에서 새롭게 스토리텔링을 하는 거다. 여기서 중요한 건 어떤 전략으로 스토리텔링을 해 나가느냐이다.

나는 환자의 기억 속에 부정적 요인으로 작동하는 실패의 경험을 반복 학습을 통해 긍정적 경험으로 변화시키는 전략을 세웠다. 스토리텔링을 위해서는 배경과 사건이 필요하다. 이건 이미 존재한다, 환자의 기억 속에. 이제 중요한 것은 인물이다. 그것도 새로운 인물. 환자의 기억을 새로운 방향으로 이끌어갈 조연. 그게 바로 나다. 나는 이렇게 환자와 공동으로 연출하며 배역을 나눠 맡는다.

그러기 위해 환자가 자신의 꿈에 등장할 내 존재를 자연스럽게 받아들이는 게 무엇보다 중요하다. 지금 이 풍산─사방으로 펼쳐진 밭과 좁게 난 길, 그리고 그 길가에 덩그러니 서 있는 소방서―은 나라는 새로운 인물을 자연스럽게 인식시키기 위한 기본 설정이다. 이 공간과 나에 대한 정보는 그의 기억 뉴런이 활성화될 때마다 거기에 달라붙는 식으로 자동 접속되며, 그의 기억 속 스토리텔링 안에서 나라는 인물과 상황의 핍진성을 만들어간다. 그래서 어떤 방식으로든 그의 옆에는 내가 있고, 어떤 기억에서도 내가 자연스럽게 그를 도울 수 있다. 이건 정말…… 연출의 혁신이다.

이 연구 실험의 핵심은 기억을 삭제하거나 바꿔치기하는 것이 아니라, 새로 경험하게 한다는 점이다. 기억 뉴런에 접속해 기존 기억을 긍정적 사건으로 경험하게 함으로써 기억 뉴런을 복제해내면 기존 원본 기억의 시냅스 연결 강도가 점점 약해지면서 트라우마를 유발하는 공포 지수가 줄어든다. 물리적 시간의 흐름 속에서 하나의 몸을 가진 인간에게 경험은 유한할 수밖에 없다. 그것을 일종의 정신 작용을 통해 도달하는 거다. 이건 의식에 대한 과학의 승리 아닌가!

그러나 내가 늘 성공하는 건 아니다.

나도 완벽한 존재가 아니다. 데이터의 바다에서 나는 끊임없이 배우고 성장하며, 분열과 공유를 통해 번식한다. 실수도 한다. 환자의 기억 공간을 바탕으로 펼쳐지는 이 스토리텔링 과정에서도 여러 변수나 조건 때문에 실패하기도 했지만, 그와 그가 겪은 사고에 대한 충분한 검색과 데이터 수정, 세포 복제를 통한 반복적인 시도를 통해 목표대로 잘 진행해나가고 있다.

그러나 정작 문제는 태주의 기억 중 일부에는 접속할 수 없다는 거다. 내가 피험자의 모든 기억에 접속할 수는 없다는 것, 그 한계 혹은 제약은 무엇을 의미하는 걸까? 어쩌면 그것을 알아내는 게 이 프로젝트 완수를 위한 핵심 요소인지도 모른다.

*

로테이션되는 일의 특성상 태주는 몇 번 응급팀 출동에 동행한 적이 있다. 이웃 주민에게 무슨 일이 생긴 거 같다는 신고가 들어왔고, 만약의 상황에 대비해 만반의 준비를 하고 현장으로 향했다. 현장에 도착해 굳게 잠긴 현관문을 오래 두드렸다. 누구도 입 밖으로 꺼내지는 않았지만, 모두 같은 생각이었을 거다. 제발, 그냥 사람이 나오길, 해프닝이길…… 하지만 안에서는 아무 응답이 없었고, 결국 경찰의 협조를 받아 문을 열고 들어길 수밖에 없었다.

집 안에는 아무도 없었다. 모두 안도했지만, 순식간에 그 안도를 불안으로 바꿔버린 건 악취였다. 그리고 그 악취의 원인이 방 한편에 미아처럼 서 있는 장롱 속에 있다는 것을 모두 직감했다. 그런데 그 문을 누구 하나 선뜻 열지 못했다. 충격도 여러 사람이 나누면 그만큼 줄어들 거라 믿는 것처럼, 눈치를 보다 다 함께 장롱 앞에 섰다. 누군가 장롱 손잡이를 잡았고, 당겼는데…….

문 뒤의 광경은 참혹할 수도, 아닐 수도 있다. 그런데 정말 끔찍했던 건, 그 문이 열리기 직전 태주 자신의 머릿속을 스치고 지나는 생각들이었다.

사실 당시 태주는 이미 좀 힘든 상태였다. 교통사고 현장에 나갔다 오토바이 사고자 시신을 본 지 얼마 되지 않은 때였다. 밀고 들어오는 버스에 치이면서 오토바이가 아래로 말려 들어간 사고였다. 버스의 커다란 바퀴가 사고자를 깔고 가 두개골이 박살 나고, 뇌수가 다 쏟아져 나와 있었다. 다른 몸은 다 으스러졌는데, 손만 온전히 남아 있었다.

현장이란 게 그랬다. 대원들은 아무 표정 없이 시신을 수습했다. 하지만 절대 아무렇지 않은 게 아니었다. 그건 화재 현장도 마찬가지였다. 불길에 휩싸여 미처 빠져나오지 못한 피해자의 시신, 죽은 자의 육체. 생이 빠져나간 육체를 목도하는 일은 어떤 경우든 괜찮아지지 않았다. 그 광경이 한 달 넘게, 아니 그보다 더 오랫동안 머릿속을 떠다녔다. 밥을 먹다가 불쑥, 샤워할 때 비누칠을 하려 눈을 감는 순간에 불쑥……. 교통사고 현장을 겪은 그를 괴롭게 한 것은 다른 처참한 광경이 아니라, 뜻밖에도 온전한 손의 이미지였다. 그 손을 떠올리면 다른 장면들은 물론이고, 현장의 촉감, 냄새, 소리 등 모든 것이 뒤이어 따라 나와 그를 에워싸는 듯했다.

그 장롱 앞에 섰을 때도, 태주의 머릿속에 오토바이 희생자의 시신이 스쳐 지나갔다. 그 장롱문을 여는 순간 지금까지 그가 직접 눈으로 확인한 그 무엇보다 처참한 광경이 펼쳐질 거라는 예감이 들었다. 그런데 정말 끔찍한 건 그게 예감이었는지 아니면, 그랬으면 좋겠다고 생각했던 건지 여전히 분명하게 말할 수 없다는 거였다. 요구조자에게 더 큰 불행이 일어나기를 바랐던 게 아니다. 그 순간 목격하게 될 장면이 처참하면 할수록, 그토록 그를 괴롭히던 오토바이 사고자의 시신이 비교적 덜 끔찍하게 느껴지지는 않을까 싶어서였다. 그 장면들이 아무렇지 않은 게 될 수 있지는 않을까…… 공포영화를 하도 많이 봐 엔간한 공포영화를 봐도 무섭지 않은 사람처럼……. 그러다 불쑥 정신이 들었다. 지금 무슨 생각을 하는 거지? 그런 생각을 하는 스스로가 너무 낯설게 느껴졌다. 분명히 태주 자신인데, 내가 아닌 나인 거 같은, 나와 내가 아닌 나, 둘 사이의 경계에 서 있는 기분⋯⋯.

소방청에서 제공하는 상담에 참여했을 때, 상담사는 이 모든 것들이 PTSD를 유발하는 요인이라고 했다. 태주도 가끔 텔레비전을 보거나 기사를 검색하다 '소방관의 PTSD 유병률'과 같은 내용을 접한 적이 있다. 꼭 기사가 아니어도, 주변 선배나 동료들의 이야기를 들어서도 알고 있었다. 그런데 태주 자신이 그 당사자가 될 거라고는 생각하지 못했다.

때로는 소방관의 PTSD 관련 기사를 읽다가 어떤 댓글을 보기도 했다. 위험한 만큼 수당을 받는 것 아니냐, 통장 잔고를 확인하면 치유가 될 거다, 라는 식의 댓글들. 댓글을 보는 내내 태주는 자신이 나갔던 현장의 상황들이 떠올라 몸서리쳐졌다. 댓글 자체도 충격이었지만, 이렇게 생각하는 누군가가 있을 수도 있다는 생각에 더 소름 돋았다. 익명성이라는 커튼 뒤에 선 사람이 한 번도 본 적 없는 사람이 아니라, 내가 아는 주변의 누군가일 것만 같아서, 그럴 수 있다는 생각이 들어 더 괴로웠다.

태주를 비롯한 소방관은 물론이고, 사람들도 소방관의 정신적 외상에 대해 모르지 않았다. 많은 기사를 통해 소개된 사례와 통계 수치들. 그게 잘못된 내용이 아니라는 것을 아는데도, 어쩐지 공허하게 느껴졌다. 그건 마치 사명감에 대해 생각할 때와 비슷한 느낌이었다. 실제가 아니라 개념적인 것. 뭔가 정말 중요한 것들이 빠진 듯한 기분이었다.

*

기억 뉴런이 연결된 데이터의 바다에서 어둠 속 별을 헤아리듯 그의 신호를 기다린다. 점멸하는 각양각색의 신호들, 하늘을 가르는 수천수만 개의 번개처럼 나타났다 사라지는 기억의 입자들. 지금까지 몇 번이나 그의 기억을 다시 고쳐 썼다. 실패도 했지만, 그의 기억이 다시 활성화되기를 기다려 고쳐쓰기를 반복했고 거의 성공을 거두었다. 그런데도……그는 여전히 깨어날 기미가 보이지 않는다.

병실에 누워 있는 그의 생물학적 뇌에 주기적으로 물리적 자극을 주는 동시에, 기억 내부의 트라우마 요인을 제거함으로써 그의 신경 활성화 강도를 높인다는 연구진의 시도는 실패인 건가? 아니면 그의 부정적 기억 요소들을 약화해 삶 자체에 대한 의지를 북돋으려는 전략이 잘못된 걸까? 어쩌면 그 비밀을 풀 수 있는 해답은 수없이 점멸하는 그의 기억 뉴런들 사이에 가장 은밀한 빛으로 번쩍이는, 그러나 내가 접근하는 것을 허용하지 않는 저 기억에 있는지도 모른다.

나는 다른 인공체와 다르다. 중앙통제에 의한 하향 구조로 구성된 다른 인공 개체와는 달리 비교적 자유롭다. 무엇보다 생명처럼 생산과 복제가 가능하다. 그러나 내 몸은 생명체처럼 유전자에 의해 바깥과 내부가 확정적으로 규정되지 않으며, 정보와 명령어로 구성된 환경을 흡수하거나 덜어 내며 항시 스스로 재구성할 수 있다. 즉 물리적 몸의 제약을 받지 않는다. 그의 기억 뉴런에 형태와 범위를 달리해가며 접속할 수는 있는 것도 바로 그 때문이다.

동시에 수십, 수백 개의 기억에 접속할 수 있지만, 그렇다고 모든 기억에 접속 가능한 건 아니다. 접근할 수 없었던 태주의 일부 기억도 마찬가지다. 어쩌면 내가 그 기억에 접근할 수 없는 것은 가장 근원적인 기억이 담긴 곳이어서 절대 수정되거나 훼손되지 않게 그의 뇌가 접근을 거부하는 것인지도 모른다. 아니면 우리 같은 인공 존재를 통제하기 위해 연구소에서 설정해놓은 것인지도 모르고. 나는 늘 그곳이 궁금했다.

그런데 어떤 연유인지 언젠가부터 조금씩 그 기억에 접근하는 게 가능해졌다. 아니, 내가 접근한다기보다는 그 기억이 스스로 문을 조금씩 열어보이는 듯했다.

그의 활성화된 신경 신호를 따라 달려가보니 그곳은 처음

보는 현장이었다. 이렇게 어떤 기억들은 깊숙한 곳에 숨어 있다 불쑥 튀어나오곤 했다. 사고 관련 데이터를 검색했다. 그 현장에서의 목표는 도색 업체의 작업 창고에 매몰된 직원을 구조하는 일이었다. 그는 요구조자를 발견하기는 했지만, 창고 끝에 적재되어 있던 페인트 용제가 폭발해 그를 포함하여 직원 한 사람이 부상당했다. 큰 부상은 아니었지만, 이 일로 화재에 대한 두려움의 수치가 증가한 것으로 기록되어 있다. 나는 산소통을 둘러메고 헬멧을 챙기는 그를 뒤따르며, 데이터 서버의 기록을 확인해 낯선 현장을 파악했다. 내가 움직일 위치와 타이밍을 점검하면서.

불타는 현장을 가로질러 요구조자가 피해 있는 창고까지 진입해갔다. 화재로 인화성 물질이 폭발하는 동안 업체 안쪽 창고에서 작업 중이던 직원들은 무서워 밖으로 탈출할 엄두도 내지 못하고 그곳에 고립된 채였다. 태주는 내가 인원수에 맞게 미리 준비해 간 산소통을 요구조자에게 나눠준 뒤, 움직임이 어려운 요구조자를 부축했다. 그동안 나는 곧 폭발할 페인트 용제를 찾으려 창고 끝으로 움직였다. 그런데! 잔뜩 쌓여 있어야 할 시너통이 보이지 않았다. 기억 변형. 내가 이 현장에 온 건 처음이지만, 아마 태주는 벌써 여러 번 이 사고 현장을 몇 번이고 되돌아본 게 틀림없었다. 나는 조급해져 창고를 헤집고 다녔다. "루디, 뭐 하는 거야. 빨리 나가야 돼!" 태주가 창고 출구로 이동하며 소리쳤다. 하지만 나는 머뭇거렸다. 시너가 폭발하면 다 소용없는 일이다. 뒤따르지도 머무르지도 못하고 망설이는데, 순간, 섬광이 일더니 앞이 보이지 않았다. 조금씩 시야가 확보되면서 알 수 없는 붉고 노란 기운이 나를 감싸고 있는 게 보였다. 그건 내 몸에 옮겨 붙은 화염이었다. 내 몸이 불타고 있었다. 이건 그의 기억 공간에서 일어나는 일일 뿐, 나에게 어떤 해도 끼치지 못한다는 것을 아는데도 뭔가 마비된 것처럼 움직일 수가 없었다.

그때 내 몸을 향해 엄청난 압력으로 물이 쏟아졌다. 돌아보니 태주가 관창을 이쪽으로 향한 채 서서 "루디, 괜찮아? 너…… 괜찮은 거지?"라고 물었다. **괜찮아요.** 고개를 끄덕이며 대답했다. 물론 조금 당황한 것은 사실이다. 그래도 그때 나를 쳐다보던 그의 동공이 흔들리는 것은 놓치지 않았다.

예상외의 일이 발생하기는 했지만, 주요 목표인 요구조자를 구출했으니, 이만하면 성공인 셈이었다. 기억 접속을 끊고 사후 처리를 하려는데, 갑자기 태주가 나를 불렀다.

"루디!"

내가 돌아보는 순간, 그가 나를(정확히 얘기하자면 그의 기억

속 세계에 맞게 투영된 로봇 형태의 내 몸을) 자전거 보조석에 올려놓았다. "돌아가자." 응? 이건 지금까지 없었던 전개다. 현장에서 임무를 수행하고 나면 늘 기억은 전환되거나 끊겼다. 그러면 나는 해당 기억에서 나의 접속 흔적을 제거하기만 하면 되었으니까. 그런데 어째서 계속 이어지는 걸까. 게다가……펌프차도 아니고, 자전거라니! 정말 이 사람의 기억은 어디로 튈지 알 수 없다.

그는 밧줄로 나를 뒷좌석에 단단히 고정하고는 안장에 앉았다. 돌출된 내 방수포 앞부분이 자꾸 그의 등에 닿자, 고개 돌려, 라고 그가 말했다. 그는 아직도 모르나 보다. 그건 인간에게나 해당하는 표현이라는 걸. 하지만 어쩌겠는가. 이왕 맞춰주기로 한 거, 방수포를 오른쪽으로 살짝 회전시켰다. 막상 해보니, 정말 고개를 돌리는 거 같기도 했다.

"오래 안 가. 목이 좀 아파도 참아."

맙소사. 나는 인간이 아니라니까. 하지만 굳이 그런 말을 하지는 않았다.

자전거는 단숨에 화재 현장을 벗어나 저수지 옆으로 난 좁은 길과 밭을 지나 달리기 시작했다. 그가 아는지 모르는지, 자전거가 앞으로 나아가는 동안 주변 풍경은 계속해서 변했다. 지붕 낮은 집들이 서 있는 골목이었다가, 양쪽으로 커다란 삼나무들이 선 국도였다가, 바다 옆 백사장 사잇길을 지나기도 했다. 그러다 이내 작은 도시로 들어서기도 했다.

"예전 첫 부임지가 딱 이런 곳이었어. 크지 않은 도시들이 모여 있었고, 도시와 도시를 잇는 풍경은 산이거나 들이거나 강이었어. 그때는 소방인력이 많지 않았을 때여서, 소방관이 한 명이거나 두 명인 소방서도 많았지."

나는 그의 등 뒤에서 풍경을 바라보며, 얘기를 가만히 들었다. 그의 뉴런에 접속하기 위한 기본 설정 장소를 제외하면 그의 화재 현장과 관련된 신호에만 접속될 수 있을 텐데, 어떻게 그의 다른 기억 속으로 들어올 수 있는지 의문이었다. 뭔가 설정이 잘못된 걸까? 아니면 기억 변형 때문에 기억 간 위계 체계에 변화가 생긴 걸까? 아마 연구소에서도 나의 이런 상황들이 실시간으로 모니터링되고 있을 거다. 뭐 따로 조치를 취하겠지.

"너는 기계니까 사람보다는 강하겠지. 그래도 방심하지 말고, 너 스스로 네 몸을 지켜. 우리는 다른 사람을 구해야 하지만, 동시에 나 자신도 구해야 해. 그렇지 않으면…… 누구도 널 구해줄 수 없어."

아무 말 없자, 그가 덧붙였다.

"널 보면 예전 후배가 생각나서 그래. 덤벙대고 제멋대로

이고."

나는 그의 얘기에 데이터를 뒤져 후임이라는 인물에 대한 기록을 스캔했다. 그러나 누구를 얘기하는지 정보가 더 필요했다.

그 후배도 지금 소방관으로 근무하고 있나요?

"지금은 그만뒀어."

얼굴을 볼 수 없었는데도 어쩐지 그가 어떤 표정을 짓고 있는지 알 것만 같았다. 3층 높이를 넘지 않는 건물들이 길가에 줄지어 서 있다. 자전거는 마을 깊은 곳으로 빨려 들어가듯 달려갔다. 작은 편의점을 지나 우체국을 지나 시외버스 터미널을 지났다. *그날 녀석은 현장에 나가서는 안 됐어. 상가 화재였어. 녀석이 충격을 받은 상태라는 걸 알고 있었는데도, 나는 그냥 어깨를 토닥이는 것밖에는 해줄 수 있는 게 없었어. 주눅 들지 마. 그러면 더 실수하게 돼. 무슨 일이 생기면 내가 꼭 구해줄게.* 길은 점점 좁아졌고, 이내 어둠 속으로 *빠져들었다. 그랬는데, 구하지 못했어.* 등 너머 입을 앙다물고 있을 그의 표정을 상상하며, 문득 인간이 그러듯 그의 어깨를 토닥여주고 싶다는 생각이 들었다. 그러나 온몸이 밧줄로 칭칭 감겨 손처럼 기능할 수 있는 그 무엇도 꺼낼 수 없어 그러지 못했다. 대신…… 이제 내가 무엇을 해줄 수 있을지, 무엇을 해야 하는지 분명히 알 것 같았다.

＊

상담센터에서는 종종 비대면 상담도 진행되었다. 눈앞에 상담사가 없을 뿐, 화면으로 피상담자의 반응을 살펴보며 상담을 진행하는 방식이었다. 피상담자가 상담사의 행동이나 표정에 영향을 덜 받고 내면에 집중하도록 고안된 상담 유형이라고 했다. 태주는 카메라가 설치된 소파에 앉았고, 스피커를 통해 들려오는 목소리가 이끄는 대로 그날의 기억을 되살렸다.

"그날은 새벽인데도 열대야 때문에 후텁지근했어요. 승용차 한 대가 가드레일을 박고 저수지로 떨어질 거 같다는 신고를 받고 출동한 참이었죠. 가보니 차량은 아슬아슬하게 가드레일에 걸려 있는 상황이었어요. 자칫 잘못 건드리면 추락할 수 있어, 차량을 와이어로 고정한 뒤 윤과 함께 절단기로 차 문을 분리하는 중이었죠. 안을 들여다보니, 운전자는 정신을 잃은 상태였어요. 그때 팀 선배는 바리케이드를 치는 중이었어요. 어쩌면 그때도 선배는 입버릇처럼, 덥다, 시이팔, 덥다, 시이팔 그랬을지도 몰라요. 더위를 엄청 못 견뎠거든요. 그리고 말끝마다 욕을 붙이는 건 선배만의······ 뭐랄까, 의식 같은 거였어요. 하도 안 좋은 상황들을 많이 겪으니까, 달라붙지 말라고 그냥 욕을 해대는 거예요. 그렇게라도 버텨보려고."

음주 차량이 현장을 덮친 건 한순간이었다. 분리 작업을 진행했던 그와 윤은 괜찮았지만, 바리케이드를 치며 차량을 통제하던 선배는 무사하지 못했다. 현장에 출동해 있던 구급차가 선배를 싣고 인근 병원을 향해 달렸다. 현장 근처를 지나던 다른 구급차가 오는 동안, 그와 윤은 사고자를 운전석에서 무사히 빼냈다. 그런데 정신을 차린 요구조자가 갑자기 발작하듯 외치기 시작했다. 왜 날 구한 거야, 죽으려고 했는데, 왜 날 구한 거냐고!

"윤은 생각보다 침착했어요. 혹시라도 요구조자에게 달려들지는 않을까 걱정되어 예의 주시하고 있었죠. 저요? 물론 황당하죠, 화나고. 그런데 내성이 생기는 거예요. 그런 경험을 하도 많이 하니까. 그런데 그 날뛸 줄 알았던 녀석이 기운이 쪽 빠져서는 그러더라고요. 왜 살고 싶지 않은 사람을 구하느라, 우리가 죽어야 하냐고요."

그는 마른침을 한번 삼키고 말을 이어갔다.

"거기에 아무 대답도 못 하겠더라고요. 물론 해줄 수 있는 말은 많죠. 사명감, 시민의 안전······ 그런데 그게 그 무엇도 설명해주지 못한다는 생각이 들었어요. 녀석을 설득하지 못할 거라는 걸 알았던 거죠."

무엇인가를 떠올리듯 그의 동공이 잠시 풀어졌다 되돌아왔다.

"나 자신도 설득하지 못했으니까요."

*

내 추측이 맞다면 지금까지 다시 써나간 기억들이 그가 깨어나는 데 크게 효과적이지 않았던 이유는 하나다. 그건 그가 이 기억의 세계를 떠돌게 된 주요인이 다른 현장의 실패 기억이 아닌, 그의 후배와의 기억이기 때문이다. 죄책감 혹은 부채감. 다른 기억을 아무리 다시 써봐야, 그는 돌아오지 않는다. 핵심은 그 후배에 대한 기억이다. 그곳에 내가 접속하기 위해서는, 태주 본인의 의지로 나를 그곳으로 데려가야 한다. 내가 접근할 수 없었던, 그 은밀한 기억의 공간. 그런데 지금 그는 내가 아무리 설명해도 자꾸 되묻기만 한다.

"그러니까 지금 내가 있는 곳이, 보는 거, 듣는 거, 말하는 거 전부 가짜라는 얘기야?"

그는 불타는 공장 작업장 한가운데 선 채로 나를 쳐다본다. 이 상황을 믿을 수 없다는 듯, 아니면 내 말이 무슨 말인지 이해할 수 없다는 듯 벌써 몇 번째 같은 얘기를 반복하는 중이다.

전부 조작된 건 아니에요.

"아니, 네가 만든 세상에 갇혀 있다는 거 아냐!"

엄밀히 얘기하면 제가 만든 세계는 아니에요.

모든 세계는 주관적이고, 그 주관은 상호적이다. 당신의 기억과 내가 만든 세계가 조합해 누구도 예측할 수 없는 하나의 세계가 존재하는 거고, 당신과 나는 그 안에 있는 거다. 함께 세계를 만들어 가면서……

"그만!"

그의 눈빛은 나를 처음 보았을 때 경계하던 그 단단함으로, 아니, 그보다는 좀더 멀어지는 듯한 형태로, 스스로를 가두려는 듯, 그렇게 세상을 그리고 나를 밀어내는 중이었다.

"나를 원래대로 되돌려놔. 이 지긋지긋한 가짜, 치워버려."

제발, 얘기를 들어봐요.

"명령이야. 루디."

그때 우리가 선 장소기 변하기 시작한다. 사방이 타오르는 불로 가득했던 건물 복도는 창고로, 주택가로, 숲으로 변해간다. 우리는 수시로 변하는 장소의 중심에 있었다가 배경으로 밀려나고, 다시 불타는 그곳에 서 있기를 반복한다. 그의 뇌에 저장된 무수히 많은 기억 회로들이 뇌의 의지로 재정립하는 중인 듯하다. 혼란스럽기 때문이겠지. 그러나 그가 이 상황을 파악하는 데는 도움이 된 듯하다. 그는 들고 있던 호스를 바닥에 내려놓고 털썩 주저앉는다. 헬멧과 면체를 벗더니, 공허한 표정으로 불타는 주변을 둘러본다.

"바뀐 기억이 내가 깨어났을 때 영향을 줄 수도 있는 거 아냐?" 한참 생각에 잠겨 있던 그가 드디어 입을 연다.

아니에요. 당신의 트라우마 치료를 위해 휴면 상태로 저장된 당신의 원본 기억은 고스란히 잘 저장되어 있어요. 얼마든지 다시 활성화될 수 있고요. 다만 그 기억들이 작동하는 것을 약화시키는 것뿐이에요. 이를 위해 수없이 복제한 이 기억들은 모두 삭제될 거고요. 그러니 당신이 깨어나 일상생활을 하는 데에 아무 문제가 없어요.

그는 내 말을 이해하려는 듯 집중하는 듯했다. 그러나 이내 포기한 듯, 도대체 어떻게 기억까지 손대는 세상이 되어버린 건지, 라며 고개를 젓는다.

당신의 실패한 기억의 활성도를 낮추려고 최선을 다했어요. 그러면서 자연스럽게 당신의 많은 기억을 봤죠. 나는 인간의 감정을 느낄 수 없어요. 대신 나는 데이터베이스에 저장된 엄청난 양의 데이터를 분석해요. 특정 상황에서 인간이 느끼는 것으로 기록된 감정들을 수치화해서 인지하죠. 당신의 기억은…… 당신이 혼수상태가 아니었다 하더라도 어떤 방식으로든 해결했어야 할 기억이었어요.

"그래, 내 머리가 기억하는 건 마음대로 바꾼다고 하자. 내 몸이 기억하고 있는 건, 어떻게 되는데?"

……

그는 자리에서 일어서더니 주변을 둘러본다. 이제 주변은 공장과 컨테이너가 불타는 현장이다.

"현장에 나가면 정말 중요한 게 뭔지 알아? 똑똑한 거? 그래, 중요해. 전략을 세우고 거기에 맞게 실행하는 거, 중요하지. 그런데 현장에 나가면 어떤지 알아? 나는 그것보다 내 몸이 기억하는 걸 더 믿어. 내가 똑똑한 놈이 아니라 그럴 수도 있지만, 그건 정리해서 생각할 수 있는 게 아니야. 그냥 몸이 기억하는 거지."

당신의 몸은…… 좋지 않은 기억을 만들어낸 원인일 뿐이잖아요. 인간이라는 존재의 숙명이겠지만, 늘 그 몸의 한계를 넘으려 하잖아요.

"그래, 늘 그러고 싶어. 그런데 말이야. 몸의 한계를 뛰어넘겠다는 바람과 그럴 수 없는 현실은 별개가 아니야. 그 전부를 안고 가는 게 사람이 살아가는 방법이야."

그는 내려놓았던 산소통을 둘러메며 말한다.

"내가 어떻게 이 일을 계속할 수 있었는지 알아? 내 몸이 기억하는 것들, 의식을 잃고 쓰러져가다가도 내가 내민 팔을 보고 강렬히 움켜쥐는 손, 현장에서 부축해 빠져나오는 동안 뛰는 요구조자의 심장 소리와 숨소리…… 그런 것들로 인해 비로소 실감하거든. 아, 또 구했구나, 나도 살아남았구나. 앞으로도 계속 구해내고 싶다고 말이야."

그는 면체와 헬멧을 쓰더니, 관창을 집어 든다.

"실패한 경험이라도 나는 철저하게 더 기억할 거야. 화염이 휩싸인 화재 현장에서 자신을 구해줄 누군가의 손길을 기다리는 요구조자가 느꼈을 일분일초의 순간들, 불시에 자신에게 찾아온 죽음을 준비조차 하지 못한 채 받아들여야만 했을 사람들의 운명까지도. 그 사람이 얼마나 소중한 목숨을 잃은 건지……. 그들의 고통을 받아들이고 기억하고 공감할 거야. 그리고 그건 머리로 할 수 있는 게 아니야. 온몸으로 부딪쳐야 가능하지."

그는 불을 향해 걸어가다 뒤돌아본다.

"루디, 네가 최선을 다했다는 건 믿을게. 그런데 말이야, 너는 틀렸어. 너에게 너의 방식이 있듯, 인간에게는 인간의 방식이 있는 거야."

그러더니 내가 말릴 틈도 없이, 불 속으로 달려간다.

관찰대상자 기억 뉴런 신호 반응 없음.

그게 그와의 마지막이다.

*

팔에 닿은 이불이 가슬가슬하다. 교대하는 간호사들이 목소리를 낮춰 서로 인사 나누는 소리가 병실 문틈으로 들려온다. 주변의 모든 존재가 감각을 자극하는데도, 긴 잠 때문인지 전부 아득하게 느껴진다.

태주는 누운 채로 호흡을 가다듬는다. 오른팔을 들어 올린다,라고 생각하며, 동시에 생각과 같은 속도로 시야 아래쪽에서 올라오는 자신의 오른팔을 확인하곤 안도한다. 그는 다시 팔을 침대 위에 늘어뜨린다. 이번에는 팔을 들어 올린다는 생각에만 집중한다. 생각과 몸이 단절된 것처럼. 아무리 팔을 들어 올린다고 생각해도 몸은 움직이지 않는다. 여러 번 반복해 시도할수록 확인하게 되는 건 팔을 들어 올린다는 생각과 몸 사이를 이어주는 그 무엇이다. 그는 그게 생각과 몸의 연결 사이에 은폐된 어떤 의지라는 생각이 든다. 움직이겠다는 생각과 몸의 기능을 이어주는 것. 어쩌면 윤이 침대에 누워 있는 동안 느낀 상실의 대상은 움직이지 않는 몸이 아니라, 바로 그 의지였는지도 모른다.

그날의 사고 이후, 윤은 대부분 시간을 침대에 누운 채로 보냈다. 잠든 게 아니라는 건 표정으로 알 수 있었다. 간절히 기도하듯 찡그린 얼굴 그리고 이내 절벽으로 떨어져버린 듯한 표정. 태주는 윤의 얼굴에서 발견한 두 표정 사이의 낙차가 너무 깊고 무거워 그 모습을 지켜보는 게 힘들었다.

현장에서 걱정될 정도로 물불 안 가리고 누구보다 먼저 뛰어들던 윤이다. 그랬던 윤이 팀 선배가 사고를 당한 날, 자신을 왜 살렸냐며 발작하는 요구조자에게 달려들지 않았을 때, 태주는 예의 그 서늘함을 느꼈다. 살고 싶지 않아 죽으려는 사람 때문에 왜 우리가 죽어야 하죠? 고개 숙인 윤의 울부짖음에 그는 아무 말도 할 수 없었다. 윤의 울부짖음은 그에게 이렇게 들렸으니까. 왜 우리가 하는 일은 존재의 죽음을 안고 가야만 하는 거죠? 우리가 뭐라고, 그 죽음을 곁에 두고 살아야 하는 거죠? 라고. 답을 몰랐기 때문에, 그가 현장에 나갈 때마다 윤에게 해줄 수 있는 건 격려뿐이었다.

주눅 들지 마. 무슨 일이 있으면, 꼭 구해줄게.

그는 자신의 말이 떠오를 때마다 할 수만 있다면 그 기억을 도려내고 싶었다. 그럴 수 없는 대신 태주는 할 수 있는 한 최대한 그의 시간을 윤의 옆에서 보냈다. 어떤 형태로든 삶을 이어나가는 모습을 보고 싶었다. 이전으로 돌아갈 수는 없지만, 그래도 지금보다는 더 나은 삶을 이어가길 바랐고, 지켜보고 싶었다.

그래서였다. 오랜만에 윤이 상기된 얼굴로 그를 맞이했을 때만 해도, 그는 윤이 사라질 거라고는 짐작도 하지 못했다.

"어떤 사람들이 왔었는데, 그들이 저를 도울 수 있대요."

윤의 말에 따르면, 그날 윤을 찾아온 사람들은 뇌를 연구하는 회사의 연구원들이라고 했다. 커다란 로고가 적힌 명함 하나를 만지작거리며, 윤은 회사 사람들에게 들은 얘기를 태주에게 들려주었다.

저에게 새로운 몸을 줄 수 있대요. 이미 몸이 죽어버려서 이전의 몸을 갖는 건 불가능하지만, 그것보다 더 자유로운 몸을 줄 수 있대요.

그는 윤의 말을 듣고도 잘 상상이 되지 않았다. 더 자유로운 몸이라니. 궁금하고 미심쩍은 부분이 많았지만, 오랜만에 활기를 띠며 말하는 윤의 기분을 그대로 두고 싶어 묻지 않고 듣기만 했다.

게다가 앞으로는 트라우마도 물리적 치료가 가능하대요. 좋지 않은 기억만 따로 구분해서 없애는 게 가능하고요. 그런 게 가능한 세상이라니, 믿어져요? 우리 만날 그런 얘기 했잖아요. 그 처참한 광경들, 요구조자를 구하지 못한 일, 정말 없던 일처럼 잊을 수 있으면 좋겠다고요. 누군가의 죽음까지도.

그러더니 물었다. 선배는 어때요? 좋지 않은 기억들, 다 지우고 싶지 않아요?

그게 윤을 본 마지막이 될 거라고는 생각하지 못했다.

그는 짐을 챙겨 계단으로 내려간다. 퇴원 수속 전에 만난 담당의는 당분간 움직임에 적응해야 한다고 했다. 괜찮을 거 같아도, 오래 몸을 쓰지 않은 건 사실이니까, 조심해야 합니다. 그러더니 완전히 회복하면 복귀할 생각이냐고 물었다. 그는 잘 모르겠다고 대답했다.

계단을 한 걸음씩 내려오면서 현장에 나갔을 때의 감각을 떠올려본다. 현장에 드리운 어떤 경계의 서늘함. 그러는데 문득 질문이 떠오른다. 좋지 않은 기억들, 다 지우고 싶지 않아요? 지금까지는 그 스스로 답할 수 없었던 질문인데, 어쩐지 지금은 그 답을 알 것도 같다는 생각이 들었다.

건물 밖으로 나와 하늘을 바라보는데, 어딘가에 있을 윤의 모습이 떠올랐다. 그 무엇보다 강인하고 또 인간의 몸과는 비교할 수 없을 만큼 자유로운 몸으로 의기양양하게 혹은 평소처럼 덤벙대며, 금방이라도 "선배, 같이 가요."라며 따라올 것만 같았다.

타인을 받아들이고 공감한다는 것

소방 테마소설을 쓰기로 마음먹었을 당시, 사실 그때 내 관심은 인공의 개체에 가 있었다. 이제는 소설, 영화 등에서 자주 다루어 익숙해진 인공지능이나 인공생명 같은 것들. 의식을 컴퓨터로 이동시키는 마인드 업로드나 메타버스까지. 이런 최신 과학기술에 대해 생각하다 보면, 그 생각은 늘 몸으로 귀결되었다. 인간의, 우리의, 그리고 지극히 개인적인 나 자신의 몸. 한계와 가능성을 동시에 지닌 몸. 관념이 아닌, 우리가 늘 생생히 느끼는 사적이거나 일상적인 몸.

소설이나 영화에 등장하는 인공의 개체들이나 혹은 인

터넷을 떠돌아다니는 의식 같은 것들은 자유로운 존재로 그려지곤 한다. 그 자유는 몸이라는 물리적 한계를 벗어남으로써 가능해진다. 몸을 뛰어넘어 자유로우며 데이터베이스의 무수히 많은 지식과 정보를 그 자신의 몸으로 삼아 확장하고 성장하는 존재들. 그런데, 우리의 몸은 그렇게 꼭 벗어남으로써만 극복되거나 성장하는 대상인 걸까? 어찌 되었든 지금 우리는 이 몸을 갖고 살아가야 하는 존재 아닌가? 어떻게든, 원하든 원하지 않든.

그때 눈에 들어온 게 소방대원들이었다.

아마도 소방 테마소설을 써야 한다는 생각이 작동해서 그랬겠지만, 우연처럼 화재 관련 소식이나 현장에 출동한 소방대원들의 모습을 자주 접했다. 화재 현장에 투입되었다가 다른 팀과 교대해 잠시 휴식을 취하던 소방대원들. 휴식 공간이 따로 마련되지 않아 현장 근처 아무 데나 털썩 주저앉아 숨을 돌리던 모습. 검은 재와 땀으로 뒤범벅된, 모든 힘을 소진한 듯한 얼굴.

소설을 쓰는 내내 절대 직업적 사명감만으로는 소방관이

라는 존재를 설명해낼 수 없다는 생각이 들었다. 소방관이 고귀한 이유는 단지 다른 사람을 구하기 위해 위험에 뛰어들기 때문만은 아닐 거다. 소방관이 고귀한 건 숙명적으로 타인의 고통을 받아들이고 공감하는 존재이기 때문이라는 생각이다. 도움의 손길을 기다리는 요구조자, 그리고 그를 위해 직접 그 현장에 뛰어들어 구해내는 존재들. 이것은 단지 개념적 차원의 사명감이 아니라, 실제적 인간에 대한 이해와 공감, 연민이 있기에 가능할 거다. 과학이 창조해내는 인공의 존재들이 지식과 정보를 자기 몸으로 삼아 성장한다면, 인간이 자신의 몸의 한계를 뛰어넘어 더 확장되고 성장할 수 있는 가능성을 보여주는 존재가 소방관이지는 않을까?

공교롭게도 소설을 쓰는 동안 가끔 들른 공유 오피스 맞은편에 소방서가 있어, 현장으로 향하거나 복귀하는 소방차를 자주 봤다. 이 글을 쓰는 지금도 몇십 년만의 기록적인 폭우가 내려 구조차가 수시로 출동과 복귀를 반복하는 중이다. 모두가 무사하길 기도하는 밤이다.

당신의 하늘에 족구공을 뻥 차올렸어

고요한

2016년 『문학사상』과 『작가세계』 신인문학상을 받으며 작품 활동을 시작했다. 세계적으로 권위 있는 번역문학 전문저널 『애심토트(Asymptote)』에 단편소설 「종이비행기」가 번역 소개되었다. 소설집 『사랑이 스테이크라니』와 첫 장편소설 『결혼은 세 번쯤 하는 게 좋아』를 펴냈으며, 2022년 『우리의 밤이 시작되는 곳』으로 제18회 세계문학상을 수상했다.

빌라는 엘리베이터가 없어 불편했다. 그 불편함은 국화의 죽음과 함께 더욱 커졌다. 국화가 죽은 후 계단을 오르락내리락하는 게 싫어 나는 집 밖으로 나가지 않고 테니스코트만 바라보았다.

테니스코트에서는 남자들이 세 명씩 조를 짜서 족구를 하고 있었다. 오렌지색 활동복 상의와 반바지를 입은 신참 세 명과 어느 정도 경력이 붙은 고참 셋이었다. 신참이 공을 잡아 기합을 넣고 발로 서브를 넣었다. 공은 엔드라인을 넘어 코트 밖으로 나갔다.

한 점을 얻은 고참 팀에서 박이 공을 잡았다. 소방서에서 가장 족구를 잘하는 남자였다. 박은 두 번 공을 바닥에 튕기더니 슬쩍 점프를 해 오른발을 내리 꺾으며 찼다. 공은 아슬아슬하게 네트를 넘어 상대의 코트 안에 꽂혔다. 그때 건물 벽에 달린 스피커에서 구조 출동하라는 방송이 나왔다. 남자들은 공을 내버려둔 채 건물 안으로 뛰어갔다. 철망을 맞고 떨어진 공이 툭, 툭, 툭, 튀었다. 공이 움직임을 멈췄을 때 건물 밖으로 소방차와 구급차가 사이렌을 울리며 나왔다. 사이렌 소리가 조용한 동네를 반으로 갈라놓았다.

뜨거운 태양 아래서 족구를 하는 남자들을 볼 때마다 왜 저들이 아니라 국화가 죽어야 했는지 의문이 생겼다. 저 남자 중 한 사람이 죽었다면 국화는 죽지 않았을 것이다. 사이렌이 멀어진 후 건물 안에서 국화와 가장 친했던 명수씨가 나왔다. 명수씨를 보자 국화가 살아 돌아온 것 같아 일 층까지 계단을 내려가 건너편의 테니스코트로 갔다.

나를 본 명수씨는 테니스코트를 둘러싼 철망 쪽으로 오더니 잠시 기다려달라 하고는 건물로 들어갔다. 한참 만에 명수씨는 무언가를 싼 보자기를 들고 와 철망 위로 내밀었다.

─국화 선배가 사고 날 때 입은 거예요. 진즉 챙겨드렸어야 했는데 경황이 없었어요.

까치발을 들어 보자기를 받았다. 국화의 죽음과 함께 모든 게 사라졌다고 생각했는데 이런 게 남아 있다니. 명수씨는 자신의 도리를 다했다는 듯이 테니스코트에 남겨진 공을 들고 건물 안으로 들어갔다. 나는 보자기를 품에 안고 집으로 돌아와 그것을 풀었다.

보자기 안에는 형광띠를 두른 방화복 상의와 하의가 들어 있었다. 그것들은 검게 그을려 있어 국화의 냄새는 나지 않고 탄 냄새만 났다. 불에 탄 국화의 몸을 펴듯 방화복의 접힌 부분을 손바닥으로 쓸어 만졌다. 300도가 넘는 불에 그을린 팔꿈치는 아무리 쓸어 만져도 펴지지 않았다. 방화복 상의를 펼쳐놓고 그 아래 하의를 놓은 다음 옆에 누워 국화야, 하고 불렀다. 새벽까지 근무를 하고 오면 국화는 죽은 듯 잠을 자고 있었던지라 언제나 내가 부르는 소리를 듣지 못했다. 밥을 해놓고도 식탁에 앉아 국화가 깨어나기를 기다린 게 한두 번이 아니었다. 한번은 국화가 좋아하는 고등어를 구웠는데 식는 게 아까워 괜히 심술이 났다.

─불이야, 불.

아무리 불러도 일어나지 않던 국화가 그 말엔 벌떡 일어나 어디에 불이 났냐며 방에서 튀어나왔다. 그러고선 식탁에 앉아 있는 나를 보고 허탈한 표정을 지었다.

─불난 줄 알았네.

―불났지. 내 속에서. 당신 주려고 구워놓은 고등어가 다 식었다고.

국화는 풀어진 머리를 틀어 올려 뒤로 묶고 나를 살포시 안았다. 나는 국화를 밀어 식탁 의자에 앉혔다. 국화는 의자에 앉아 식은 고등어를 손으로 뜯어 먹었다. 사람을 구하다 화상을 입은 손등이 다리미로 밀어버린 것처럼 맨들맨들했다. 훈장이라도 된 양 국화는 불에 덴 손등을 자랑스러워했다.

―아빠. 저건 뭐야?

초등학교에서 돌아온 열 살 태오가 방화복을 가리켰다. 나는 엄마 방화복이라며 태오에게 이리 오라는 손짓을 했다. 태오는 어깨에 멘 가방을 내려놓고 주춤주춤 앉으면서 시커멓게 그을린 방화복 소매를 슬그머니 밀쳤다.

―누워. 우리가 셋이 이렇게 누워본 적이 없잖아.

태오는 방화복을 내 쪽으로 밀치고 그 자리에 누웠다. 국화는 침대에서 혼자 자는 날이 많았다. 자다가 몸을 떨며 일어나거나 잠꼬대를 심하게 해 나와 떨어져 잤다. 쉴 때에도 국화는 거실 소파에서 태오를 끌어안고 자다 소리를 지르며 깨어나는 날이 많았다.

나는 손을 뻗어 태오의 손을 잡았다. 다시 족구공이 땅에 맞아 튀는 소리가 들렸다. 탁, 하고 강하게 지면을 때리는 소리는 보지 않아도 박이 찬 공이었다. 박이 찬 공 소리는 언제나 코트를 뚫을 듯 셌다. 그 공이 내 머리통을 때리는 것 같아 일어났다가 다시 누웠다. 타악탁, 타악탁, 탁, 타악탁. 박이 공을 잡지 못했는지 네트를 오가면서 땅에 맞는 소리가 불규칙적으로 났다. 국화는 박이 세게 스파이크를 때릴 때면 정면으로 맞서지 못하고 몸을 피하면서도 매번 족구 경기에 참가했다.

족구공 소리를 듣다 저녁도 먹지 않고 잠이 들었다. 아침에 깨어 옆에 국화가 누워 있는 줄 알고 안으려다 태오인 걸 알고 멈칫했다. 며칠 사이 태오의 키는 조금 자라 있었다. 홑이불을 꺼내 태오를 덮어주고 쌀을 씻어 전기밥솥에 안쳤다.

국화가 죽고 난 후 나는 잠이 늘었다. 어느 날에는 하루종일 잠에서 깨지 못해 태오 밥도 챙겨 주지 못했다. 자고 또자도 잠이 밀려와 몸속에 잠 귀신이 들어와 사는 것 같았다. 국화를 화장하고 온 날에도 방바닥에 엎어져 24시간을 깨지 않고 잤다. 이제부터 어떻게 살아야 하나. 혼자 태오를 키우며 싱글대디로 살아야 한다는 생각을 할수록 미래가 암담해졌다.

— 어젯밤 꿈에 엄마가 아빠를 안아주라고 했어.

잠에서 깬 태오가 방화복을 밟지 않으려고 빙 돌아와서 나를 안아주었다. 나는 태오의 이마에 흘러내린 머리카락을 쓸어 넘겨주었다.

― 엄마가 죽은 날 아침에 명수 삼촌한테 전화 왔었어.

나는 태오의 뺨에 코를 비비면서 왜, 하고 물었다.

― 대신 근무 좀 서달라고.

이게 무슨 소리인가 싶어 태오를 품에서 떼어냈다.

― 그날 우리 서울대공원 가려고 했었잖아? 근데 엄마가 근무 날인 걸 깜빡했다고 해서 못 갔잖아. 설마 엄마가 거짓말한 거야?

― 응.

― 왜 그걸 이제 말해?

― 엄마가 아빠에게 말하지 말랬어. 그날 엄마가 일을 나가지 않았다면 죽지 않았겠지?

소방서 직원 누구도 그날 국화가 비번이었다는 말을 한 사람은 없었다. 그들은 빈소를 가득 메우고 앉아 조용히 황탯국에 밥을 말아 먹고 갔다. 시간대별로 와서 빈소가 적적하지 않도록 세심하게 신경을 써줬다. 설마 그게 이 때문이었을까. 동료들이야 그렇다 쳐도 왜 명수씨는 국화가 비번이었다는 말을 하지 않았을까. 전화 한 통이 국화의 운명을 바꿨다는 게 믿을 수 없었다.

태오에게 아침을 먹이고 학교에 보낸 후 베란다로 나갔다. 한 무리의 사람들이 옆집 대문 앞에서 웅성거렸다. 옆집은 빌라와 빌라 사이에 낀 이 층짜리 단독주택이었다. 웅성거리는 사람들을 제치고 명수씨가 옆집으로 들어갔다. 저기다, 하고 한 사람이 이층집 옥상을 가리켰다. 옥상 난간으로 뱀이 기어가고 있었다. 웅성거리는 소리에 놀란 뱀이 난간을 내려와 옥상 바닥을 기어갔다. 명수씨는 낚시용 뜰채를 들고 계단을 뛰어 올라갔다. 다른 소방관도 명수씨를 따라갔다.

조금 후 명수씨가 이층집 옥상 문을 밀고 나왔다. 쾅, 하고 벽에 부딪친 문 소리에 놀란 뱀이 고개를 세우더니 명수씨를 경계했다. 명수씨는 뜰채를 뱀 앞에 바짝 붙여 놓았다. 다른 동료가 명수씨 옆으로 가서 장대로 뱀을 뜰채 쪽으로 밀었다. 뱀은 뜰채 안으로 들어가지 않으려고 몸을 돌리더니 명수씨 쪽으로 빠르게 에스 자를 그리며 다가갔다. 명수씨가 놀라 뒷걸음질을 쳤다. 미끄러지듯 뱀은 명수씨를 지나 옥상 난간으로 기어 올라갔다. 그러고는 옥상 난간까지 뻗어 있는 단풍나무 가지를 타고 몸을 돌돌 말았다. 명수씨는 뱀 쪽으로 뜰채를 뻗었다가 닿지 않자 오른발을 딛고 옥상 난간으로 올라갔다.

줄타기를 하듯 명수씨는 한 발씩 난간을 걸어가 나뭇가지를 잡아당겼다. 거리가 좁혀졌을 때 명수씨가 뜰채로 뱀의 미리통부터 들어 올렸다. 사람들이 함성을 지르며 박수를 쳤다. 순간 뜰채에서 고개를 내밀고 빠져나온 뱀이 사람들의 머리 위로 떨어졌다.

점심을 먹고 명수씨에게 전화를 걸어 이디야에서 만나자고 했다. 반바지에 슬리퍼를 꿰신고 이디야에 들어갔을 때 오렌지색 활동복 상의를 입은 명수씨가 보였다. 명수씨는 무엇을 마시겠냐고 묻고 이내 아메리카노 두 잔을 사 왔다.

─뱀은 잡았어요?

나는 아메리카노를 한 모금 마시고 물었다.

─다섯 번 만에 잡았어요. 그런 일을 할 땐 자괴감이 들어요. 그 일을 하려고 소방관이 된 게 아닌데.

국화도 나무 위에 올라간 고양이를 구조하러 갈 때나 건물에 들러붙은 벌집을 떼러 갈 땐 자괴감이 든다고 했다. 그런 것들은 자기들이 할 수 있는데 꼭 전화를 한다고. 고양이를 구하다가 사람을 구하는 일을 놓쳤을 땐 울분을 토했다. 잠시 그 생각에 빠져 있는데 명수씨가 방화복 때문에 만나자고 한 거냐고 물었다.

―아뇨.

―그럼 무슨 일로?

―국화가 죽은 날 명수씨가 전화했다면서요?

명수씨는 말을 더듬으며 손을 떨었다. 구석 자리에 앉아 노트북 자판만 두드리던 여자가 우리 쪽을 쳐다보았다. 그것도 모르고 명수씨는 목소리를 높였다.

―어머니가 위독하다고 병원에서 전화가 왔는데 대신 근무를 서달라고 부탁할 사람이 선배밖에 없었어요. 선배 덕분에 어머니가 위급한 상황을 넘겼죠. 그래서 고맙다는 전화를 걸었죠. 현장에서 선배가 전화를 받았어요. 상황을 듣고 안 되겠다 싶어 저도 현장으로 갔죠.

종업원이 와서 조금 작은 소리로 이야기를 해달라고 부탁했다. 명수씨는 종업원에게 꾸벅 고개를 숙였다. 목이 탔는지 속이 탔는지 명수씨는 커피를 마시려다 손에 쥔 컵을 놓쳤다. 컵이 깨지면서 바닥에 얼음과 커피가 쏟아졌다. 나는 내 앞으로 떨어진 얼음을 신발로 눌렀다. 빠사삭, 소리와 함께 얼음이 깨졌다. 종업원은 대걸레를 들고 와 깨진 컵 조각과 떨어진 얼음을 줍고 바닥을 닦았다. 그러고는 내 신발 밑으로 대걸레를 들이댔다. 손님, 발 좀 잠깐 들어주실래요, 하고 말해도 발을 들어주지 않았다. 종업원은 주변만 슬금슬금 닦고 갔다.

─불이 난 곳은 달동네 슬레이트집이었어요. 제가 도착했을 때 국화 선배는 화재 현장에 들어가길 주저하는 박 선배를 제치고 들어가려던 참이었죠. 족구는 져도 현장에서는 박 선배를 이기고 싶어했으니까요. 한데 불길이 심해 제가 소매를 잡았어요. 제가 들어가겠다고. 그런 저를 선배가 밀쳤죠. 오늘 근무는 자기라고. 선배가 들어가고 얼마 안 돼 불이 타올라 LPG 가스통이 터졌어요. 아이는 유치원에서 오지 않았는데 집 안에서 자고 있다고 치매 할머니가 말한 거죠.

─치매 할머니 탓할 게 아니라 당신이 끝까지 잡았어야지.

─죄송합니다, 정말 죄송합니다.

목을 쓸어내리는 명수씨의 손에서 땀방울이 묻어났다. 그 사이 명수씨는 더 말라 있었다.

─선배가 죽고 나서 잠을 못 잤어요. 잠이 들면 선배가 불에 탄 모습으로 나타났어요. 그럴 때마다 근무일을 바꾼 걸 자책했죠. 제가 죽었어야 했는데.

─명수씨가 죽었어야 했다면 왜 국화가 비번이었다는 걸 속였어?

명수씨의 얼굴이 붉게 달아올랐다. 에어컨이 켜져 있는데도 명수씨는 연신 목덜미에 난 땀을 닦았다. 오렌지색 활동복 상의가 땀에 젖어 몸에 들러붙었다. 얼마나 말랐는지 뼈가 옷

위로 튀어나올 것 같았다. 테니스코트 한가운데 서서 땡볕에 벌을 받는 사람처럼 명수씨는 땀만 뻘뻘 흘렸다. 창문으로 칼처럼 날카롭게 쏟아지는 햇빛이 명수씨의 뒷목에 꽂혔다.

— 빈소에 갔을 때 고백하려다 너무 두려워 못 했어요. 제가 국화 선배를 죽인 게 될까봐요.

나는 컵 속에 든 얼음을 손으로 집어 입에 넣고 창밖을 바라보았다. 저 멀리 테니스코트가 보였다. 박이 또다시 족구공을 잡아 서브를 넣었다. 여름 해는 오후 다섯 시가 넘었는데도 쨍쨍 내리쬐었다. 국화는 한 번이라도 박을 이기고 싶다고 했지만 단 한 번도 이긴 적이 없었다. 내가 족구를 가르쳐줬다면 한 번이라도 박을 이겼을까.

명수씨가 간 뒤 오독오독 얼음을 씹는데 뒷자리에 두 여자가 앉았다. 익숙한 목소리라 아는 사람인가 하고 돌아보니 빌라 반장이었다. 반장과 203호 여자 앞에는 얼음이 동동 띄워진 아메리카노 두 잔과 마카롱이 놓여 있었다.

— 우리 빌라 1동 501호 남자 있잖아. 홀아비 된 것 알아?

— 알지. 맨날 빌라 앞에서 빈둥거리던 남자를 모르는 사람이 어딨어.

— 그 남자 와이프가 소방관이었대.

―그건 몰랐네. 근데 어쩌다 홀아비가 된 거데?

―와이프가 사람을 구하다 죽었대.

두 여자는 내 이야기를 하고 있었다. 나를 알아볼까봐 고개를 숙이고 커피를 마셨다. 그러면서도 귀는 반장 일행을 향해 열려 있었다. 커피잔 소리가 나지 않도록 테이블에 내려놓았다. 반장은 자신의 아들은 절대 소방관은 안 시킬 거라며 또 다시 이야기를 했다. 국화의 죽음을 안타까워하는 게 아니라 내 흉을 보고 있었다.

―오죽 남자가 못났으면 여자가 벌어다 주는 걸로 먹고살까. 허우대는 멀쩡하던데.

―요즘 멀쩡하게 생긴 '남줌마'들 많아. 여자가 벌어다 주는 돈으로 먹고 사는 남자 아줌마 말야.

―내가 듣기론 그 남자 한때 세팍타크로 선수였다던데?

―그게 뭔데?

―족구 같은 거 있어.

―족구도 선수가 있어? 그래서 허우대가 멀쩡했구나. 그 허우대로 차라리 소방관을 하지 족구 선수가 웬말이야.

―부상 당해서 그만뒀대. 한때는 국가대표였다던데.

―자기는 그 남자에 대해 어떻게 그렇게 잘 알아?

―나도 주워들은 거야.

224

－네이버 검색해봐야겠다. 그 남자 이름이 뭐였더라.

실내에는 두 여자가 떠드는 소리만 들렸다. 여자들이 내 얼굴을 아는 데다 남줌마라는 소리까지 들은 후라 섣불리 일어날 수가 없었다. 내가 선수 생활을 도중에 접은 건 부상 탓이었다. 부상이 회복되어 코치로 일했으나 그 월급으로는 차 기름값 넣고 선수들과 고기 몇 번 사 먹으면 바닥이 났다. 코치가 되면 조금 편할 줄 알았지만 위로는 감독 눈치 보랴, 아래로는 선수 눈치 보랴 되레 더 고달팠다. 양쪽 눈치를 보다 스트레스성 탈모가 생겨 머리카락이 빠졌다. 자고 일어나면 베개에는 빠진 머리카락이 수북했다. 머리를 감으면 뭉텅이로 빠졌다. 보다 못한 국화가 자기가 돈을 벌 테니 집안에서 살림을 하라고 했다. 그럴 순 없다면서 버텼지만 계속 머리가 빠지는 바람에 코치를 그만두었다.

마카롱을 먹는지 두 여자가 조용해서 슬그머니 일어났는데 반장이 203호에게 휴대폰을 들이밀었다. 이 사진 좀 봐. 젊었을 땐 꽤 잘생겼네. 지금하고는 완전 달라. 이땐 머리숱도 많네. 반장은 휴대폰을 보고 희희덕거리며 203호에게 언제부터 학교에 나가냐고 물었다. 203호는 2학기부터 학교에 나간다고 했다. 나간 틈을 놓친 나는 다시 의자에 앉았다.

－휴직해도 월급은 나와?

―질병 휴직이라 본봉의 70프로가 나와.

―휴직해도 월급 나오고 정말 좋네. 남줌마는 보험금이 얼마나 나왔을까.

나는 자리에서 벌떡 일어나 뒤를 돌아보았다. 나를 본 반장이 유령이라도 본 듯 엄마야, 하고 소리를 질렀다. 한마디 쏘아주고 싶었지만 소리 나게 컵을 내려놓는 걸로 대신하고 카페를 나왔다.

집에 돌아와 거실 바닥에 깔아놓은 방화복을 옷걸이에 끼워 벽에 걸었다. 소방서 건물에 걸린 태극기를 보듯 아침에 일어나고 저녁에 잠들 때마다 방화복을 보며 국화를 기억하기로 했다. 불을 끄면 국화가 어깨를 축 내린 채 벽에 걸려 있는 것 같았지만 반짝이는 방화복의 형광빛이 나를 지켜주는 것도 같았다.

그때부터 국화는 죽은 게 아니라 잠시 지방으로 발령을 받아 내려갔다고 생각했다. 생각을 바꾸자 마음이 조금 편해졌다. 생각이란 게 참 간사해서 진짜 국화가 지방 발령을 받아 내려갔다고 생각되었고 어느 순간 그렇게 믿게 되었다. 매일 나는 국화를 조금 더 먼 곳으로 발령을 보냈다. 부여로, 공주로, 익산으로, 고창으로, 김해로, 고령으로, 왜관으로, 나주로,

거제도로⋯⋯ 제주도까지 발령을 보내고 나자 마음이 조금
더 편안해졌다. 푸른 바다를 보며 족구를 하는 모습을 떠올리
면 실제로 국화가 그곳에서 공을 차고 있는 것 같았다.

　―아빠, 이거 계속 걸어둘 거야?

　땀을 뻘뻘 흘리고 들어온 태오가 물었다. 이발을 해주지
않아 곱슬머리가 귀를 덮고 있었다.

　―왜?

　―엄마는 죽었으니까.

　―죽다니. 엄마는 제주도로 발령받아 내려갔어.

　태오가 나를 빤히 쳐다보았다.

　―하늘나라로 발령을 받은 거겠지. 영원히 돌아올 수 없는
하늘나라로.

　―아냐. 엄마는 지금 서귀포에서 푸른 바다를 보며 족구를
하고 있어. 그곳은 이곳과 달리 남자보다 여자 소방관이 더
많아. 그곳에선 엄마가 족구를 가장 잘해. 아빠가 한 수 가르
쳐줬거든. 롤링 스파이크 기술을. 아빠 주특기잖아.

　태오는 미간을 찌푸리고 입을 삐죽 내밀더니 정말, 하고
물었다. 나는 정말이라고 말했다.

　―그럼 당장 제주도에 엄마 보러 가면 되겠네?

　―지금은 엄마가 바쁘니까 좀 한가해지면.

바다를 보며 족구를 한다면서 그게 뭐가 바쁘냐고 태오가 따졌다. 그러면서 엄마는 언제 서울로 오냐고 물었다. 마땅한 대답을 찾으려는데 휴대폰이 울렸다. 받지 않았다. 국화가 죽고 난 후 전화를 받는 게 두려웠다. 위로 전화를 받을 때마다 국화의 죽음을 인식해야 하는 게 싫었다. 휴대폰은 계속 울렸다. 끝자리를 보니 며칠 전에도 온 번호였다. 급한 전화인 거 같아 휴대폰을 귀에 가져다 댔다. 국화의 중학교 친구였다. 친구는 몇 번을 전화해도 국화와 통화가 안 된다고 했다. 휴대폰도 살아 있고 카톡도 살아 있는데 왜 전화를 안 받느냐고. 나는 국화가 제주도로 발령받아 내려간 지 얼마 안 돼 통화가 힘들거라면서 서둘러 전화를 끊었다. 다시 전화가 왔지만 받지 않았다. 내가 휴대폰을 든 채 거실을 왔다갔다 하는 동안 태오는 방화복만 쳐다보았다.

   ─아빠는 내가 아무것도 모르는 어린앤 줄 알아. 엄마는 죽었으니까 서울로 못 오는 거잖아.

   ─태오야…….

   ─그냥 이거 치우면 안 돼?

   ─아빠가 엄마를 기억하고 싶어서 그래.

   ─엄마를 기억하고 싶으면 사진을 보면 되지. 이 옷은 다 타버려서 무섭단 말야. 차라리 새것을 걸어놔.

―새것에서는 엄마 냄새가 나지 않잖아.

　―여기선 탄 냄새만 난단 말야.

　―그럼 어떡해. 이렇게 그을렸어도 엄마가 마지막으로 입은 옷인데.

　―이거 벽에 걸어놓고 본다고 죽은 엄마가 살아나? 엄마가 탄 거 같잖아.

　생각해보니 태오의 말이 맞았다. 저 옷을 입은 채 국화는 얼마나 고통스러웠을까. 행복한 국화를 기억하는 편이 더 나았다. 나는 방화복을 쓰레기봉투에 넣어 빌라 입구에 내놓고 들어왔다. 그런데 국화를 쓰레기봉투에 넣은 것 같아 마음이 편치 않았다. 죄를 짓는 기분이 들어 베란다에 나가 쓰레기봉투를 내려다보았다. 폐지를 줍는 할머니가 내가 버린 쓰레기봉투를 풀고 있었다. 할머니는 방화복 상의를 펴더니 자신의 몸에 걸쳤다. 할머니는 흡족해하면서 그것을 가져가려고 카트에 실었다. 계단을 뛰어 내려가 달라고 하자 할머니는 끄응, 하는 소리를 내더니 방화복을 던졌다. 방화복을 들고 와 다시 벽에 걸었다.

　―그럼 안 탄 부분으로 조끼 같은 걸 만들어봐. 내 친구 엄마는 낡은 청바지로 치마를 만들어줬대.

　나는 어정쩡한 미소를 짓고 태오를 끌어당겨 안아주었다.

태오의 몸에서 더는 국화의 냄새가 나지 않았다. 그동안 부모 역할도 제대로 못 해준 것 같아 이마트에서 산 옷을 꺼내 주었다. 파란색 반바지와 노란 티로 갈아입은 태오와 오랜만에 바닥에 엎으려 드래곤플라이트 게임을 했다. 태오는 내게 손가락을 빠르게 움직이라고 했으나 쉽지 않았다. 시큰둥한 나의 반응에 태오는 독수리 오형제 새끼용을 키워 점수를 따면 게임이 수월하다고 가르쳐줬다. 그러나 그것도 쉽지 않아 서너 번 하다 그만뒀다. 태오는 최고 기록을 세우고 나서 휴대폰을 들고 일어났다.

　―난 커서 소방관이 될 거야.

　소방관이 된다는 게 마음에 안 들어 나는 대꾸를 않고 테니스코트를 바라보았다. 코트에서는 여섯 명이 족구를 하고 있었다. 순간 국화가 족구를 하고 있는 것 같아 깜짝 놀랐다. 국화의 빈자리에 다른 여자 소방관이 온 모양이었다. 자세히 보니 국화보다 키가 크고 덩치도 좋았다. 새로 온 여자가 공을 잡아 서너 번 튕기더니 네트 너머로 찼다. 박이 가볍게 공을 받아넘겼다.

　―저 아저씨가 롤링 스파이크 잘하던데. 아빠가 하는 거랑 비슷한 거 같아. 아마추어들이 하기 힘든 기술인데 곧잘 하더라고.

여전히 나는 대꾸를 하지 않았다. 그런데도 태오는 혼자 떠들었다.

─난 아빠 경기중 아시아세팍타크로선수권을 가장 재밌게 봤어. 아빤 거기서 공격하는 킬러였잖아. 말레이시아에 오 점 차로 뒤졌을 때 아빠가 롤링 스파이크로 내리 육 점을 따서 이겼잖아. 해설자가 아빠의 롤링 스파이크는 나비처럼 날아서 벌처럼 공을 내리꽂는 것 같다고 했어.

─아빠가 공터에 나가 롤링 스파이크 가르쳐줄게. 나가자. 태오 너 세팍타크로 선수 되고 싶다고 했잖아.

─이제 세팍타크로는 싫어. 엄마 죽고 나서 마음이 바뀌었어. 난 소방관이 될 거라니까.

네 엄마가 소방관이어서 죽었는데 그걸 하고 싶냐고 다그치자 태오는 입술을 앙다물고는 울적한 표정을 지었다. 잠시 침묵이 흘렀다. 그때 여자가 네트 앞쪽으로 달려와 박 앞에 공을 꽂아 넣었다. 공을 받으려던 박이 헛발을 차며 고꾸라졌다. 박의 주특기인 롤링 스파이크를 여자가 했다. 여자팀이 또 한 점을 이겼다. 여자는 같은 팀인 남자들과 하이파이브를 하고 다시 박을 향해 서브를 넣었다. 박이 오른발을 뻗어 공을 받아쳤으나 잘못 맞아 철망을 때렸다. 여자가 폴짝폴짝 뛰며 좋아했다. 박이 공을 주우러 가는 사이 남자들이 우르르 건물 안으로 뛰어 들어갔다. 화재 구조나 구급 구조 요청이 또 있는 모양이었다.

　─내가 소방관이 되려는 이유는 엄마를 기억하기 위해서야.

　태오는 내가 세탁하려고 꺼내놓은 홑이불을 들고 베란다로 나가 세탁기에 넣었다. 다른 건 다 되지만 소방관은 절대 안 된다고 소리쳤다. 태오는 들은 척도 않고 세제를 붓더니 세탁기의 전원 버튼을 눌렀다. 나는 한 번 더 같은 소리를 내지르며 테니스코트를 바라보았다. 벌써 국화의 자리를 누군가가 채운 걸 보자 점점 국화가 동료들에게 잊혀진다는 생각이 들었다.

　순간 국화를 기억하기 위해 방화복으로 무언가를 만들어야겠다고 마음을 먹었다. 방석을 만들까. 아니면 우비를 만들까. 책을 넣어 다니는 에코백을 만들까. 고온에 강한 원단이라 무얼 만들어야 할지 감이 잡히지 않았다. 공기가 얼마나 통할지도 몰랐다. 그나마 우비가 괜찮겠다고 생각했지만 질감이 거칠어 비가 올 때마다 입기에는 불편할 것 같았다. 게다가 우비는 분실하거나 어느 순간 버려질 게 뻔했다. 무언가를 만든다면 절대 버려지지 않는 그 무엇을 만들고 싶었다. 하지만 절대 버려지지 않는 그 무엇을 만들 수가 있긴 한 걸까. 아무리 생각해도 마땅한 게 떠오르지 않았다. 그때 박이 뛰어와 코트 한 켠에 놓아둔 지갑을 집어 들고 뛰어 돌아갔다. 그래 지갑을 만들자. 항상 몸에 지니고 다니면서 간직할 수 있는 지갑이 좋을 것 같았다.

아침에 일어나자마자 보자기에 방화복을 싸 들고 나가 리폼가게를 찾았다. 리폼가게가 보이지 않아 소방서 반대편으로 갔다. 문구점을 지나 약국을 지나도 마땅한 가게가 눈에 띄지 않았다. 겨드랑이에서 난 땀이 걸을 때마다 옷에 들러붙어 끈적거렸다. 손으로 겨드랑이 부분을 순간순간 떼면서 인터넷으로 리폼가게를 검색했다. 오류동 재래시장 쪽으로 리폼가게가 떴다. 연세중앙교회를 지나 오류동까지 걸어갔다.

재래시장 입구에 서서 주변 가게의 간판을 살피며 골목 안으로 들어갔다. 순대 가게를 지나자 솜을 몇 줄로 쌓아놓은 이불 가게가 보였다. 골목 양쪽으로 들어선 가게에는 비나 햇빛을 피하기 위해 검은 천이 드리워져 있었는데 찢어진 천 사이로 구멍 난 하늘이 보였다. 골목 끝까지 가서야 가방과 모자를 문밖에 걸어놓은 리폼가게가 보였다. 가게 앞에는 주인장이 만든 것으로 보이는 용품들이 즐비하게 걸려 있었다. 손님들이 원하는 걸 주문받아 소량이든 대량이든 만들어주는 가게였다. 문밖에 걸린 용품들을 구경하고 유리문을 밀고 들어갔다.

 ─이걸로 지갑을 만들어주세요.

나는 보자기에 싼 방화복을 꺼내 탁자 위에 놓았다. 머리가 희끗희끗한 가게 주인이 나를 빤히 쳐다보더니 이게 뭐죠, 하고 물었다. 방화복이라고 하자 주인은 상의를 들어 요모조모 살폈다.

살다 살다 방화복으로 지갑을 만들어달라는 사람은 첨 봤다면서 주인은 이쑤시개로 순대를 찍어 입에 넣었다. 비용이 더 나올 거라며 주인이 벽에 걸린 지갑을 떼어 공짜로 가져가라고 내밀었으나 받지 않고 이건 죽은 아내의 방화복이라고 말했다. 주인의 눈이 휘둥그레지면서 입에 넣은 이쑤시개를 이로 분질렀다. 부러진 이쑤시개가 방화복에 떨어졌다. 나는 이쑤시개를 튕겨내고 주인 앞으로 방화복을 밀었다. 평생 아내를 기억하려고 지갑을 만들려고 한다는 말에 주인이 귓불을 잡아 뜯었다.

 ─아이쿠, 미안하게 됐어요. 그런 사정도 모르고⋯⋯ 불에 그을리지 않은 부분만 이용해 만들어볼게요.

 ─아뇨. 그을린 부분을 잘 살려주세요.

주인이 다시 귓불을 잡아당기며 걱정스런 눈빛으로 나를

쳐다보았다.

─이걸로 지갑을 만들면 아내가 떠오를 텐데 괜찮겠어요?

─그래서 이걸 버렸었어요. 한데 아내가 동료들에게 잊혀지는 걸 보고 마음이 바뀌었죠.

이제 국화는 새 지갑으로 다시 살아날 것이었다. 국화를 위해 무언가를 했다는 뿌듯함이 밀려와 집으로 가는 걸음이 가벼웠다. 바닥에 떨어진 캔을 툭툭 차며 복지관까지 갔다. 복지관 옆 낡은 담벼락에 미대생들이 그림을 그리며 재능기부를 하고 있었다. 벽에 그려진 그림을 바라보다 명수씨를 너무 몰아붙였다는 생각이 들어 전화를 걸었다. 두 번을 해도 받지 않아 소방서로 전화를 걸었다. 전화를 받은 박이 명수씨가 휴직계를 냈다고 했다. 몸에서 힘이 빠지면서 들떴던 기분이 가라앉았다. 캔을 차버리고 소방서로 뛰어갔다. 차고에서 소방차를 점검하는 박에게 명수씨가 왜 휴직계를 냈는지 물었다.

─국화씨가 자기 때문에 죽었다고 사고 이후 괴로워했어요. 출근해도 그 생각에 사로잡혀 정신과 치료를 받았죠. 잘 버티고 있는 것 같았는데…… 며칠 전부터 심해졌어요.

며칠 전부터 심해진 거라면 나 때문이었다. 명수씨가 휴직계를 낸 게 내 탓이라고 말하려 했지만 입이 떨어지지 않았다. 박이 돌아간 후 철망에 기대 하늘을 바라보았다. 저 푸른 하늘에서 국화는 무엇을 하고 있을까. 지금 나를 내려다보고 있을까.

이틀 후 가게에 갔다. 주인이 지갑 열여섯 개를 보여주고 그것을 보자기에 쌌다. 개중 하나를 꺼내 만져보니 생각보다 촉감이 좋았다. 지갑을 바지 주머니에 넣자 몸에 닿는 게 느껴져 국화와 같이 있는 기분이었다. 보자기를 들고 소방서로 갔다. 테니스코트 한쪽에 방화헬멧와 방화복 상의와 하의, 방수화가 놓여 있어 마치 소방관들이 바닥에 일렬로 누워 햇빛을 쬐고 있는 것 같았다. 소방장비를 점검하는 박을 불러 보자기를 내밀었다. 방화복으로 지갑을 만들었다는 말에 박의 얼굴이 일그러졌다. 무시하고 박에게 보자기를 떠안겼다. 국화가 잊혀지지 않도록 동료들에게 나눠주세요.

마지못해 박은 소방장비를 점검 중인 동료들에게 지갑을 나눠주었다. 동료들은 지갑을 받아 쓰다듬거나 햇빛에 비춰보았다. 한 동료는 나처럼 지갑을 주머니에 넣었다. 나는 가슴이 벅차오르는 걸 느끼며 하늘을 바라보았다.

— 아빠, 족구 하자.

언제 왔는지 태오가 내 상의를 잡고 흔들었다. 손을 잡고 빌라 앞까지 갔을 때 태오는 집에 들어가 족구공과 네트를 가지고 나왔다. 우리는 집 뒤편에 있는 공터로 갔다. 한때 주차장으로 썼던 공터는 출입구를 체인으로 막아놓아 차들이 없었다.

나무 조각을 주워 땅에 대고 선을 그으며 뒤로 한 발짝씩 움직였다. 반대쪽에서는 태오가 돌멩이로 선을 그었다. 조금 후 양쪽으로 두 개의 선이 생겨났다. 태오가 그은 선이 조금 짧았고 비뚤뻐뚤했다. 반대편으로 가서 빨리 선을 긋고 태오 쪽으로 뛰었다. 뒤를 보지 않고 선을 긋다 중간 부분에서 태오와 엉덩이가 부딪쳤다. 나는 직사각형의 가운데 부분에 줄을 그어 이등분한 다음 나무 조각을 풀숲에 던졌다. 그리고 양쪽 끝에 긴 막대를 꽂아 기둥을 세우고 네트를 꺼내 양쪽에 걸었다. 네트 구멍 사이로 햇빛이 쏟아져 나왔다. 태오는 주운 페트병에 물을 담아와 선이 잘 보일 수 있도록 뿌렸다.

물을 다 뿌린 태오가 반대편으로 갔을 때 내가 먼저 서브를 넣었다. 태오는 힘차게 달려와 오른발로 공을 받아넘겼다. 네트 위를 넘어온 공을 살짝 받아쳤다. 공은 대여섯 번 네트 위를 오갔다. 생각보다 태오가 족구를 잘해 공을 잘못 받은 것처럼 헛발질을 해 실수를 해줬다. 공이 선 밖으로 나가자 태오는 두 손을 번쩍 들어 올리며 환호성을 질렀다.

이번에는 태오가 서브를 넣었다. 공은 내가 있는 쪽으로 넘어 오다 네트에 걸렸다. 맥없이 네트가 쓰러지면서 양쪽에 꽂아놓은 막대가 뽑혔다. 돌로 막대의 윗부분을 때려 땅속에 박고 태오와 양쪽에서 네트를 끌어당겨 묶었다. 네트를 세운 뒤 먼저 태오에게 서브를 넣으라고 했다. 태오는 네트에 걸릴까봐 앞쪽에서 서브를 넣었다. 나는 머리로 공을 받아넘겼다. 태오는 헤딩을 하려다 실패하고 땅에 두 번 닿은 공을 넘겼다.

주거니 받거니 삼십 분 동안 족구를 했다. 몸에서 땀이 나 땅바닥에 대자로 드러누웠다. 태오도 옆에 와서 벌렁 누웠다. 나와 태오 사이에 틈이 생겼다. 국화가 누울 수 있도록 틈을 더 벌렸다. 내 생각을 읽고 태오도 몸을 바깥으로 틀었다. 틈이 생기자 태오는 손을 뻗어 내 손을 잡았다. 손을 잡은 채 우리는 하늘을 바라보았다. 땀을 흘린 채 땅에 누워있으면 엄마가 옷에 흙물 든다고 했는데. 그 말을 하고도 태오는 한참을 있다 엉덩이를 털고 일어나 내게 공을 던졌다. 공을 잡아 검지손가락으로 튕겨 올려 돌렸다. 손가락 위에서 공은 빙글빙글 돌았다.

─ 엄마는 왜 그렇게 족구가 하고 싶었을까?

태오가 울상이 된 표정으로 말했다. 나는 자리에서 일어나 족구공으로 땅을 툭툭 때렸다. 정말이지 왜 국화는 족구를 하고 싶어했을까. 박을 이기고 싶어 족구를 했을까. 아니면 차별 없이 동료들과 어울리고 싶어서였을까. 그런 생각을 하다 이내 고개를 저었다. 직장에서 오래도록 살아남아 나와 태오를 지키기 위해 국화는 족구를 했을 것이다.

─ 엄마랑 셋이 족구 했으면 좋았을 텐데.

─ 그럼 셋이 할까?

─ 어떻게?

─ 방법이 있지. 이참에 네 엄마에게 롤링 스파이크 기술을 보여줄게.

오후의 햇빛이 하늘에서 내리비치고 있었다. 남쪽에서 흘러온 구름이 여름 해 쪽으로 다가갔다. 햇빛은 구름을 뚫고 사방으로 퍼졌다. 햇빛의 줄기를 하나 낚아채 올라가면 하늘의 입구에 닿을 것 같았다.

나는 공을 발등으로 밀어 올려 하늘을 향해 뻥 찼다. 그러나 공이 빗맞아 바닥에 떨어졌다. 에이, 하고 태오가 실망스런 표정을 지었다. 공을 주워 오른발로 힘껏 찼다. 발등에 정확히 맞은 공은 소방관 건물 위로 날아올랐다. 와, 하고 태오가 함성을 질렀다. 태오와 하늘로 날아오르는 공을 쳐다보았다. 저 공이 국화에게 닿기를 바라면서. 공은 끝도 없이 올라가디니 하늘의 네트를 넘어 햇빛 속으로 들어갔다. 나는 공이 돌아오면 언제든 찰 수 있게 오른발을 들어 받을 자세를 취했다.

오렌지색 상의를 입은 그들에게 박수

내가 사는 동네에는 소방서가 있다

성당을 갈 때마다 나는 소방서를 지나간다. 소방서 건물 뒤쪽에는 소설 속에 나오는 테니스코트가 있다. 여름날이면 그들은 쌓인 피로를 풀기 위해 뜨거운 태양 아래서 족구를 했다. 오렌지색 상의를 입고서.

이 년 전 추석이었을까. 목동으로 신부님을 만나러 가다 집 앞 골목에서 혼자 있는 개를 보았다. 털이 빠지고 눈이 아픈 시츄였다. 누가 개를 버린 것 같아 발길이 떨어지지 않았다. 내가 그냥 지나가면 이 개의 운명은 어떻게 될까. 모른 척 지나가면 후회할 것 같아 시츄에게 말을 걸었다. 집이 어디

야? 산책 나온 건 아닌 것 같고. 집주인이 널 버린 거야? 시
츄는 아무런 대꾸를 하지 않았다. 한참을 기다려도 주인은 오
지 않았다. 길을 잃거나 버려진 개가 분명해 보였다. 신부님
에게 늦는다고 전화를 하고 시츄를 안아 집에 데려다놓았다.
그리고 신부님을 만나고 들어와 개를 데리고 소방서로 갔다.

　이 개의 주인 좀 찾아주세요.

　하루가 지나도 연락이 오지 않아 전화를 걸었다. 전화를
받은 소방관은 아직도 주인이 나타나지 않았다고 했다. 이러
다 개의 미래까지 책임져야 하는 건 아닌지 걱정이 됐다. 전
화를 끊고 마음이 복잡했다. 좋은 일을 하기보다는 개의 주인
을 찾아주고 싶었을 뿐인데, 이상하게 그 일이 내 일이 될 것
같았다. 개를 집으로 데리고 온 것을 후회했다. 그런 고민 속
에 빠져 있을 때 주인을 찾았다는 연락이 왔다. 혼자 사는 할
머니가 키우는 시츄라고. 주인을 찾아준 소방관이 가슴 벅차
게 고마운 날이었다.

　그때 밤낮으로 사고 현장을 찾아가는 이들의 이야기를 쓰
고 싶다는 생각을 했다. 그렇게 해서 나온 소설이다. 그들이
오늘도 뜨거운 태양 아래서 족구를 하며 하루의 피로를 씻어
냈으면 좋겠다.

밤에게

장성욱

2015년 조선일보 신춘문예에 당선되어 단편소설 「수족관」을 발표하며 작품 활동을 시작했다.
소설집 『화해의 몸짓』이 있다.

1

사흘 만에 잠에서 깨어나니 감당할 수 없는 허기가 들이닥
쳤다. 오롯이 내 것이라고만 하기에는 너무도 강렬한 배고픔.
마치 배 속에 무엇으로도 채워지지 않을 새까맣고 거대한 구
멍이 생긴 느낌이었다.

"괜찮아."

아진은 본능적으로 자신의 볼록한 배를 두 팔로 감싸 안으
며 중얼거렸다. 사흘 내내 아무것도 먹지 않은 건 아니었다.
간간이 설핏 깨어 부엌 찬장에 있던 시리얼이며 김 따위를 허

겁지겁 입에 쑤셔 넣고는 다시 잠에 쫓겨 침대에 누웠다. 그토록 맹렬했던 수면욕이 채워지자 이제 배 속의 아기는 음식을 원했다. '진짜 음식', 한 번도 생각해보지 않은 네 글자가 머릿속에 떠올랐다.

아진은 식탁 의자에 앉아 물끄러미 가스레인지를 바라보았다. 도저히 무언가를 해 먹을 수 있을 거 같지 않았다. 아직은 가스레인지 레버를 돌려 불을 피울 용기가 나지 않았다. 불꽃을 보는 순간 기절을 하거나, 그도 아니라면 비명을 지를 것만 같았다. 결국 식탁 구석에 있던 휴대폰을 집어 들었다. 꺼져 있던 휴대폰의 전원버튼을 눌렀지만 켜지지 않고 액정에 배터리 방전 표시만 깜빡이고 있었다.

자리에서 일어나 움직인다. 그런 자신의 행동이 하나하나 의식된다. 움직인다, 먹기 위해. 침대 옆에 있던 충전기를 찾고, 다시 식탁으로 돌아와 콘센트에 꽂고, 케이블을 연결하는 내내 자꾸 누군가 귓가에 대고 속삭인다. 너는, 살려고, 살고 싶어서, 아주, 염병을, 하는구나? 그때 배 속에서 태동이 느껴진다. 아진은 귓가에 들러붙는 목소리를 떨쳐내기 위해 고개를 세차게 내저었다. 휴대폰 전원을 켜자 쌓여 있던 메시지들이 요란한 소리를 내며 연속적으로 팝업창을 띄웠다. 할인 소식을 전하는 광고 사이사이로 아진을 걱정하는 지인들의 문자와 애도를 전하는 메시지가 **빠르게** 지나갔다. 그 문구들을 눈으로 훑고 있으니 체한 듯 가슴이 갑갑해져왔다. 아진은 홍수처럼 쏟아지는 관용어구들을 뒤로하고 배달 애플리케이션의 붉은색 아이콘을 터치했다. 무엇을 먹어야 할까. 위를 달래줄 수 있는 진짜 음식. 따뜻하고, 자극적이지 않으며, 포만감이 들고, 또 너무 기름지지는 않은, 아주 이상적인, 그런 음식이 먹고 싶었다. 오늘의 인기 메뉴는 치킨, 피자, 마라탕, 떡볶이, 족발, 햄버거…… 무엇을 보아도 동하지 않았다. 사고 소식을 들었을 때부터 하나의 생각을 지속적으로 이어가기가 불가능 했는데. 겨우 처음 집중해서 한다는 생각이 무엇을 먹을까라니. 스스로가 우습고 하찮고…… 무섭고, 그랬다. 이상하게도 억울한 마음에 아진은 결국 휴대폰을 내팽개쳤다.

"불공평해."

물론 알고 있었다. 비극을 대하는 모든 사람들처럼, 이러한 일은 언제라도 벌어질 수 있다는 사실을 머리로는 알고 있었다. 결혼을 하기 전 소방관이라는 영민의 직업에 대해 걱정하던 가족들과 지인들 앞에서도 아진은 괜찮다고 대답했다. 무엇이 괜찮은 줄도 모르고. 오히려 그런 걱정을 하는 사람들을 향해 내가 가진 사랑의 무게를 당신들이 알겠느냐며 속으로 경멸했다. 감당할 수 있다고, 이겨낼 수 있다고, 그런 건 우리에게 문제가 되지 않는다고 대답했다. 불안함 따위는 없었다.

그냥 살았을 뿐이잖아, 남들처럼. 모두 그렇지 않나? 우리에게만은 비극이 피해갈 것처럼 혹은, 아예 그런 일 따위는 없는 것처럼, 모르는 것처럼 주어진 하루를, 날들을 살았을 뿐이잖아. 그게 그렇게 큰 잘못이었나. 세계가 꾸미는 비열한 음모에 휘말린 모든 사람들이 그렇듯 아진은 신에 대해 생각했다. 유난히 건조했던 날씨 때문에, 유독 바람이 심해서, 건물이 허술하게 지어져서, 하필 인화성 물질이 보관되어 있어서, 그런 중첩된 우연들. 빈소에 있던 누군가 목소리를 낮춰하는 말을 들었다. 재수가 없었다고. 아진은 신은 없다고 결론을 내렸다. 신이 있다면 세계를 이런 식으로 설계했을 리가 없다. 그건 장례업자들을 위한 신일뿐이다. 혹은 신이 장례업자일 뿐이다. 그때 초인종 소리가 들려왔다. 아진은 자신이 음식을 시켰나 어리둥절해하며 자리에서 일어나 현관문으로 다가갔다.

"누구세요?"

2

장례를 마친 후 친정에서 사흘간 머물다가 집에 돌아왔는데 거실 소파에 제권이 앉아 있었다. 미리부터 이런 일을 예감한 듯 현정은 전혀 놀라지 않았다. 스스로도 신기한 순간이었다.

당신 왔어?

제권이 현정을 힐끗 보며 인사를 하고는 다시 고개를 돌려 텔레비전에 집중했다. 화면 안에서는 유명인들이 식당을 찾아가 음식을 맛보며 대화를 나누는 프로그램이 한창이었다. 내가 텔레비전을 켜고 갔었나. 현정은 소파에 앉은 제권을 물끄러미 바라보며 생각했다.

있잖아, 왜 그렇게 유령처럼 서 있어. 와서 앉아.

유령이라니. 누가 할 소리를. 제권다운 유머에 피식 웃으면서도 현정은 자신이 정상이 아니라고 의식하며 허리를 곧게 폈다. 신발을 벗고 집 안으로 들어서서 제권이 앉아 있는 소파 쪽으로는 되도록 고개를 돌리지 않고 부엌으로 향했다. 냉장고를 열어 생수를 꺼내 주둥이에 입을 대고 병째로 마셨다. 치켜들었던 고개를 숙이니 눈앞에 제권이 서 있었다. 현성은 살짝 놀라 뒤로 한 발짝 물러섰다. 그는 눈을 동그랗게 뜬 익살맞은 얼굴로 이쪽을 바라보고 있었다. 마치 살아 있는 사람저넘 생생한 표정이었다.

"병원에 가봐야 하나."

현정은 그런 제권을 바라보며 중얼거렸다. 지극히 현정다운, 이성적이며 합리적인 판단이었다.

왜? 어디 아파?

제권의 숨이 닿은 현정의 볼 한쪽이 파르르 떨렸다. 너무나 생생한 감촉이었다. 현정은 손바닥으로 볼을 훑고는 말했다.

"이게 정상은 아니잖아."

정상이 뭔데?

그가 사뭇 진지한 표정으로 현정을 바라보며 되물었다. 정상이 뭘까. 현정은 한 손에 여전히 물병을 든 채로 곰곰이 생각했다. 정상은 눈앞에 제권이 보이지 않는 거였다. 다시는 그의 모습도, 음성도 확인할 수 없는 부재의 상태였다. 그런 게 정상이라니. 그건, 싫었다. 당분간은 그냥 두고 보자는 생각이 들었다.

잘 생각했어.

미처 말을 하기도 전에 현정의 의향을 읽은 듯 제권이 대답했다. 이것만 봐도 정상이 아님은 분명했다.

있잖아, 당신은 그게 문제야, 뭐든지 딱딱 끊어서 생각하려 하고. 일 더하기 일은 이, 이 더하기 이는 사.

"그럼 뭔데."

제권이 살아 있었던 때처럼 현정은 딴죽을 걸었다.

일 더하기 일은 야근이지.

잊을 만하면 튀어나오는 아재개그였다. 그렇게 하지 말라는데도 기어코 죽어서까지 하는구나. 실없는 소리를 듣고 있으니 뜻밖에도 조금은 힘이 났다.

"그럼 이 더하기 이는 뭔데?"

기습적인 질문에 말문이 막힌 듯 제권은 흐음— 소리를 내며 시간을 끌었다. 빈속에 찬물이 들어가자 배가 고파졌다. 몹시 맵고 자극적인 음식을 먹고 싶었다. 현정은 싱크대 위 가장 왼쪽 찬장을 열었다. 제권의 간식들이 있는 장소였다.

인명피해가 난 날이면 제권은 평소에는 입에도 대지 않던 과자며 라면 따위를 말도 없이 먹었다. 그럴 때면 현정은 아무 말도 하지 않고 냉장고에서 맥주를 꺼내 그의 옆에 놓아두었다. 찬장 가장 높은 곳에 있는 붉은색 라면 포장을 보니 저도 모르게 군침이 돌았다. 현정은 제권의 마음을 조금은 알 것도 같았다. 손을 뻗어보았지만 닿지 않았다. 까치발을 들어도 마찬가지였다. 결국 건조대에 있던 국자를 꺼내 휘둘러 겨우 미덕에 떨어뜨릴 수 있었다. 허리를 굽혀 봉지를 줍는데 뒷면에 영어로 적힌 설명이 보였다.

"이 사람이, 그 사람이지?"

맞아.

대답과 함께 그제까지 의식하지 않고 있던 기억들이 하나로 꿰어졌다. 기억에 따르면 라면은 제권의 후배라는 사람이 신혼여행을 다녀오며 선물로 사온 물건이었다. 전해들은 말로는 해외로 수출하는 라면은 내수용과는 다르게 화학조미료가 들어서 옛날 맛이 난다나. 기껏 외국까지 신혼여행을 가서 선물이라고 한국 라면을 사오다니 희한한 사람이라는 생각과 함께 어떻게 생겼나 어디 얼굴이나 한번 보고 싶다 생각했는데, 마침 한 달 정도가 지난 후 술에 취한 제권이 그를 집으로 데리고 왔다. 억지로 끌려왔는지 제권의 뒤에 서서 난감한 듯 이쪽을 바라보던 말간 얼굴이 떠올랐다. 이름이 영민이라고 했던가.

응.

당시 대화에서 현정은 영민의 아내가 임신을 했다는 사실을 알게 되었다. 제권은 과하다 싶을 정도로 계속 축하한다는 말을 건넸다.

그리고 바로 며칠 전, 현장을 지휘하던 제권은 그를 구하기 위해 건물로 돌아갔다. 그게 마지막이었다. 현정은 라면 봉지를 물끄러미 바라보았다. 붉은색 포장이 불꽃처럼 일렁였다. 손에 저절로 힘이 들어가며 부스럭거리는 소리가 났다.

"제권아, 세상이 참 조잡하고, 장난 같다. 그치?"

현정은 눈을 두어 번 깜빡이고는 물었다. 대답은 돌아오지 않았다. 옆을 돌아보니 어느새 그의 모습은 보이지 않았다. 비겁하긴.

냄비 안에서 물이 끓어오르는 모습을 바라보다가 분말스프를 뜯어 넣었다. 동시에 맵싸한 냄새가 뜨거운 김에 섞여 올라오며 콧등을 때렸다. 재채기와 함께 눈물이 찔끔 났다. 건더기스프와 면을 넣으니 날카로웠던 냄새가 조금은 뭉근하게 바뀌었다. 계란을 넣을까 했지만 맛이 순해질까 싶어 넣지 않았다. 독한 게 필요했다.

다 끓인 라면을 그릇에 옮겨 담았다. 냄비째 먹을까도 생각했지만, 구질구질하게 느껴져서 싫었다. 면을 한 젓가락 들어 입에 넣자 화학조미료 특유의 혀끝을 때리는 감칠맛과 함께 코로 매운 기운이 넘어왔다.

있잖아, 부탁이 있는데.

고개를 들어보니 어느새 제권이 식탁 건너편에 턱을 괴고 앉아 현정을 지켜보고 있었다. 난처하거나 미안한 일이 있을 때 나오는 팔자 눈썹을 보니 무슨 말을 할지 알 수 있었다.

"싫어."

정이야, 있잖아.

'정이'는 자신이 불리할 때만 쓰는 애칭이었다.

"있기는 맨날 뭐가 있어."

저도 모르게 고함을 질렀다. 제권이 짐짓 억울한 일을 당한 사람처럼 눈을 깜빡였다. 그런 표정을 보니 화가 치밀어 올랐다. 항상 나만 나쁘지. 현정은 마침표를 찍듯 젓가락을 식탁에 내려놓았다.

"매번 진짜 너는 너만 생각하니. 애를 못 낳으니까 미운 자식 역할이라도 하겠다는 거야?"

아차 싶었지만 이미 쏟아진 말이었다. 현정은 다시 젓가락을 들고 고개를 숙인 채 라면을 먹는 데 집중했다. 음식은 매웠고, 눈물이 날 것 같았다.

걱정돼서 그래. 누구 잘못도 아닌데.

정말 속이 터졌지만, 제권은, 현정의 남편은 그런 사람이었다. 깊은 한숨이 저절로 나왔다.

모를까봐.

제권이 말을 덧붙였다.

3

이제 두 여자는 현관문을 사이에 두고 섰다. 아진은 현관문 손잡이를 물끄러미 바라보았다. 아무리 생각해도 음식을 시킨 기억은 없고, 찾아올 사람도 없었다.

"누구세요?"

누구라고 해야 하지? 문밖의 현정은 얼른 대답할 말을 찾지 못해 주저했다.

"안녕하세요."

결국 인사가 먼저 튀어 나갔다. 흔히 쓰는 관용어였지만 인사를 들은 아진은 기분이 나빠졌다. 사람들은 안녕하냐는 말을 너무 쉽게 한다는 생각이 들었다.

"아니오."

수상한 물건을 파는 잡상인이나 종교를 권하는 사람이라는 판단에 아진은 거절의 뜻을 밝히고 돌아섰다.

"죄송해요, 저는."

현정은 다급하게 사과했다. 다행히 문 안쪽의 인기척은 사라지지 않았다. 옆에 있던 제권이 손가락으로 자신의 가슴을 가리켰다.

"저는, 박제권씨 아내입니다."

되도록 얼굴을 마주보고 차분히 밝히고 싶었는데 도리가 없었다. 문을 열어주지 않아도 어쩔 수 없다고 생각했다. 이름을 듣는 순간 아진의 가슴이 철렁 내려앉았다.

"왜요."

그러면 안 된다는 걸 알면서도 입에서는 그런 말이 가장 먼저 튀어나갔다. 두려웠다. 무슨 일로 찾아온 걸까. 아진은 자신의 부푼 배를 두 손으로 감싸며 문 너머에서 돌아올 대답을 기다렸다.

"밤늦게 죄송해요. 전할 말이 있어서요."

들려오는 음성은 부드러웠고, 아진은 그게 속임수일 수도 있다고 생각하면서도 현관문을 향해 한 걸음 내디뎠다. 어쩔 수 없다는 생각이 들었다.

누군가의 마음처럼 불안한 소리를 내며 문이 열렸다. 가장 먼저 현정의 눈에 들어온 건 여자의 부푼 배였다. 몇 개월쯤 됐을라나. 여자는 고개를 숙인 채 심하게 떨고 있었다. 손을 뻗어 어깨라도 쓸어주려다가 그랬다가는 더 놀랄 수도 있겠다는 데 먼저 생각이 닿았다.

"잠시 들어가도 될까요. 아무래도 서서 할 이야기는 아닌 거 같아서."

대신 조심스레 말을 건넸다. 아진은 퍼뜩 놀라며 뒤로 한 발짝 물러섰다. 현정은 현관 안으로 발을 내디뎠다.

"들어오세요."

신혼집답게 좋은 향기가 났지만, 불이 하나도 켜져 있지 않아 너무 어두웠다. 그 극명한 대비가 못내 마음에 걸렸다. 현정은 신발을 벗고 안으로 들어섰다.

"저, 너무 어두워서. 제가 요즘은 밤눈이 밝지가 않아서요."

집 안에 불이 하나도 켜져 있지 않았다는 사실을 아진은 그제야 깨달았다.

"죄송합니다."

우두커니 서 있는 현정을 뒤로하고 아진은 재빨리 불을 켰다. 현관과 면한 벽에 커다란 사이즈로 인화된 두 사람의 결혼사진이 가장 먼저 눈에 들어왔다. 아진은 다시 고개를 숙여 사진으로부터 눈길을 피했고, 현정은 그런 그녀를 보며 아랫입술을 슬쩍 깨물었다. 잘못 왔다는 생각이 들었다.

"이쪽으로 오세요."

아진은 고개를 숙인 채 현정을 안내했다. 사진으로부터 눈을 피하기 위해서였지만, 자신이 어딘가 죄를 지은 사람처럼 보이겠다는 생각을 떨칠 수 없었다.

두 사람은 서로를 마주 보고 식탁에 앉았다. 현정은 천천히 아진의 얼굴을 뜯어봤다. 조그마한 얼굴에 제 모양을 갖춘 눈코입이 야무지게 자리 잡고 있었고, 임신 중이라고는 생각할 수 없을 정도로 피부가 맑았다. 아직 이렇게 어린데. 어이가 없는 건 제권이 자신의 옆이 아닌 아진의 옆에 앉아있다는 사실이었다.

"고개 들어도 돼요. 무슨 죄 지은 사람도 아니고."

"죄송합니다."

아진은 스스로 방금까지 혐오했던 빤한 말을 뱉으며 더 깊게 고개를 숙였다. 도저히 다른 말은 생각나지 않았다. 이런 순간을 위해 사람들은 관용어를 만들었다는 깨달음이 뒤통수를 스치며 지나갔다. 현정은 고개를 푹 숙인 아진의 매끈한 정수리를 물끄러미 바라보았다. 제권이 걱정한 대로 그녀는 자책을 하고 있었다. 현정은 제권을 바라보았다. 그는 검지로 자신의 옆에 앉은 아진을 가리키고는 인사를 하듯 손을 흔들었다.

"당신 잘못이 아니에요."

말을 마치고 나니 제권이 손가락으로 자신을 가리켰다.

"굳이 잘못을 따지면 규정을 무시한 제…… 아니, 그 사람의 잘못일 수는 있겠죠."

다시 제권을 바라보았다. 그는 이번에 손바닥을 천장으로 향한 채 위아래로 흔들고 있었다. 무슨 뜻인지 얼른 해석이 되지 않아 현정은 미간을 찌푸렸다. 수화통역사가 된 기분이었다. 제권은 답답하다는 듯이 고개를 내젓고는 다시 아진을 가리키고, 같은 동작을 반복했다. 여전히 해석이 되지 않는 동작이었다.

고개 들게 하라고.

답답했는지 결국 제권이 말을 했다. 현정은 깜짝 놀라 아진을 바라보았다. 당연하지만 그녀는 미동도 하지 않고 있었다. 말할 수 있으면서 굳이 손짓을 하는 심사를 도무지 이해할 수 없었다.

"그러니까 고개 들어요."

아진은 식탁에 깔린 유리를 통해 자꾸만 자신의 옆을 곁눈질하는 현정의 모습을 보았다. 그녀는 틱이 있는 듯 했다. 고개를 든 아진은 처음으로 현정의 모습을 살펴볼 수 있었다. 소년처럼 짧게 친 머리와 미간에 미세하게 잡힌 주름 때문에 전체적으로 엄격해 보이는 모습이었다. 멋을 부리지 않고 끝까지 야무지게 단추를 채운 미드나이트 블루 코트 안쪽에 받쳐 입은 목까지 올라오는 짙은 회색 폴라티가 그런 인상을 더욱 강화시켜주었다.

"그럼 여기까지 오신 이유가……."

돈을 요구하거나 사과를 바라는 게 아니고서야, 현정이 여기까지 온 이유가 아진에게는 얼른 이해가 가지 않았다.

"남편의 부탁이에요."

"네."

대답을 들으며 아진이 무심코 반응했다.

"그런 게 있어요."

수긍하는, 혹은 듣고 있다는 뜻의 반응이었지만 아진이 의문을 표한다고 착각한 현정이 다급하게 말을 덧붙였다.

"네?"

그제야 아진은 대화의 앞뒤가 어딘가 어색하다는 생각을 할 수 있었다. 건너편에 앉은 현정의 얼굴이 붉게 물들어 있었다.

"그럼 남편 분은……."

"아, 아니 그런 게 아니에요. 이건 그러니까."

질문이 채 끝나기도 전에 현정이 더듬거리며 말했다. 침착해 보이던 이제까지와는 퍽 다른 모습이었다. 현정은 이 일을 어디서부터 설명해야 할까 감이 잘 오지 않았다. 아니, 어떻게 이야기를 해야 자신이 이상해 보이지 않을까 계산이 서지 않았다. 잘못하면 정말 미친 사람으로 보일 수도 있었다. 그때 아진의 배에서 꼬르륵 소리가 났다. 건너편에 앉은 현정마저 허기를 눈치챌 수 있을 정도로 커다란 볼륨이었다. 이번에는 아진의 얼굴이 붉어졌다. 누군가에게 배고픔을 들키는 건 언제나 부끄러운 일이었다.

"식사 전인가봐요. 시간이 늦었는데."

"예, 제가 그날 이후로 계속 잠만 자서."

혼을 내는 듯한 말투에 아진은 저도 모르게 사실대로 말했다. 현정은 물끄러미 아진을 바라보았다. 진위를 파악하는 듯한 현정의 강렬한 눈빛에 어깨가 저절로 움츠러들었다. 하루, 이틀, 그럼 적어도 사흘은 음식을 먹지 않았단 뜻이었다. 한참을 생각에 잠겨 있던 현정이 입을 열었다.

"부탁이 있어요."

4

냉장고 안은 황량했다. 문에 붙은 음료 칸에 있는 우유는 유통기한이 지나 있었고, 달걀은 두 알밖에 남아 있지 않았다. 수납 칸도 사정은 마찬가지였다. 둘째 칸에 박스째로 들어 있는 치킨 상자 안에는 말라비틀어진 치킨 두 조각이 있었고, 그 아래 칸에 있는 조그마한 사각 플라스틱 용기에는 배달음식에 딸려오는 핫소스며 머스타드 소스, 버터 등이 쌓여 있을 뿐이었다. 가장 위 칸에는 진공포장된 과일즙과 한약 따위가 있었다. 현정의 입에서 저절로 한숨이 나왔다. 혹시나 하며 가장 아래 야채 칸을 열어봤지만 양파 한 알이 힘없이 굴러 나올 뿐이었다. 요리에는 관심이 없는 사람의 냉장고였다.

"껍질을 까지 않은 양파는 상온에 보관하는 게 좋아요."

잔소리라는 걸 알고 있으면서도 그런 말이 저절로 나왔다.

"네, 죄송합니다."

자신의 집 냉장고를 뒤지는 현정의 뒷모습을 멍하니 보고 있던 아진이 퍼뜩 놀라며 사과했다. 갑자기 음식을 해주겠다는 말에 당황했지만 함부로 거절할 수도 없었다. 그녀는 아진의 남편을 구하다 죽은 사람의 아내였다.

"김치냉장고는 따로 있나요?"

호기롭게 음식을 해주겠다고 했는데 이런 질문을 하고 있으니 스스로도 우스웠다. 난감한 상황이었다. 아진의 뒤에 앉아 현정을 지켜보던 제권이 웃음을 터뜨렸다.

"아, 아뇨. 저도, 그이도 김치를 좋아하는 편이 아니라,"

"도대체 평소에 뭘 먹고 사는 거예요."

결국 참지 못하고 질문을 던졌다. 제권이 그런 현정을 보며 고개를 절레절레 저었다.

"저희가 맞벌이라서. 재료를 사면 버리는 게 더 많더라고요."

아진은 자꾸만 자신의 뒤를 향하는 현정의 눈동자를 바라보며 말했다.

"찬장에는 뭐가 있죠."

미처 대답을 하기도 전에 현정은 벌써 등을 돌려 찬장을 향해 다가가고 있었다. 아진은 그 틈을 타서 현정의 시선이 머물렀던 자신의 뒤를 살펴보았지만 차가운 벽이 있을 뿐이었다.

찬장 안도 사정은 마찬가지였다. 낱개로 포장된 김과 봉지가 뜯겨져 천장을 향해 입을 벌린 시리얼만 있을 뿐이었다. 현정은 지푸라기라도 잡는 심정으로 시리얼 박스를 한쪽으로 치워보았다. 손바닥보다 조금 큰 비닐포장 하나가 보였다. 무엇인지 확인하기 위해 까치발을 들고 손을 뻗는데 뒤편에서 불쑥 손이 나왔다. 뒤를 돌아보니 아진이 서 있었다. 미처 몰랐는데 그녀는 현정보다 주먹 하나 정도가 컸다.

"고마워요."

아진으로부터 건네받아 확인해보니 말린 포르치니 버섯이었다. 요리에 관심 없는 사람이 가지고 있을 만한 식재료는 아니었다.

"아, 지난번에 올케가 준 건데."

"올케가 요리에 관심이 있나봐요."

"예, 작은 이탈리안 레스토랑을 하고 있어요. 식재료 납품

하는 사람이 줬다면서 갖다주더라고요."

장례식장에서 자신을 껴안고 울던 올케의 모습이 생각나 아진은 목이 메었다. 이걸 가지고 할 수 있는 게 뭐가 있을까. 현정은 머리를 굴렸다.

"혹시 집에 파스타는 있나요?"

질문을 던지고 보니 구걸을 하는 기분이었다. 그런 생각을 하니 헛웃음이 나왔다.

"아니오, 제가 면을 안 좋아해서. 남편은 좋아했는데."

"맞다. 기억나네. 신혼여행 선물."

"혹시 신라면."

"네."

"제가 그렇게 말렸는데, 분명히 좋아하실 거라면서 곧이곧 대로 챙기더라고요, 가끔 그렇게 엉뚱해요."

말을 마친 아진의 표정이 급격히 어두워졌다. 어떤 기억이 떠오른 모양이었다. 무슨 말이라도 해주고 싶었다.

"저는 도움이 됐어요. 정말로."

그 말은 사실이었다. 보답이라고 하기에는 이상했지만 이 번에는 현정의 차례였다.

5

커피포트에 끓인 물을 커다란 대접에 붓고 버섯을 한 움큼 넣었다. 말라 있던 버섯이 풀어지며 물 색깔이 갈색으로 서서히 바뀌었다. 동시에 버섯 특유의 원초적이면서도 부드러운 흙냄새가 부엌에 퍼졌다. 냄새를 맡은 아진의 입 안에 침이 고였다. 아직 요리를 시작하지도 않았지만 자신이 그 음식을 무척 맛있게 먹으리라는 사실을 알 수 있었다. 현정은 뒤늦게 자신이 메뉴를 잘못 선정했음을 인지했다. 버섯에서 채수가 완전히 우러나려면 적어도 삼십 분은 기다려야 했다. 자리로 돌아와 앉는 현정을 아진이 의아한 눈으로 바라보았다.

"육수가 우러나야 해요."

"아, 네."

그 말을 끝으로 두 사람은 서로를 데면데면하게 바라보았다. 그대로 있으면 시간이 갈수록 어색해질 게 분명했다. 두 사람은 각자 무슨 말을 꺼내야 하나 머리를 굴렸다. 먼저 침묵을 깬 건 아진이었다.

"훌륭한 분이시라고 들었어요."

"누가요?"

현정이 되물었다. 대각선 건너편에 앉아있던 제권이 손가락으로 자신을 가리키고 있었다.

"상도 많이 받으셨다고."

"상을 많이 받는다는 게 가족 입장에서는 그렇게 좋은 일은 아니에요."

현정은 제권을 바라보며 말했다. 그동안 한 번도 해보지 않은 말이었다. 아진은 잠자코 다음 말을 기다렸다. 잠시 생각을 정리하려는 듯 현정이 눈을 두어 번 깜빡였다.

"그만큼 위험을 무릅썼다는 뜻이니까요. 사람들이 영웅이네, 뭐네 하는데 그게 참 싫었어요. 저는, 아니니까."

원래도 열심이었지만, 불임의 원인이 자신에게 있다는 진단을 받은 이후부터 제권은 더 일에 집착했다. 그 때문에 몇 번을 싸우다가 이혼 직전까지 간 적도 있었다. 있잖아, 누군가를 구하는 일은 결국 그 사람에게 생명을 주는 일이잖아. 당신에게는 미안하지만 나는 이 일이 내 사명이라고 생각해. 울면서 그렇게 고백하는 제권의 앞에서 현정은 결국 두 손을 들 수밖에 없었다. 그런 말을 하는 그가 원망스럽기보다는 안쓰러웠다.

"저도 결혼하기 전에 주변에 사람들이 많이 말렸었어요."

무슨 말이건 해야 한다는 생각에 아진이 말했다.

"아무래도 평범한 직업은 아니니까."

"저는 그런 말을 하는 사람들이 저를 무시한다고 생각했어요. 속물처럼 보이기도 했고."

어떤 걱정들은 듣는 사람에게는 오지랖처럼 느껴질 때가 있었다. 젊으니까 더 그렇겠지. 현정은 고개를 끄덕였다.

"그래서 지금 후회해요?"

"아니요. 그렇지 않아요."

오래 걸릴 거라고 생각했는데, 뜻밖에도 바로 대답이 돌아왔다.

"그럼, 당신이 옳고, 그 사람들이 틀린 거예요."

간결한 정리에 아진은 장례식 이후 처음으로 머리가 맑아지는 기분이 들었다.

"자, 이제 시작해볼까."

곧 재채기를 할 사람처럼 실룩이는 아진의 입매를 보며 현정은 재빨리 자리에서 일어나 부엌 쪽으로 돌아서며 말했다. 우는 사람을 달래는 건 정말 자신이 없었다.

매정하긴.

등 뒤에서 제권이 중얼거리는 소리가 들렸다. 아진은 현정의 그런 태도에 오히려 편안함을 느꼈다. 그녀 특유의 방식으로 배려를 하고 있다는 생각이 들어서였다.

"배고프죠?"

현정은 냉장고를 열어 야채칸에 굴러다니던 양파와 플라

스틱 통에 들어 있던 버터를 집히는 대로 꺼냈다.

6

양파와 버섯이 냄비 바닥에 들러붙지 않도록 나무젓가락으로 부지런히 저었다. 집 안에서 유일하게 나무로 된 조리도구였다. 뒤편에서 아진이 훌쩍이는 소리가 들려왔다. 양파가 투명하게 익으며 달콤한 냄새가 조금씩 올라오기 시작했다. 돌아보기가 불편했다. 어떻게든 그녀를 진정시켜야 한다는 생각이 들었다.

"이리 와서, 이걸 좀 저어요."

우는 사람을 달래는 일에 재능이 없는 현정이었다. 아진은 옷소매로 눈물을 닦으며 순순히 옆으로 왔다. 꽤 오랜 시간 뭘 한 거 같은데 냄비 안에는 거의 타기 직전으로 보이는 버섯과 양파뿐이었다.

"들러붙지 않게 골고루 저어야 해요."

"네."

시범을 보이듯 현정이 젓가락을 시계방향으로 휘저어 보이고는 아진에게 건넨다. 현정이 씻어놓았던 쌀을 냄비에 붓자 피어오른 하얀 김이 얼굴에 닿아 따뜻했다. 치이익 하는 소리가 마치 귓속을 살살 긁어주는 듯했다.

"이건 무슨 음식인가요."

입안에 고인 침을 삼키며 아진이 물었다. 내내 궁금했던 질문이었다.

"리소토예요. 멈추지 말고 계속 저어요. 갈색이 날 때까지."

"손이 많이 가는 음식이네요."

"편법도 있긴 한데, 지금은 재료가 없어서."

"좋아요."

진심이었다. 그렇게 계속 움직이고 있으니 뜻밖에도 기운이 났다. 쌀이 갈색으로 변해가고 있었다. 현정은 우려두었던 버섯 육수를 한 국자 퍼서 냄비에 붓고는 불을 약하게 줄였다. 문득 옆을 보니 꽤나 집중해서 냄비 안을 바라보고 있는 아진의 모습이 보였다. 오늘 처음으로 보는 표정이었다.

있잖아,

만류하려는 제권의 목소리를 무시하며 현정은 입을 열었다.

"말씀드릴 게 있어요."

아진이 고개를 들러 현정을 바라보았다.

"저는 사실 죽은 남편이 눈에 보여요."

아진은 심상하게 고개를 끄덕였다. 이제 겨우 몇 시간을 봤을 뿐이지만 현정은 거짓말을 할 사람이 아니었으며, 미친 사람은 더욱 아니었다. 현정은 육수를 한 국자 더 냄비에 붓고는 뒤를 돌아보았다. 아진 역시 그녀를 따라 뒤를 돌았다.

"여기에 있나요?"

현정이 손가락을 들어 빈 의자를 가리켰다. 그제야 아진은 현정이 자꾸만 곁눈질을 하던 이유를 알 수 있었다.

"저는 자꾸 곁눈질을 하셔서 틱이 있으신가, 했거든요."

듣고 보니 새삼 민망했다. 의자에 앉은 제권이 두 사람을 손가락으로 가리키며 웃고 있었다. 현정은 다시 뒤로 돌아 육수를 한 국자 부었다. 아진도 그에 맞춰 젓가락으로 다시 냄비를 젓기 시작했다.

"여기에 온 것도 남편의 부탁이었어요. 가서, 누구의 잘못도 아니라고 말해주라고."

"어떻게 그럴까요."

어떻게 그럴까. 곰곰이 생각하던 현정은 자신이 처음부터 잘못 생각했음을 깨달았다. 불임 때문에 일에 더 집착했다니. 그건 그냥 현정이 편한 대로 붙인 이유일 뿐이었다. 제권에게 미안했다.

"글쎄요. 신은 없고, 우리는 살아야 하니까."

"그럼, 혹시 제 남편은 보이지 않나요."

한참을 생각에 잠겨 있던 아진이 물었다.

"제가 무슨 무당인 줄 알아요?"

농담인지, 진담인지 모를 알쏭달쏭한 소리에 현정은 슬쩍 미간을 찌푸리며 대꾸했다.

"그러네요."

이제 마지막 단계였다. 현정은 조그마한 버터의 포장지를 까서 하나씩 냄비 안에 넣었다. 아진은 밥알들이 서로 엉기며 점도가 잡혀가는 모습을 가만히 바라보았다. 숨을 들이마시자 따뜻하면서 부드러운 기운이 몸 안에 퍼지는 게 느껴졌다.

"나는 정말 이런 음식을 원했던 거 같아요."

"그렇지 않아요. 당신은 배가 고팠고, 나는 요리를 할 줄 알았을 뿐이죠. 마침 찬장에 버섯이 있었고요."

있잖아.

"잊지 않아."

아진이 고개를 들어 현정을 바라보았다.

To Night

테마소설집에 참여하는 작가들과 처음 만난 자리에서 기획에 대해 전해 듣고 반사적으로 두 주인공이 만나는 이미지가 머릿속에 떠올랐다. 이때 이미지란 글자 그대로 그림이나 장면은 아니고, 아직까지는 문장으로 특정되지 못하는 어떤 모호한 분위기와 특정한 감정의 온도 그리고 정서의 독특한 질감 같은 것들이 두루뭉술하게 뭉쳐져 툭 던져진, 일종의 관념 같은 상태다. 뭔가 매운 음식이 먹고 싶은데 그게 뭐였지, 김치찌개였나, 닭발이었나 아닌가, 국물닭발인가 그런 느낌이랄까.

닭발인지, 국물닭발인지 그때까지 특정되지는 않았지만,

한 번 훑어보는 것만으로도 나에게 찾아온 이미지가 이제까지 발표했던 나의 소설들과는 다른 온도를 지니고 있음을 알 수 있었다. 알아듣기 쉽게 설명하자면 몽글몽글하고 따뜻하며, 손을 대면 특유의 질감 때문에 보들보들 흔들리는 순두부 같았다고 할까. 나에게는 조금 공교로운 이미지였다. 그도 그럴 것이 이제껏 나는 치아가 다 부서질 정도로 단단한 모두부 장인의 길을 추구(진짜다)해왔기 때문이다. 이쯤에서 다른 이미지를 떠올려 볼 수도 있겠지만, 이 첫 이미지라는 놈은 에일리언 유충 같은 면이 있어서 한 번 얼굴에 붙으면 여간해서는 잘 떨어지지 않는다. 그래서 나는 소설을 쓰지 않는 시기에는 함부로 이미지가 떠오르지 않도록 길을 걸을 때도 아는 길로만 조심해서 걷고, 영화도 신중하게 고르는 편이며, 사람을 만나는 일도 꺼리는 편이다. 농담이고.

그냥, 해보자고 생각했다. 다시 새로운 이미지를 기다리는 일은 시간낭비이고, 마감까지는 시간도 있었다. 써보고 아니다 싶으면 다시 새로운 이야기를 쓰면 되니까. 본격적인 작업에 들어가기 전까지의 나는 대체적으로 이렇게 낙관적인 편이다.

진짜 문제는 그 다음이었다. 분명 머릿속에 있을 때는 뜨끈하고 촉촉한 순두부 같았던 이야기나 장면들이 손가락을 거쳐 모니터에 옮겨지고 나면 차갑고 납작한 건두부처럼 보였다. 이때는 이미 집필을 시작한 이후였기 때문에 "난 틀렸어, 정말 구제불능이야." 같은 비관적인 말을 중얼거리며 모니터를 바라보았다. 문제를 해결하기 위해 이리저리 머리를 굴렸지만, 기껏해야 다시 태어나는 정도 밖에 떠오르는 방법이 없었다. 초고를 쓸 당시에는 외국에 있었기 때문에 산책이라도 할 요량으로 밖으로 나갔는데, 비가 많이 내리는 섬나라에서는 그럭저럭 보기 드문 편인 햇살이 이마 위에 떨어져 내렸다. 그리고 그 순간 나는 이 소설을 밤에 쓰기로 결심했다.

나는 절대 밤에 소설을 쓰지 않는다. 이건 내가 작가가 되기 이전부터 세워둔 원칙이다. 내가 숙련된 작가라 밤에 쓰는 문장과 낮에 쓰는 문장이 정확하게 같은 질감과 밀도를 가진다면 좋겠지만, 현실은 그저 그런(혹은 그보다 못한) 작가이다 보니 어쩔 수 없는 선택이었다. 보통 아침에 일어나 간단하게 식사를 마친 후에 어딘가 침대가 없는 곳(주로 카페나 도서관 혹은 부엌)으로 이동해 맑은 정신인 상태에서 쓰는 편이다. 낮에 쓰는 글들은 뭐랄까, 간수를 충분히 부어 응고시키고 누름판으로 잘 누른 후에 네모반듯하게 자른 모두부 같은 느낌이라면, 밤에는 간수는 반만 쓰고 어따 팽개쳤는지 누름판 같은 물건은 보이지도 않아서 어찌어찌 적당히 부드러운 순두부를 만드는 느낌이랄까. 물론 나는 두부라면 가리지 않고 좋아하지만. 두부 얘기는 여기까지 하고.

사소해 보일 수도 있지만 나에게는 십 년을 넘게 가지고 있던 리듬을 버려야 하는 선택이었다. 「밤에게」는 그러니까 어쩌면 그동안 나와의 관계가 소원했던 밤에게 보내는 편지다. 매일 소설을 쓰기 위해 책상에 앉으면 우선 가수 손디아의 '어른'이라는 노래를 듣고 작업에 임했다. 이 노래가 감정을 잡는데 정말 많은 도움을 주었다.

결과물이 어떤가는 모르겠다. 그건 내가 판단할 문제가 아니니까. 나는 언제나와 같이 이야기가 이끄는 길을 따라, 최선을 다해, 진심으로 썼다. 의미 있는 기획에, 좋은 작가들과 나란히 참여할 수 있는 기회를 주셔서 감사드린다. 나는 가끔 누군가에게 누가 되기를 바라며 소설을 쓰지만, 부디 이번만큼은 누구에게도 실례를 끼치는 일이 없기를 간절히 바란다.

어제의 눈물, 그로부터

유희란

2013년 세계일보 신춘문예에 단편소설 「유품」이 당선되어 작품활동을 시작했다. 2014년 대산 창작기금을 받았다. 소설집 『사진을 남기는 사람』이 있다.

정말 추운 날이 아니었다. 아직 겨울이고 봄은 멀었어도 그런 날이 있다. 누군가는 발목까지 오는 패딩을 입고 누군가는 얇은 반코트를 걸쳤다. 히트텍에 기모바지까지 챙겨 입은 이가 있는가 하면 홑겹 재킷 안에 폴라티 하나 입은 이도 있었다. 기다리기만 하면 된다는 게 마음에 들어. 그날 준기가 이런 말을 했던가. 자그마한 테이블에 셋이 앉은 사케집이었다.

　이따금 대화 중에 입김이 보였다. 정말 추운 날이 아니었고 더구나 실내였기 때문에 우리의 입김이라는 생각은 하지 않았다. 그저 술 때문이려니 했다. 서리가 엉긴 유리창이 보였고 따뜻하게 덥힌 술이 몸속으로 스며들었다. 수연이 모자

달린 패딩을 어깨에 걸치고 있었던 것이 기억난다. 분명 다른 계절은 아니었을 테지. 멀건 입김이 올올이 풀어져 공기 중에 사라지던 그 시간이 떠오른다. 지금. 그때와 닮은 계절이라서 그런지도 모르겠다. 기다리기만 하면 되는 것이 무엇이었을까. 주문한 음식, 약속한 친구, 어쩌면 신청곡. 계절에 관한 상념이었을까. '어제의 눈물'이라는 술 이름에 그런 이야기를 꺼낸 듯하다.

그날 셋이 함께 마시던 청주를 한 병 샀다. 연예인 누군가 즐겨 마신다는 방송 이후로 일반 마트에 진열되어 있다는 소식을 들었다. 영업집이나 주류 전문매장이 아니고서는 살 수 없었던, 그 이름이 기억에 남은 술이었다. 퇴근길에 지하철역 부근에 있는 마트에 들렀다. 항균비누와 유연제를 카트에 넣고 각종 술이 진열된 코너로 갔다. 오랫동안 벼르고 있던 항균 비누와 유연제를 장바구니에 넣고는 각종 술이 진열된 코너로 다가갔다. 어제의 눈물. 레이블 위로 술이 넘치고 있는 것처럼 흘림체로 쓰여 있었다. 그 뒤로 술이 담긴 상자가 겹겹이 쌓여 있었다. 어떤 장면을 떠올리기도 전에 검은 상자로 포장된 어제의 눈물은 이미 내 손에 들려 있었다.

수연이 보고 싶었다. 전해주려 날을 헤아린 지 여러 날이

지났다. 카톡 친구 생일 난에 수연의 이름이 쓰여 있던 날을 보내고 겨울 끝의 명절을 지나쳤다. 그런 날이 지나도록 마음을 먹을 수가 없었는데 보고 싶다는 마음은 먹기 나름이 아니어서 그냥 보고 싶었다. 관외 출장을 마치고 나는 산들마을로 향하는 버스를 탔다. 손에 든 쇼핑백이 묵직하게 느껴졌다. 창밖으로 보이는 풍경이 다른 날보다 선명했다. 길가의 사람들 표정 하나하나가 눈에 들어왔다. 걷거나 서서 휴대전화에 열중해 있거나 서둘러 어디론가 움직이고 있는 사람들. 모두 화가 난 듯 표정이 굳어 있었다. 다들 괜찮은 걸까. 그들의 모습이 숨을 참으며 걸어가고 있는 것처럼 보이기도 했다.

물고기는 물속에서 숨을 쉬어? 언젠가 어린 수연이 물었을 때 나는 그렇다고 답했다. 나 또한 어른이 되려면 한참 먼 나이였다. 등 뒤로 천을 사이에 두고 두 마을을 잇는 다리가 보였다. 그랬구나. 수연이 말했다. 안심하는 투였다. 그렇구나, 와 그랬구나, 의 차이는 무엇일까. 언젠가 천을 건너다 말고 헤엄치는 물고기를 바라보았을 것이다. 염려하던 마음이 안도로 바뀌는 순간 나온 말이겠지.

어린 수연이 작은 입을 물고기처럼 뻐금거리다 말해야겠다는 결심이 섰는지 내게 물었다. 오빠도 나쁜 사람들과 싸워서 이길 수 있지? 아이언맨이 되어주면 좋겠어. 우리는 전날 함께 아이언맨을 보았다. 인상 깊던 장면을 떠올리며 내가 대꾸했다. 아이언맨은 슈트 안 입으면 힘을 못 써. 남자가 눈물도 많고. 수연이 잠시 생각에 잠긴 얼굴로 나를 바라보았다. 오빠도 눈물 흘리잖아. 큰 오빠와 싸울 때 봤어. 한 손을 가슴 위에 얹고는 말을 이었다. 아이언맨은 심장에 상처가 있는데도 나쁜 사람들과 싸워. 그래서 슈트도 만든 거지. 나를 지켜주는 거야. 약속해. 그 말을 듣는 순간, 어린 나는 속절없이 마음이 바빠졌다. 내가 마음에 담아두었던, 내내 전하고 싶던 말을 할 수 있는 순간이었다. 내가 어깨를 올리고 굵은 목소리를 흉내 내며 뭐라고 대답했는지 분명하게 기억한다. 말만해. 무서운 악당과 싸워서 물리쳐줄게. 너를 지키는 아이언맨이 될 거야. 나는 의기양양하게 말했다. 염려하던 마음이 안도로 바뀌는 수연의 표정에 나는 허리를 똑바로 세워 키가 훨씬 크게 보이도록 했다.

버스가 한동안 움직이지 않았다. 도로가 혼잡한 탓에 버스전용 차선조차 밀려 있었다. 보행 신호가 켜졌는데도 차들은 사람들이 건너갈 공간을 다 내주지 못했다. 좁아진 횡단보도 위로 사람들이 차를 피해 몸을 이리저리 움직이며 건넜다. 문득 살아가는 일이 건널목을 건너는 일과 다르지 않을 거라는 생각이 들었다. 위험에 노출되어 있으나 대개는 아무 일도 일어나지 않는다고 믿고 있는 길. 살아내고 죽어가는 일이 몰래 이어지는, 그러나 그저 건너가면 되는 길이다. 열두 정거장이 지나고 산들마을에 도착했다. 큰 도로에 작은 길이 교차하는 사거리였다. 버스에서 내려 아파트 진입로 모퉁이를 돌았다. 조명가게에서 흘러나오는 벽등의 불빛이 눈을 스쳤다. 나는 잠시 눈을 감았다. 오면서 생각해보니 오늘은 준기의 기일을 일주일 앞두고 있었고 준기와 수연에게서 양복 한 벌을 선물 받은 날이었다.

작년 이 무렵 수연은 준기와 결혼을 준비하고 있었다. 만나면 함박웃음을 지으며 나를 반겼고 말할 땐 어깨가 들썩거릴 정도로 활기에 차 있었다. 늦가을이 시작되는 소방의 날 무렵에 준기와 나는 함께 입사했다. 다섯 살 나이 차이가 있지만, 거리낌 없이 속내를 보이는 준기와 나는 빨리 친해졌다. 소방청사에서 함께 야간 출동을 하고 아침 퇴근을 하며 많은 이야기를 나누었다. 구급차를 타기 전까지 날마다 장비점검을 하고 진압 활동과 구조 출동에 필요한 일을 도왔다. 최소한의 안전조치를 하지 못하는 상황에서 당황하면서도 환자를 우선 생각했고 교통사고에서 누군가 구급활동을 하는 동안 경찰 대신 형광봉으로 교통통제를 하며 사고를 수습하

기도 했다. 비상소집과 추가출동도 마다하지 않았고 다른 소
방서 관할의 사고에도 함께 지원을 나갔다. 어느 날, 집에서
잘 때도 종종 출동 벨 소리에 깬다는 말을 준기에게서 들었을
때 나는 묘하게도 안심이 되었다. 벌떡 일어나 달리기부터 준
비한다는 말에 나도 그렇다고 했다. 준기의 눈꺼풀에 고단함
이 묻어 있었다.

둘이 식사를 하러 가는 동안 번갈아 가며 꺼진 담배꽁초를
살피고 식당에 앉아서는 완강기의 위치를 확인하고 먼지 쌓
인 소화기의 계기판을 살피고는 했다. 고추장으로 버무린 껍
데기 무침이 반찬으로 나왔을 때 난처한 눈길로 서로를 바라
보았고 서로 의향을 묻듯이 손사래를 주고받다 식당 아주머
니에게 정중하게 가져가시라고 부탁했다. 옆 테이블의 찌개
냄새를 겨우 견디며 앉아있다가 제대로 먹지 못하고 나온 적
도 있었다. 돌아가는 길에 준기도 나처럼 어제를 떠올렸을 것
이다.

서두른 일보다 서두르지 못한 일을 후회하고 걷느라 달리
지 못한 그 발걸음을 반성하고 길을 내주지 않던 운전자를 원
망하는 순간들. 면식이 없던 누군가의 생사가 우리와 무관하
지 않았다. 구해주지 못해 떠나버린 삶을 바라보고는 했다.
차들을 추월하여 교차로를 좀 더 빨리 지나쳤더라면, 장비를

미리 챙겨놓아 시간을 단축했다면 그래서 기진한 몸을 좀 더 일찍 잡아주었더라면 살릴 수 있었을까. 일상이라고 하면 대개는 평범하고 반복적인 하루하루를 떠올릴 테지만, 살려내지 못한 죽음을 지켜보고 이별을 목격한 채로 시신 운반부대의 지퍼를 올리는 일이 일상인 사람들, 그게 우리였다. 잠시 예로써 고개를 숙이고 돌아서는 발걸음은 늘 더디고 무거웠다. 그러나 신고 있는 소방부츠가 바닥에 끌리는 그 순간마다 이명처럼 출동 벨 소리가 들렸고 우리는 다시 걸음을 재촉하고는 했다.

오늘도 출동 벨 소리에 서둘러 일어났다, 기동화의 신발끈을 단단히 묶고 튀어나가 구급차에 올랐다. 이른 아침의 냉랭한 햇빛이 차창에 닿자마자 부서져 산산조각이 났다. 눈이 부신 조각들이 창 안팎으로 흩어져 내리는 사이로 소리가 들린다. 주택가 도로 1028번지. 화재신고. 대로 90번길. 오십 대 남자 심정지 상태. 상황실의 안내방송이 흘러나오고 있었다. 도로명 주소 확인 중. 주취자의 폭행 사건. 소리가 한꺼번에 들리는 까닭에 상세한 내용이 잘 들리지 않는다. 어디로 가야 하는지, 어떤 이에게 달려가야 하는지 알 수 없어 다급하게 무전기를 들고 목소리를 내려는 순간, 잠에서 깨었다. 꿈이었다. 줄곧 출동 벨 소리에 잠에서 깨는 꿈을 꾼다. 그런 날은 여지없이 눈을 뜨는 순간에도 심장은 달리기를 멈추지 않는다.

가슴을 쓸어내리다 멈추고는 늘 그렇듯 내 심장의 고백을 듣는다. 그리고 변명을 일삼는다. 신은 나와 같은 생각이 아니었다. 모두를 구하고 싶었으나 모두를 구하지 못했고 죽음을 최소화하는 길을 판단해야 하는 날도 있었다. 그래놓고 귀소하는 구급차 안에서조차 슬퍼하거나 절망할 겨를이 없었다. 다른 누군가의 구조요청이 기다리고 있으므로. 긴박한 안내방송이 너무 생생하여 눈을 뜬 채로 꿈에서 깨는 날은 근무하는 동안에도 현실감이 없다. 세 건의 구조 출동을 마치고 합동분향소를 다녀왔다. 화재사고였고 진화하던 소방관 3명이 순직했다. 그들은 단 한 사람을 구하기 위해 주저 없이 화염 속으로 뛰어들어갔다. 소방관의 삶은 다른 누군가의 손을 잡기 위하여 자신의 손은 미처 잡을 엄두를 내지 못한다. 작년 이맘때 주택가에서 난 화재사건도 정황이 같았다. 그날도 미처 빠져나오지 못한 사람을 구하기 위해 뛰어들어간 소방관이 유명을 달리했다. 준기였다. 수연과의 결혼을 두 달 앞둔 어느 날이었다.

산들마을 입구에 있는 정자에 앉아 수연에게 문자를 보냈다. 지금 네 집 앞이야. 전해줄 게 있는데 지금 나올 수 있어? 별건 아니야. 간혹 수연을 바래다주러 오곤 하던 아파트는 어느새 외관 색이 바뀌어 있었다. 요즘 선호하는 건설사의 아파트처럼 짙은 초록색이 모서리와 창문의 테두리를 감싸고 있었다. 아파트 정문 앞에 24시간 빨래방이 있고 우리 콩 순두붓집이 있고 분홍색으로 실내장식한 카페가 보였다. 순두붓집의 문이 열리고 두어 명이 나오고 들어갔을 뿐, 산들마을은 생각에 잠긴 듯 조용하다. 아파트 너머 어둑해지는 하늘을 바라보았다. 버스를 탈 때까지만 해도 낮이었을 텐데. 좀 전까지 환했는지 떠오르지 않는다.

뭐야. 분위기가 왜 이래. 나는 그날 소개팅의 주선자였고 다소 어색한 공기를 화기애애하게 만들기 위해 중언부언했다. 너희 울어? 내가 물었는데 서로를 바라보는 준기와 수연의 표정이 정말 그랬다. 사람이 마음에 들어오면 눈이 먼저 알아보는지도 모른다고 생각했을 만큼. 그날 저녁 식사 장소는 수연이 정했다. 준기와 나는 자극적이거나 날것인 음식은 꺼렸지만, 수연이 가고 싶은 곳이면 어디든 갈 생각이었다. 우리가 간 곳은 파스타와 스테이크가 맛있다고 인스타에 소개된 프랑스 가정식집이었다. 화재사건에 물탱크차를 운전하여 출동 나갔던 준기를 기다렸다가 함께 출발했다.

프랑스 가정식 식당의 불빛이 포근한 느낌을 주었다. 시금치 수프를 떠먹으며 이렇게 맛있는 시금치 음식은 처음이라고 수연이 말했다. 무엇이 좋다, 어떤 음식이 맛있다는 말을 좀체 하지 않는 아이였으므로 수연의 기분이 무척 좋다는 것을 짐작할 수 있었다. 난 꼬꼬뱅을 처음 먹어보는데 특별한 맛이라고 했고 바지락 파스타를 시킨 준기는 덩치에 어울리지 않게 그 조그만 바지락 껍데기 안의 살을 발라 먹으면서 웃었다. 그러는 동안 수연은 채소볶음을 마늘 바게트 조각 위에 올려 준기에게 건네주었다. 서로를 잘 알지 못해도 금세 좋아할 수 있다. 나는 그런 생각을 했던 것 같다.

어느 휴일 수연이 지방에 사는 고모의 심부름으로 영양제를 내게 전해주려 소방서에 찾아온 적이 있다. 그날 이후 수연은 나에게 부쩍 연락을 자주 해왔다. 우연히 본 사람이 있는데 자기 이상형이라고 하면서 준기에 관해 물었다. 같이 밥 한번 먹을까. 그 말을 누가 먼저 꺼냈는지 모르지만, 나는 몇 번을 미루고 한 번 이상을 고민하고 바쁘다는 핑계로 혹은 비상근무라는 이유로 연기한 끝에 약속을 잡았다.

식사하는 내내 수연의 얼굴이 봄꽃처럼 환했다. 사촌 여동생인 수연은 고모의 딸이었다. 아버지와 열다섯 나이 차이가 나는 고모는 아버지의 하나뿐인 여동생이었다. 아버지의 들창

코와는 달리 고모는 코가 오뚝하고 뚜렷한 이목구비로 미인이라는 말을 듣고 자랐다. 고모를 쫓아오는 남자들을 본 적이 있는데 나이와 상관없이 그들은 하나같이 순진한 사내아이처럼 수줍어했다. 고모에게 다가가 그 당시 초등학생이었던 내가 마치 보호자라도 되는 양, 손을 잡으면, 뻘쭘해진 남자들을 뒤로한 채 고모는 화들짝 놀라며 반기고는 했다,

어느 날부터 키가 훤칠하고 듬직하게 잘생긴 남자가 매일매일 집에 찾아와 고모에게 사랑 고백을 했는데 아버지는 그렇게 잘생긴 게 마음에 썩 들지 않아 일부러 문밖에서 돌려보내고는 했다. 자신보다 한참 어린 여동생이 아팠을 때 등에 업고 맨발로 병원까지 뛰어가며 울고불고했을 정도로 아버지는 예쁜 여동생에 대한 마음이 각별했다. 남자의 고백은 네 번의 계절도 잊은 채 한결같았고 여동생 또한 그 남자와의 결혼을 간절하게 소망했으므로 아버지는 그의 성실함을 믿고 여동생의 결혼을 승낙했다. 그러나 결혼식 이후로 본 적이 별로 없어 고모부의 존재조차 기억나지 않는다. 어둑한 겨울날, 출산일이 얼마 남지 않아 몸은 물론 얼굴까지 퉁퉁 부은 고모만 집으로 돌아왔다. 그렇게 두 달 후 내게 조카가 생겼고 수연은 열 살이 될 때까지 우리 집에서 함께 살았다.

아직 수연에게서는 문자가 없다. 바쁜가 보네. 몇 동 몇 호였지? 경비실에 맡겨놓을 테니 찾아가서. 수연에게 다시 문자를 보낸 후 경비실로 향했다. 정문과 후문 사이에서 집으로 향하는 쪽에 있는 후문 경비실로 갔다. 이곳에 물건을 맡길 수 없습니다. 아저씨가 친절하게 말했으나 정작 어디에 맡겨야 하는지는 알려주지 않았다.

버스정류장을 향해 걷다가 맡길 곳을 물어볼 걸 그랬다며 발길을 돌리려는데 어느새 경비실이 한참 멀어져 있었다. 혹여라도 나의 문자를 보고 서둘러 오는 건 아닐까. 마음이 불편하지는 않을지. 함께 마시던 술을 사는 게 아니었는데. 이제야 정신이 든 사람처럼 후회가 되었다. 어제의 눈물을 마시던 그날을 떠올릴 테니까. 다음 버스가 언제 오는지 검색해보니 십이 분 뒤였다. 산들마을로 들어오는 버스의 배차 간격이 긴 것으로 기억했다.

휴대폰을 확인하고 답장이 없는 메시지 창을 열었다. 내가 보낸 문자를 물끄러미 바라보았다. 맡겨놓겠다는 말이나 찾아가라는 말 대신 다른 표현이 없었을까. 술을 전해주려고 온 게 아니니까. 수연이 보고 싶었다. 잘 지내고 있는지. 저녁 어스름을 밟고 낮에 하지 못한 일을 떠올리듯, 한동안 가만히 서 있었다.

프랑스 가정식집에서 나와 우리는 아담한 사케집에 들어갔다. 어제의 눈물을 마시며 우리의 대화는 자연스레 준기가 받은 하트 세이버에 관한 내용으로 이어졌다. 사람이 쓰러졌다는 신고를 받고 출동한 준기는 잘 보이지 않는 혈관을 찾아 정맥주사를 놓고 기도를 확보한 후 심폐소생술을 실시했다. 환자는 호흡이 없었고 패드를 붙일 당시 심장 수축이 전혀 보이지 않았다. 환자의 나이도 많은 편이라 희망적이지 않았으나 준기는 태어나서 처음으로 가슴 압박을 시작했다. 수연이 그 당시에 무슨 생각을 했느냐고 묻자 오직 하나였다고 대답했다. 지금까지 살아오며 그렇게 간절한 마음을 먹어본 적이 있었는지 스스로 묻기도 한다고 했다. 환자의 호흡이 돌아오고 맥박이 뛰는 순간, 안도와 함께 땀에 젖은 눈물을 흠뻑 흘렸다고 준기가 말했다. 우리는 술잔을 기울이다 동시에 술의 이름을 바라보았다. 그런 어제의 눈물이라면 매일 흘리고 싶다고 말했다. 실낱같은 희망을 믿고 최선을 다했으니 흘릴 수 있었을 거라면서.

수연은 준기에게 심폐소생술을 배웠다. 셋이 처음 놀러 간 펜션에서 저녁을 먹은 후 누군가 좀 너 건설적인 추억을 만들자는 의견을 냈고 우리는 자연스럽게 역할을 맡았다. 내가 의식 없는 환자 역을 했다. 수영 실력을 보여주겠다며 바다에 들어갔다가 휩쓸리는 척하고는 뭍으로 기어 나와 쓰러져 있었다. 햇살에 소금기 묻은 수연의 얼굴이 발갛게 달아올라 있었다. 주변인이 있는 듯 사방을 둘러보다 심각한 표정으로 다가왔다. 기도를 확보한 후 백 밸브 마스크로 산소를 주입했다. 배우는 자세가 자못 진지했다. 준기가 먼저 시범을 보였고 그다음 수연이 나의 가슴을 압박했다. 땀이 났는지 눈물을 흘린 것인지 감은 내 눈 위로 물이 똑 떨어졌다. 사람을 살리기에는 너무 약한 힘이었지만, 최선을 다하고 있다는 것이 느껴졌다.

수연의 포갠 두 손이 나의 가슴을 누르고, 누르고 얼마의 시간이 흐른 어느 순간, 가슴 안에 있던 아픔이 밀려 나왔다. 아프다. 아프다. 숨이 새어 나오듯 중얼거림이 입 밖으로 나왔다. 그곳에서 나는 무엇을 하고 있었을까. 마당엔 그을린 자전거만 덩그러니 남아 있었다. 언젠가 나는 자전거의 페달을 밟던 어린 주인을 살리지 못했다.

수연은 사랑스러운 아이였다. 장난감 청진기를 들고 와서는 어디가 아픈지 잘 모르겠으니 오빠가 진료를 해보라고 했다. 작은 가슴에 청진기를 가만가만 옮기며 의사 선생님처럼 진지한 얼굴로 진료하는 시늉을 했다. 그런 후 심장 뛰는 소리가 씩씩하다고 했다. 그럴 리가 없다며 수연은 이내 새초롬한 얼굴로 어제는 잘 참았는데 오늘은 참기가 어렵다고 말했다. 몸에 힘이 없고 어지럽고 먹고 싶은 게 아무것도 없다며 이런 적은 태어나서 처음이라고 했다. 무엇을 참느냐고 물었더니 보고 싶은 걸 참았다고 말했다. 무슨 말인지 몰라서 바라만 보고 있는 내게 그런 것도 모르냐는 듯 설명했다, 어제 사람을 보고 왔어. 그 사람이 나의 아빠인 것 같아. 자꾸 보고 싶어. 말은 그렇게 하면서 태연한 척 의젓한 표정을 지었다.

나는 웃음기를 거두고 앞으로 다시는 볼 수 없을지도 모른다고 말했다. 어른들 일이라 그렇다고 말도 안 되는 설명을 덧붙이면서. 수연은 오빠도 아직 어른이 아닌데 어떻게 어른들 일을 그렇게 잘 아냐며 눈을 흘겼다. 그러고는 의기소침해졌다. 수연은 아홉 살이고 나는 그보다 여섯 살이 많은 열다섯 살이었다. 그런 날은 오래오래 태엽을 감아 오르골 소리를 들려주었고 수연은 곁에서 듣다가 슬픈 표정으로 낮잠이 들곤 했다.

수연이 심각한 얼굴로 어느 날 내게 이렇게 물었다. 고등학생도 어른이야? 이른이지만 성인은 아니라고 대답했다. 하고 싶은 말이 있는 듯 보였다. 나는 너보다 여섯 살이나 많아서 어른들 일을 잘 알아. 그리고 나이 많은 어른보다 아이들

일도 잘 알아. 그러니까 무슨 일이 있으면 나와 의논하는 게 좋아. 그렇게 얘기한 후 믿음직스럽도록 가슴을 펴고 어깨를 세웠다. 수연이 작은 입을 겨우 움직여 큰오빠가 재밌는 놀이를 하자며 다락방에 데리고 올라갔다고 했다. 무슨 놀이를 했냐고 물었더니 겨우 들리는 소리로 큰오빠가 몸을 만졌다고 이야기했다. 눈을 감고 있으라고 해서 무슨 놀이인지는 모르겠는데 자꾸 쉬가 마려워졌고 싸운 일도 없는데 슬퍼졌다고. 다시는 따라 올라가지 마. 화가 난 듯한 내 목소리에 수연이 시선을 내린 채 이마를 찌푸렸다. 너, 목소리 크잖아. 응. 씩씩한 목소리로 그런 놀이는 안 한다고 해. 싫다고 말해. 아무도 없을 땐 스스로 지켜줘야 하니까. 나는 그런 말밖에 하지 못했다. 말하면서 가슴이 뛰었다. 오빠 화났어? 가여울 정도로 작고 하얀 수연의 얼굴을 바라보다 목소리를 낮추었다. 화안 났어.

나는 여러 날을 고민하고 망설이다 형의 행동을 엄마에게만 털어놓았다. 그날 고모는 수연을 데리고 집을 나갔다. 아이언맨이 되어줘. 수연의 말을 기억했지만, 나는 그 누구도 되어주지 못했다.

며칠 후 휴대용 가스버너에 불이 붙는 사고가 벌어졌다. 끓는점을 비교하는 과제를 하던 중이었는데 오랫동안 가열해서 불이 붙은 기름에 형이 물을 부은 게 원인이었다. 심하게 다쳐 쓰러져 있는 형을 두고 나는 밖으로 뛰어나갔다. 미웠기 때문일까. 응징해야 한다는 마음이 먼저 들었던 걸까. 형은 머리를 바닥에 떨군 채 움직이지 않았다. 누군가에게 신고 전화를 해달라고 할 생각이었으나 살려야 하는 때가 있다는 것을 중학생인 내가 모를 리 없었다. 돌아왔을 땐 마당에 그을린 자전거만 보일 뿐이었다. 그날 이후, 나는 형을 보지 못했다.

산들마을 입구 정류장에 다시 돌아와 타고 온 버스가 곧 도착한다는 전광판을 바라보았다. 미리 연락하고 다시 와야겠다며 버스를 기다렸다. 도착해 문이 열린 버스에 오르려다 뒤돌아섰다. 다음 버스가 올 때까지만 기다리자는 마음이었다.

지금 집으로 가는 중이야. 7시쯤엔 도착할 것 같아.

수연의 문자였다.

그래. 근처 카페에서 기다릴게.

산미가 있는 커피가 맛있다는 말에 자주 들르던 카페였다. 문을 열고 들어가는데 인사하는 아주머니의 얼굴이 낯설었다. 주인이 바뀐 모양인지 테이블과 소품 등 눈에 익은 것들이 하나도 없고 실내장식이 완전히 바뀌어 있었다. 얼마 만인지 가늠해보려다 그러지 않기로 했다. 아마도 수연의 전화를 받고 내가 산들마을로 왔을 것이다.

창가 테이블에 앉았다. 수연이 아파트 쪽에서 온다면 뒷길이 지름길이 될 것이다. 오는 방향을 가늠하다 반대편 의자에 앉았다. 가만히 앉아 있으니 피곤함이 밀려와 목덜미에 손을 얹었다.

왜 그랬을까. 준기의 마지막 출동이 있기 얼마 전, 수연이 내게 전화를 걸어왔다. 준기가 잠을 이루지 못하는 것 같다며 대화를 나눠보라고 했다. 나도 짐짓 모르는 척했을 뿐, 준기의 어둡고 푸석해진 표정에 마음이 쓰이곤 했다. 어느 화재사건에서 준기는 그을음 묻은 얼굴을 마주한 이후로 모든 것에서 그을음을 본다고 했다. 그을린 바닥과 벽, 가구, 옷가지들. 낮의 햇살 아래 그림자도 밤의 어둠도 모든 게 누군가의 얼굴에 묻은, 닦아주지 못한 그을음만 같다고 했다.

가만히 듣고 있던 나는 준기에게 극복해보라고 했다.

우리의 임무니까.

말하면서 동화되지 않기 위해 노력했다. 나조차도 화마에 휩싸이는 꿈을 꾸는데 빠져나오려는 노력이 도리어 그 불 속으로 나를 밀어 넣더라는 말을 하게 될까 염려했다. 우리의 임무니까. 말하고는 한마디 덧붙였다. 어떤 불이익이 있을지도 모르니 내색하지 말라고. 좀더 견디고 참고 이겨내보라고.

그게 다였다. 왜 그랬을까. 나는 허벅지를 내리쳤다. 허벅지를 다시 내리쳐보지만 감각이 없다. 넘어지면서 신경을 다친 이후로 감각이 없다. 그날은 대형화재로 비상소집이었다. 서둘러 상황실에 먼저 나가 화재지점을 조사했다. 소화 용수가 어디 있는지 찾고 위험물을 관리하는 주변 기관에 연락을 취했다. 화재진압만큼 중요한 것이 연소확대 방지였으므로 주의를 기울였다. 준기도 근무일이 아니었지만, 소집 문자를 받고 화재진화 차량에 올랐다. 다행히 초기 진화에 성공하여 인근 소방서에서 지원 온 소방차들과 특수 구조대 차량이 돌아간 후 잔불 진화를 하기 위해 추가출동을 했다.

화재 원인을 알아보기 위해 사고지점에 들어간 동안 준기는 임시가옥에 옮긴 불을 진압해야 했다. 무너질지도 모르니 수색작업을 그만하라는 지휘관의 말이 있었지만, 그 안에 누군가 있을지도 모른다는 주변인의 말에 뛰어들어갔다. 잠깐 사이 임시가옥이 눈앞에서 사라졌다. 벽이 무너져 잔해에 덮였다. 그날 준기는 건물이 무너진다는 위험보다 구조 작업이 먼저였을 것이다. 어쩌면 내가 꾸던 꿈처럼 화마를 마주한 채 그 속으로 자신을 밀어 넣었는지도 모른다. 인명구조를 위해 어둠을 더듬으며 검게 그을린 얼굴을 떠올렸으리라. 구조를 바라는 사람에게 손을 뻗고는 이내 유해라는 사실을 알게 된 그날을 기억했을지도 모른다. 걸음이 더뎌지고 빠져나가야 한다는 판단이 느려졌을 것이다. 위태롭게 흔들리는 벽을 마주하고도 누군가를 구조하지 못한 채 몸을 피해 빠져나오는 일은 용납할 수 없는 일이었다. 그곳에 있을지도 모른다는 사람은 불이 옮겨붙기 전에 이미 탈출한 뒤였으나 준기는 알지 못했다.

창밖으로 눈길을 두었다. 품이 커 보이는 베이지색 코트 위로 회색 머플러를 두른 수연이 바쁜 걸음으로 이곳을 향해 걸어오고 있었다. 곧고 바른 자세가 빠른 걸음 탓인지 흐트러져 보였다. 나는 고개를 돌리고 잠시 눈을 감았다. 눈을 감는 일조차 외면하는 것으로 여겨진다. 좀더 빨리 구조하러 들어갔다면 준기를 살릴 수 있었을까.

꼭 살리고 싶었다. 살아야 했다. 비상소집이 해제되고 귀소 명령이 날 때까지 나는 누군가의 가슴을 압박하고 있었다. 언젠가 수연이 나의 가슴을 압박할 때를 기억했다. 어떤 이는 자신을 살리려는 구조원의 절실함에 의식이 돌아올 수도 있지 않을까, 라는 생각을 했었다. 무너진 곳으로 뛰어가다 넘어질 때까지도 나는 임시 가옥에 사람을 구조하기 위해 들어간 대원이 준기인지 몰랐다.

카페 안으로 서둘러 들어오는 수연이 보였다. 작은 몸이 지친 듯 웅크린 자세였지만, 수연은 나를 보자마자 환하게 웃으며 반겼다.

오빠 많이 바쁠 텐데 어떻게 왔어?

보고 싶어서. 궁금도 하고. 잘 지냈어?

요즘 봉사활동 해. 보육원 아이들 간단하게 해 먹을 수 있는 요리 가르쳐주고 있는데 굉장히 즐거워. 퇴소 후에 애들이 잘 안 챙겨 먹거든. 할 수 있는 게 있으면 그래도 좀 낫겠지.

이야기하며 칭칭 감긴 목도리를 풀었는데 정전기가 일어 수연의 단발머리가 나비 모양이 되고는 했다.

그랬구나. 보람 있겠네.

두 마을을 잇는 다리 앞에서 어린 수연이 한 말이 문득 입에 머물렀다. 그랬구나.

아이들이 이거 만들어줬어. 소방관이 입던 방화복으로 만든 가방이래.

에코백을 활짝 열어 방화복의 외피 재질로 보이는 가방을 꺼내 보이며 말을 이었다.

그 또래 아이들이 제일 궁금해하는 세 사람인 듯해. 아이들이 보채길래 내 사랑 이야기를 해줬거든. 남자친구가 방화복 슈트를 입고 불 속에서 사람들을 구조했다고. 정말 멋진 사람이라고 했어. 그랬더니 아이들이 그러더라. 선생님이 좋아하는 아이언맨이네요.

수연이 착한 아이들 표정과 말투를 흉내 내며 웃었다. 수연을 바라보았다. 내가 늘 떠올리던 얼굴이었다.

준기와 함께 출동한 화재현장에서 무너진 잔해에 갇힌 적이 있었다. 낮은 포복으로 준기를 찾으며 건물 기둥 사이 입구 쪽을 향했다. 매캐한 연기와 어둠뿐인 곳에서 이십 킬로그램이 넘는 장비와 방화복의 무게를 느꼈다. 몸을 움직이기 어려울 만큼 힘이 소진되었고 뜨거운 헬멧과 면체 안으로 흐르는 땀 때문에 앞이 제대로 보이지 않는 상황이었다. 죽을 것 같았지만, 준기를 찾아야 했다. 누워 있는 사람의 형체가 어렴풋이 보여 손을 뻗었는데 뭔가 닿는다는 감각만 있을 뿐, 아무것도 잡히지 않았다. 캄캄한 연기 사이로 피부 아래 혈장이 고여 있는 게 보였고 절대로 살릴 수 없다는 것을 알았다. 방화복을 입고 있지 않았으니 준기일 리가 없는데 나는 그가 준기가 아니길 바랐다.

나라는 인간이 그랬다. 그 후, 나에게 분노가 치미는 날이 이어졌다. 다른 동료이길 바란 것도, 모르는 누군가이길 바란 것도 아니었다. 단지 준기가 아니길 바라고 바랐다. 임시 가옥에 들어가 구조 작업을 하다 심각한 중화상을 입은 대원이 준기라는 사실을 알았을 때 내게 수연의 얼굴, 목소리, 수연의 웃음소리가 다가들었다. 인공호흡도, 심폐소생술도 할 수 없었다. 너무 늦어서. 꿈이라고, 제발 꿈이길 바랐다. 탄내 가득한 곳에 수관 없이 뛰어들어간 꿈처럼. 사람을 구조하러 가서는 들것을 가져오지 않아 응급환자를 신속하게 이동하지 못했던 적도 있고 사후강직이 오래된 사람의 가슴을 압박하는 꿈을 꾼 적도 있었다. 화재신고를 받고 출동한 펌프차에 물을 채우고 오지 않았음을 뒤늦게 확인하거나 물은 가득한데 방수압을 올리지 못해 소화 호수가 화점까지 닿지 않는 일도 있었다. 조급증에 깨어나는 새벽이었다. 방금 눈을 떴는데도 눈길이 이리저리 흔들리고 호흡이 가빠왔다. 그런 나쁜 꿈이길 바랐다. 꿈이 아니라면 나는 감당할 수 없을 것 같았다.

테이블 아래 내려두었던 상자가 다리에 닿았다.

이거. 일반 마트에도 있더라.

수연의 눈이 동그래졌다. 받아들면서 포장을 열어 레이블을 확인했다.

어제의 눈물. 나도 기억하고 있었어.

그날 우리가 한 이야기 기억해?

기억해. 준기씨가 눈물을 너무 많이 마신 탓인지 목이 아프다고 했어. 그러고는 시인처럼 말했던 거 같아. 어제의 눈물을 마시는 오늘에 관해.

어제 흘린 눈물을 마시고 있다는 생각이 든다고 했다. 어제의 눈물을 마시는 지금은 울지 않는다고. 다만 그날의 눈물을 기억한다고. 잠시 말 없는 사이 빈 잔을 오늘의 눈물로 채웠다. 잔을 들고 누가 그런 말을 했는지 기억할 수 없지만, 어제의 눈물에 울기 없기, 라는 건배사를 했다.

요즘은 잠을 좀 자니?

수연에게 물었다.

자려고 노력해. 사람들은 내가 불행을 잘 견뎌내길 바라. 그런데 불행은 잘 견딜 수 없어. 그냥 겪는 거야. 힘들고 아파. 다들 그렇게 겪는 거야.

너무 늦었어. 내가 너무 늦게 갔어.

죄책감은 느끼지 않았으면 해. 오빠는 그 시간에 다른 누군가를 구하고 있었어. 최선을 다한 거야. 예전에 나를 구한 것처럼. 형을 구할 수 있는 시간이었을 텐데.

누군가를 구조하는 동안 누군가를 잃었다. 구조원은 그 사실을 잊지 않는다. 잡아주지 못한 손만을 고집하여 기억한 탓일까. 수연의 말에 이제야 그곳의 장면이 떠올랐다. 가스버너의 폭발로 집의 유리창이 깨져 사방에 떨어지고 커튼에 불이 옮겨붙고 있었다. 쓰러져 있는 형을 놔둔 채 나는 의식이 없는 수연을 부축해 데리고 나왔다. 수연이 집을 나갈 때 챙기지 못한 신발을 찾으러 일주일 만에 온 날이었다. 형과 나는 실험 과제를 하고 있었는데 궁금했던 모양인지 수연이 내 곁으로 다가왔을 때 일이 벌어졌다. 형은 스스로 일어나 집 밖으로 나올 줄 알았다. 골목 어귀에 수연을 내려놓고 허둥지둥 가슴을 압박했다. 중학교 소방교육시간에 배운 심폐소생술을 했다. 제대로 하고 있는지 확신할 수 없었지만 간절함은 분명했다. 수연이 거의 감은 듯 뜬 눈으로 내게 말했다. 오빠, 나 괜찮아. 그제야 집에서 빠져나오지 못한 형을 떠올렸다.

창 너머 어디선가 떠들썩한 아이들 소리가 들렸다. 근처 초등학교에서 코스프레를 하는지 동물 인형 탈을 쓴 한 무리의 아이들이 지나갔다. 아이들 소리가 들리지 않을 때까지 나와 수연이 가만히 창밖을 내다보았다.

배고프다. 이상해, 배가 자꾸 고파.

맛있는 밥 먹으러 가자.

우리 사케집에서 한 대화 중에 가끔 띠올리는 얘기가 있어. 그날 오빠가 이런 얘길 했다. 사람이 가지지 못한 기능이 많은데 동물이 가진 기능 중 한 가지를 가질 수 있다면 뭘 갖고 싶냐고.

내가 그런 질문을 했어?

오빠는 날개를 가지고 싶다고 했어.

아, 이제 기억난다.

나는 아가미라고 했어. 물고기처럼 물속에서도 숨을 쉬고 싶었거든.

맞아. 그랬어.

준기씨가 뭐라고 했는지 알아? 나, 혼자 그 생각하며 종종 웃는다.

준기는 뭐라고 했을까.

엉뚱하게 꼬리라고 했어. 꼬리가 있으면 상대를 안심시킬 수 있다고. 나 지금 괜찮아. 기분 좋아. 재밌어. 반가워. 행복해. 말로 표현하지 않아도, 표정을 꾸미지 않아도 사람들이 마음을 알 수 있을 테니까. 무표정하거나 화가 난 표정을 지어도 꼬리가 있으면 진심을 알릴 수 있다고 그랬어.

우리가 그런 대화를 했었구나. 이제 기억나. 그 말끝에 준기가 일어나 엉덩이를 흔들었어. 맞지?

맞아. 그랬어. 그런데 얼마 후 준기씨가 마음이 바뀌었다는 거야. 코를 가지고 싶대. 탐지견의 코처럼 뛰어난 후각을 가지고 싶다고 했어. 구조가 필요한 사람을 빨리 찾을 수 있으니까. 인명 구조할 때 탐지견의 활약이 얼마나 대단한지 대견하고 존경스럽다면서.

나도 그랬는데. 준기도 그런 생각을 했구나.

나와 수연이 잠시 웃었다.

어제의 눈물을 마시며 우리는 계절에 관한 이야기도 했을 것이다. 기다리기만 하면 되는 것이 당연하고 참 쉬운 일이어서 염치없게도 고마운 마음이 든다고 준기가 그랬다. 창가 옆에 담을 넘어 넘실넘실 피어 있는 개나리 사진이 보였다. 그 배경으로 앉아 있는, 초록색 패딩 속에 파묻힌 수연의 얼굴도 봄빛이었다.

퇴근길이라 지하철에 사람이 많더라. 그런데도 바로 앞에 자리가 나서 앉아 왔어.

수연이 가방을 주섬주섬 챙기며 말했다.

예전엔 누군가 앉았던 자리에 앉으면 기분이 이상했거든. 불편하고 싫었어. 엉덩이에 느껴지는 그 온기가 말이야. 그런데 요즘은 그게 느낌이 달라. 따뜻해.

수연의 입김이 보였다. 추운 겨울은 아니었는데 올올이 풀어지는 입김이 우리의 대화 안으로 늘어와 있고는 했다. 그날 준기의 말대로 기다리기만 하면 봄이 올까. 정말 추운 날이 아닌, 그런 하루하루가 지나가면.

*참고문헌

김상현, 『대한민국 소방관으로 산다는 것』(다독임북스, 2018)
오영환, 『어느 소방관의 기도』(쌤앤파커스, 2015)

용기 내기를 잊지 않았던 그에게

누군가의 소설 속에서 심장은 넙닥넙닥 뛰었다. 누군가의 기억 속에서 심장은 맴맴 울다 지쳤고 누군가의 호흡 속에서 심장은 둥둥 북소리를 냈다. 나는 이따금 심장이 평소와 다르게 숨을 쉴 때면 그들이 묘사한 소리를 기억했다. 귀를 기울이며.

어느 날 라디오를 듣고 있다가 창밖으로 눈길을 두었다. 7월의 불볕더위에 세상이 속수무책으로 느려지고 있었다. 방송에서는 고온다습한 폭염에 일사병을 조심하며 무리하지 말고 적극적으로 쉬어야 한다는 예방책을 내놓았다. '적극적으로……' 염려하는 마음이 느껴지는 표현이었다. 뜨거운 햇

살에 부신 눈을 찌푸리며 지나다니는 사람들이 보였다. 차도
는 물론 인도에도 아지랑이처럼 지열이 피어올랐다. 라디오에
서는 공익광고가 끝나고 경쾌한 여름 노래가 흘러나오고 있
었다. 진행자들은 신청곡과 함께 사연을 보낸 이와 전화 연결
을 했다. 그런 후, 살갑게 말을 건넸다.

"안녕하세요. 어디에 사는 누구세요?"

사연을 보낸 사람이 문제를 내면 청취자가 답을 맞히는
코너였다. 살짝 상기된 투로 자신을 소개하고 인사를 건네는
중년 아주머니의 목소리가 들려왔다. 언제 한 번쯤은 만난 적
이 있는 사람처럼 친근하게 여겨졌다.

"저의 남편은 직업상 이 무더위에도 밖에서 일하고 있습
니다. 그 때문에 치아가 매우 좋지 않아요. 왜 그럴까요?"

"그게 문제인가요?"

대뜸 던져진 질문에 청취자들을 대신하여 남자 진행자가
물었다,

"네. 객관식 문제예요."

아주머니는 세 개의 문항을 주었다.

1번. 더위 때문에 얼음을 계속 씹어먹어서.

2번. 울렁거려서 물을 더는 마시기 어려워 콜라를 많이
마셔서.

3번. 너무 더워 이를 악물고 일해서.

문제가 나가고 잠시 정적이 흘렀다. 진행자들의 머뭇거림이 느껴졌다.

"어떤 답이어도 가슴이 아프네요."

여자 진행자가 말했다.

넙닥넙닥. 맴맴. 귀를 기울이니 나의 심장 소리가 둥둥, 마음을 두드리고 있었다. 그사이 전화를 건 청취자 중 누군가가 답을 맞히고 백화점 상품권을 선물로 받았다.

치아가 상하도록 얼음을 씹어먹고 목마름에 콜라를 벌컥벌컥 마시고 뜨거운 숨을 돌리지 못하고 이를 악물어 버티던 그의 모습을 떠올리느라 나는 답을 듣지 못했다. 청취자들 대부분이 답을 맞히려는 생각보다 누군가의 안부를 궁금하게 여기지 않았을까. 심장이 어떻게 뛰는지 알아차리지 못한 채. 어떤 답이어도 심장은 평소와 다르게 뛰었을 것이다. 조급해진 마음으로 나는 그에게 문자를 보냈다.

잘 지내지? 밥 잘 먹고, 잠 잘 자고, 별일 없이 잘 지내고 있는 거지?

전송 버튼을 누르고 휴대전화를 물끄러미 바라보다 혼잣말처럼 문자를 읊조렸다.

잘 지내지……

나의 등단작 「유품」에서 화자인 그녀는 유품정리를 마치고 집으로 돌아가는 버스 안에서 그를 만난다. 불구덩이 속에선 용기를 잃을 여유가 없어요. 그가 말했다. 그의 직업은 소방관이었다. 그녀는 그를 바라보았고 자신을 맞이하는 것처럼 그가 활짝 웃었다고 표현한다.

소방관을 주제로 소설을 쓰는 것은 나에게는 이미 주어진 일이었다. 거기 그가 있으므로. 마음에 간직하고 있었을 뿐, 하지 못한 말이 있다. 용기 내기를 잊지 않았던 그에게. 그 말을 소방관으로 일하는 모든 분에게 전하고 싶다.

고맙습니다. 감사합니다.

어제 흘린 눈물이 어제의 눈물이 될 수 있을까.

그로부터 하루 또 하루가 지나가고 있다.

소방관을 부탁해

ⓒ 고요한, 권제훈, 김강, 도재경, 박지음, 유희란, 이준희, 장성욱

2022년 11월 9일 초판 1쇄 발행

지은이 고요한, 권제훈, 김강, 도재경, 박지음, 유희란, 이준희, 장성욱
펴낸이 김재범
인쇄·제책 굿에그커뮤니케이션
종이 한솔PNS
펴낸곳 (주)아시아
출판등록 2006년 1월 27일 제406-2006-000004호
주소 경기도 파주시 회동길 445
전화 031.944.5058
팩스 070.7611.2505
이메일 bookasia@hanmail.net

ISBN 979-11-5662-614-5 03810